마지막 명령

마지막 명령

제1판 1쇄 2023년 7월 25일

지은이 오세영
펴낸이 이경재

펴낸곳 도서출판 델피노
등록 2016년 8월 11일 제2020-000082호
주소 서울시 양천구 신정중앙로 86, 덕산빌딩 5층
전화 070-8095-2425
팩스 0505-947-5494
이메일 delpinobooks@naver.com
ISBN 979-11-91459-63-0 (03810)

마지막 명령

오세영 장편소설

작가의 말

『마지막 명령』은 격동의 현대사를 배경으로 역사적 사실에 작가의 상상력을 결합한 팩션(faction)이다. 실제로 일어났던 사건을 소재로 하는 작품은 스토리 골격이 정해져 있다는 면에서는 편하지만, 시간이라는 날줄과 공간이라는 씨줄에서 벗어날 수 없기에 제약이 따르는 것도 사실이다.

『마지막 명령』이 시대 배경으로 하는 1979년부터 1980년 초반까지는 10.26으로 유신이 끝을 내리면서 안으로는 산업화를 대신해서 민주가 강조되고, 밖으로는 분단 이래 체제경쟁을 지속해왔던 남북 대결에서 무게추가 북에서 남으로 넘어오기 시작하던 때였다. 『마지막 명령』은 그렇게 10.26에서 12.12를 거치며 신군부의 등장으로 이어지는 격동의 시기를 숨 가쁘게 살아왔던 사람들의 이야기다.

역사에서 가정은 의미가 없다고 한다. 10.26이 일어나지 않았다면, 12.12 때 전두환의 신군부가 정권을 장악하지 못했다면, 그리고 아웅산까지 이어지는 전두환 대통령의 암살계획이 성공했다면 대한민국은 어떻게 되었을까. 아무도 모르고, 알 수도 없고, 알려고 할 필요도 없는 일이다. 역사는 현실이고, 우리는 현실 속에서 살고 있다. 그리고 주어진 직분을 성실하게 수행하는 게 불확실한 미래를 대비하는 제일 확실한 방법일 것이다.

　대한민국은 민주공화국이며 법치국가다. 그리고 대통령은 국군 최고통수권자며 군인은 상명하복을 생명으로 하고, 나라를 수호하는 사명을 띠고 있다. 복잡한 상황과 혼란한 현실 속에서 대한민국 대통령이 북한에 의해 암살당하는 것을 막고, 대한민국의 법정에 세운 것은 최상의 선택이었을 것이다. 일에는 선과 후, 경과 중이 있게 마련이다.

　역사는 거울이라고 한다. 20세기 말, 격동의 역사를 돌이켜봄으로써 여전히 계속되고 있는 위기에 대처하는 데 조금이라도 도움이 되었으면 하는 바람이다.

목차

대간첩작전

특전사 A팀 12명은 어둠이 깔리기 시작하는 수리산 자락을 빠른 속도로 이동하고 있었다. 훈련이 아니고 실전이다. 그리고 상대는 북한 특수부대 요원들이다. 여차하면 교전이 벌어질지 모르는 상황이다. 대원들은 모두 잔뜩 긴장해서 신속하게 움직였다.

"저깁니다!"

지도를 확인한 A팀 선임담당관 장 상사가 낙엽이 수북이 쌓인 지점을 가리켰다. 담배촌으로 이르는 길목인데 한태형이 보기에도 매복하기에 적지였다.

"대원들을 배치시키시오!"

팀장 한태형 대위가 서둘러 매복을 지시했다.

"너! 여기, 너는 저기! 그리고 박 중사는 저쪽을 맡아! 서둘러라!"

장 상사가 팀원들에게 매복지를 정해주었다. 특전사 대원들은 신속하게 매복에 들어갔고, M16 소총을 겨눈 채 전면을 주시했다.

한태형은 대원들이 매복을 완료한 것을 확인하고서 본부와 통신을 시도했다. 지휘부의 예상대로 북한 공작원들이 이리로 올까. 교전이 벌어질까. 하면 대원 중에 사상자가 발생하지는 않을까. 혹시 예상을 깨고 이미 포위망을 빠져나간 건 아닐까. 짧은 시간에 여러 생각이 한태형의 뇌리를 스치고 지나갔다.

1978년 11월 초에 북한 공작원 3인이 충남 홍성군 광천읍 학성리 해안에 침투했다. 인근의 레이더 기지를 정탐하던 공작원들은 산에 올라갔던 마을 사람들에게 발각되면서 잠수정으로 철수하려던 계획을 포기하고 북쪽으로 도주했다. 군경은 즉각 추격에 나섰지만, 북한 공작원은 수차례 포위망을 뚫고 계속 북상을 해서 안양까지 이른 것이다. 서울이 지척이다. 그리고 이번에도 놓치면 북으로 돌아갈 수 있다. 그래서 대간첩작전본부는 정예 특전사를 안양으로 급파했다.

짧은 겨울 해는 이미 졌고, 수리산은 한 치 앞도 구분되지 않는 어둠에 잠겼다. 북한 공작원들이 이리로 올까. 아직은 아무런 기척도 감지되지 않았다.
"오인사격을 할까 봐 걱정입니다."
장 상사가 소리를 죽이며 말했다. 그렇지 않아도 한태형도 그것을 걱정하고 있었다. 장재원 대위가 지휘하는 B팀이 산 위에서 공작원들을 이쪽으로 몰면, 매복하고 있는 A팀이 기습을 하는 것이 토끼몰이 작전의 요체다. 그렇지만 이렇게 지척이 분간되지 않을 정도로 어두우면 자칫 A팀과 B팀이 서로를 적으로 오인하고 교전을 벌일 수도 있다.

"풍향도 불리합니다."

장 상사가 걱정을 했다. 미세하나마 바람이 뒤에서 불어오고 있었다. 매복조에게는 불리한 상황이다. 북한 공작원들이 매복을 눈치채고 우회할 수도 있다. 한태형은 시계를 들여다보았다. 계획대로라면 머지않아 북한 공작원들이 이리로 올 것이다.

"헬기 소리가 들립니다."

장 상사가 하늘을 올려다보며 말했다. B팀을 태운 헬기일 것이다. 그렇다면 B팀이 작전에 돌입하기 전에 조명탄을 쏠지 여부를 결정해야 한다.

"어떻게 할 겁니까?"

장 상사가 팀장의 결심을 촉구했다. 더 미룰 수 없게 되었다. 한태형은 뒤를 돌아보며 통신담당 송 하사에게 본부를 다시 호출할 것을 지시했다.

"조명탄 지원을 요청해!"

시계는 좋은 편이다. 북한 공작원들은 마땅히 은폐 및 엄폐할 곳이 없다. 그렇다면 오인사격을 예방해야 한다. 한태형은 그렇게 판단했다.

수리산 정상 랜딩 존에 도달한 헬기는 호버링에 들어갔다. 지상까지는 10미터에 불과하지만, 날이 어두워서 패스트 로프에 어려움이 따랐다.

"서둘러라! 빨리 담배촌으로 가서 A팀과 합류해야 한다!"

B팀 선임담당관 신 상사가 팀원들을 독려하자 잔뜩 굳어 있는

팀원들이 차례로 로프에 매달렸다. 팀장 장재원 대위는 팀원들이 전부 지상에 내려간 것을 확인하고서 마지막으로 패스트 로프에 들어갔다.

"혹시 북한 공작원들이 역매복을 시도할지 모르니 첨병은 주위를 잘 살피도록!"

선임담당관 신 상사가 팀원 중에서 두 명을 선발해서 첨병을 맡겼다. 임무를 할당받은 두 하사는 잔뜩 굳은 얼굴로 M16을 겨누며 앞장을 섰다. 정예 특전사 대원들이지만 실전은 처음이다. 작전대로 북한 공작원들이 담배촌으로 향할까. A팀이 저들을 제대로 제압할 수 있을까. 교전 중에 사상자가 발생하지 않을까. 장재원은 걱정이 되었다.

헬기 소리가 들리자 주진철 소좌와 두 북한 공작원은 본능적으로 자세를 낮추었다. 해가 서산으로 넘어가면서 주위는 칠흑같이 어두웠지만 그래도 최대한 기도비닉(企圖庇匿)을 유지해서 남조선 토벌대에게 노출되는 일이 없어야 한다.

"직승기가 출동한 걸로 봐서 전면에 매복하고 있는 것 같습니다."

공작원이 앞을 살피며 말했다.

"까짓거 매복이 대숩니까. 얼마든지 빠져나갈 수 있는데. 뭐 여차하면 총 몇 방 갈기지요."

다른 공작원이 큰소리를 쳤다. 여러 차례 포위망을 빠져나오면서 자신이 붙은 것이다.

"아무래도 특전사가 출동한 것 같다. 여태까지 상대했던 향토

사단이나 예비군, 경찰과는 다른 상대야. 그러니 신중하게 움직여야 해."

조장 주진철 소좌는 이번에는 상황이 간단하게 넘어가지 않을 거란 예감이 들었다. 여기만 빠져나가면 관악산 쪽으로 해서 김포로 갈 수 있고, 감암포까지만 가면 북에서 온 배가 기다리고 있을 것이다. 신속하게 여기를 빠져나가려면 담배촌 쪽으로 이동해야 하는데 정황으로 봐서 그쪽에 매복이 있을 것 같았다. 특전사가 매복하고 있다면 여태까지처럼 쉽게 빠져나가지 못할 것이다. 그렇다고 방향을 틀어 수리산을 우회하면 시간이 너무 걸린다. 어떻게 해야 하나. 큰 어려움 없이 홍성에서 안양까지 북상한 북한 공작원들은 수리산에서 처음으로 심각한 위기에 봉착했다.

그때 포사격 소리가 들리더니 일대가 갑자기 환해졌다. 토벌대에서 조명탄을 쏜 것이다. 공작원 세 사람은 납작 엎드렸다. 낙엽이 수북이 쌓인 초겨울의 수리산은 몸을 숨기기에 유리했다.

"조장 동무!"

공작원이 겁먹은 얼굴로 주진철을 불렀다. 토벌대는 탈출로를 정확하게 예측하고 있었다. 어떻게 해야 하나. 주진철 소좌는 생각에 잠겼다. 전방에는 틀림없이 매복조가 있을 텐데 여기서 우물쭈물하면 헬기를 타고 온 추격조가 이리로 몰려올 것이다. 조명탄은 계속 터졌고, 공작원들이 은신하고 있는 곳에 집중적으로 떨어졌다.

"까짓거 한 번 붙지요!"

공작원이 AK47을 움켜쥐고 호기를 부렸지만, 여태와는 달리 잔뜩 겁을 먹은 얼굴이었다. 상황이 많이 불리하다. 이동 경로가 저들에게 포착된 데다 이미 포위된 형국이다. 교전이 벌어지면 앞뒤로 집중사격을 받게 될 판이다. 어떻게 이 위기를 넘길 것인가. 빨리 결정을 해야 하는데 마땅한 대책이 떠오르지 않았다. 여태 탈출이 순조로웠기에 그만 방심을 했던 것이다.

"어……?"

주진철 소좌가 고심을 하는데 멀지 않은 곳에서 불길이 치솟아 올랐다.

A팀은 숨을 죽이고 전방을 관측했다. 조명탄이 계속 터지면서 전방이 대낮처럼 환해졌다. 그렇다면 조그마한 움직임도 놓치지 않을 것이다.

"이러다 B팀 좋은 일 시켜주는 건 아닌지 모르겠습니다."

장 상사가 소리를 죽이며 말했다. 머지않아 B팀이 이리로 올 것이다. 꾸물대다 전공을 빼앗기는 수가 있다.

"어……?"

혹시 예측이 잘못된 게 아닐까. 한태형이 그런 생각을 하며 전방을 살피는데 멀지 않은 곳에서 불길이 일었다. 조명탄이 바짝 마른 낙엽 위에 떨어지면서 불이 붙은 것이다.

마침 바람이 불어오면서 불길이 빠른 속도로 번졌다. 빨리 불을 끄지 않으면 산불로 번질 것 같았다. 팀원들은 뜻밖의 상황에 놀라서 팀장을 쳐다봤다.

"이리로 번집니다!"

갑자기 바람의 방향이 바뀌면서 불길이 매복지로 향했다. 장 상사가 한태형의 결심을 재촉했다. 빨리 대피하지 않으면 매복지가 불길에 휩싸일 판이다. 이렇게 되면 선택의 여지가 없다. 한태형이 몸을 일으켰다.

"불을 끈다!"

한태형의 지시가 떨어지자 A팀원들은 모두 상의를 벗고 흩어져서 불을 끄기 시작했다.

"……!"

가지에 붙은 불을 끄던 한태형은 뒤에서 강한 살기가 몰려오는 것을 감지하고 본능적으로 방어 자세를 취했다. 불길을 배경으로 시커먼 그림자가 다가왔는데 손에 단검이 들려 있었다. 한태형은 당황했다. 팀원들과는 떨어진 곳이고 위치도 불리했다.

단검이 바람을 가르며 한태형의 가슴을 향해 달려들었다. 한태형은 얼른 몸을 돌려 피했지만 숨 돌릴 틈도 주지 않고 2차 공격이 이어졌다. 단검이 재빨리 방향을 틀더니 한태형의 옆구리를 노리고 재차 덤벼들었다. 한태형은 이번에도 피했지만, 중심을 잃으면서 비틀거리다 쓰러지고 말았다. 그림자는 천천히 다가왔고 더 이상 피할 길이 없는 한태형은 절망에 빠져들었다.

"……!"

그때 불길이 너울거리면서 다가오는 북한 공작원의 얼굴이 한태형의 눈에 똑똑히 들어왔다. 북한 공작원도 한태형을 똑바로 쳐다보고 있었다.

"조장 동무! 매복이 없습니다. 빨리 빠져나갑시다!"

뒤따라온 북한 공작원이 한태형에게 다가가던 주진철 소좌를 불렀다. 한태형에게 다가가던 주진철 소좌는 단검을 거두더니 휑하니 그쪽으로 달려갔다. 한태형은 아무런 생각이 들지 않았다.

요행히 목숨을 건졌지만 지금 그걸 기뻐할 때가 아니었다.

"야, 한 대위 어떻게 된 거야! 북한 공작원들이 이쪽으로 도주한 것 같은데!"

멍하니 허공을 바라보고 있는데 사관학교 동기인 장재원 대위가 B팀을 이끌고 달려왔다.

"어떻게 된 거야?"

장재원은 쓰러져 있는 한태형을 보고 깜짝 놀랐다. 가까스로 몸을 일으킨 한태형은 고개를 가로저었다. 완벽한 패배였다. A팀과 B팀이 합동으로 추격에 나섰지만, 북한 공작원들은 이미 포위망을 빠져나간 다음이었다. 한태형은 허탈한 심정으로 팀원들에게 귀대를 명했다.

* * *

보안사령부 대회의실에 모인 지휘관들의 얼굴이 하나같이 어두웠다. 충청남도 광천에 상륙했던 북한 공작원 세 사람은 끝내 김포반도 감암포에서 보트를 타고 북으로 돌아간 것이다. 그와 관련해서 당시 토벌 작전에 출동했던 부대 지휘관들이 보안사에 호출되었다.

"차렷!"

보안사 정보처장이 회의실로 들어서자 지휘관들이 일제히 기립했다. 오늘 호출은 현장에 출동했던 일선 지휘관에 한정되었다.

"저 여자는 뭐야? 왜 민간인이 보안사에 있어?"

한태형은 정보처장을 따라온 젊은 여인에게 눈길을 주었다.

"재미교포인데 CIA에서 일하다 보안사에 정보분석관으로 특채되었다고 하던데."

이미 한차례 보안사에 들렀던 적이 있는 장재원이 대답했다. 젊은 여인이 CIA 출신 보안사 분석관이라니. 한태형은 호기심이 일었다.

"오늘 호출은 문책을 위한 것이 아니고 대간첩작전의 전술을 새로 짜기 위한 자리이니 모두 기탄없이 발언해 주기 바란다. 진행은 우나연 분석관이 담당할 것이다."

정보처장이 젊은 여인을 소개했다. 우나연은 천천히 자리에서 일어났고, 신호를 보내자 전면에 대형지도가 내려왔다. 남한 일대를 커버하고 있는 대형지도에는 북한 공작원이 상륙해서 북으로 돌아가기까지의 경로가 소상하게 표기되어 있었다.

"최초신고부터 출동까지 2시간이나 걸렸군요. 왜 출동이 지체되었는지는 따로 묻기로 하고, 2시간이 경과한 시점이면 포위망을 더 넓게 펼쳤어야 하지 않나요?"

우나연이 문제점을 파고들자 출동했던 지휘관은 얼굴이 벌게졌다. 북한 공작원들의 행군능력을 과소평가했던 것이다.

"공작원들은 꼭 밤에 산으로만 이동할 거란 고정관념을 가지고 있었기에 허를 찔렸어요."

우나연은 계속해서 경찰 관계자를 몰아붙였다. 북한 공작원들은 도주하는 와중에도 이동 경로를 소상하게 기록했는데 북으로 돌아가면서 그만 그 수첩을 떨어뜨렸다. 그러면서 그들의 행적이 소상하게 밝혀졌는데 천안에서 수원까지는 열차로 이동했고, 관악산 매점에서 빵을 사 먹기도 했다. 기가 찰 노릇이었다.

지적을 받은 지휘관들은 고개를 제대로 들지 못했다. 수첩이 발견되면서 변명의 여지가 없게 된 것이다. 한태형은 은근히 부아가 치밀었다. 비록 작전은 실패했지만, 목숨을 걸고 출동을 했는데 책상에 앉아서 지도나 들여다보는 사람이 뭘 안다고 저리 사람을 몰아세운단 말인가. 더구나 총 한 방 쏴본 적이 없을 것 같은 여자가.

"그 상황에서 불을 끈 게 적절한 조치였다고 생각하나요?"

우나연이 한태형을 지목했다.

"불은 매복지로 향했소. 그리고 빨리 진화하지 않으면 산불로 번질 것이고."

한태형은 못마땅한 표정을 감추지 않은 채 당시 상황을 해명했다.

"당시 습도는 높은 편이어서 산불로 번질 확률은 희박했어요. 그리고 그 시각에는 바람이 산 정상으로 불어요. 일시적인 돌풍에 불과했으니 그대로 매복을 유지했어야 했어요."

우나연은 조목조목 근거를 제시하며 날카롭게 파고들었다.

"이보시오! 언제 어디서 총알이 날아올지 모르는 상황이었소! 우리는 목숨을 걸고 북한 공작원들과 대치를 하고 있었소! 그런 판에 언제 습도를 따지고 언제 바람 방향을 살피란 말이오! 한가한 소리 좀 그만하시오!"

한태형은 더 참지 못하고 버럭 소리를 질렀다. 어쨌거나 대령이 주재하는 회의고 산천초목도 떤다는 보안사다. 일개 대위가, 그것도 문책을 당하는 입장에서 언성을 높이자 사람들이 놀라서 한태형을 쳐다봤다.

"왜 이렇게 흥분을 하시죠? 작전에서 흥분은 금물이라는 사실을 모르지는 않으실 텐데. 그리고 전쟁은 총 쏘는 게 전부가 아니에요."

얼굴이 벌게진 한태형과는 대조적으로 우나연은 냉정하기 이를 데 없었다.

"그러면 따뜻한 방에서 커피 마시면서 데이터나 챙기고, 에어컨 틀어놓고 맥주 마시면서 지도나 들여다보면 전쟁에서 이깁니까?"

한태형은 화가 치밀었다. 농락당하고 있다는 기분이 든 것이다.

"자 진정들 해! 아까 얘기했듯이 책임을 묻기 위한 자리가 아니고 향후 대간첩작전을 위한 자리이니 흥분하지 말고 차분하게 의견을 밝히도록!"

처장이 주의를 주었다. 이어서 우나연은 김포 지구로 출동했던 지휘관에게 질문을 던졌고, 출동지휘관이 더듬거리며 당시 상황을 설명하면서 회의는 종료되었다.

"야, 너 왜 그래! 성질 좀 죽여! 지금 큰소리칠 입장이 아니잖아! 처장이 그냥 넘어갔길래 망정이지."

장재원이 한태형에게 다가왔다.

"나도 알아. 내 성질이 급하다는 거. 그렇지만 아까는 참기 힘들었어. 도대체 우리를 뭘로 아는 거야."

한태형은 여전히 분이 풀리지 않았다.

"사령관님께서 들르라 하십니다."

당번병이 달려오더니 보안사령관이 두 사람을 호출했음을 알렸다. 신임 보안사령관 전두환 소장은 두 대위가 속한 특전여단의 전임 여단장으로 두 대위를 잘 알고 있었다.

"분석관과 한바탕했다면서?"

전두환 사령관이 웃으며 두 대위를 맞았다.

"어쩌자고 민간인, 그것도 여자에게 군사작전을 맡기신 겁니까?"

한태형이 항의했다. 전두환 장군은 강력한 카리스마를 지닌 데다 청와대로부터 두터운 신임을 받고 있어서 상관들도 어렵게 대하는 사람이다. 그런 전두환 장군에게 거침없이 항의하는 한태형을 보며 장재원은 겁이 나면서도 일면 부럽다는 생각도 들었다.

"이제는 전쟁도 과학이야. 무조건 총 쏘고 깃발 꽂던 시대는 지났어. 그러니 우리도 첨단 군사교리와 기법을 받아들여야 해."

전두환 장군은 불만을 표하는 한태형을 나무라기는커녕 도리어 위로하고 나섰다. 그만큼 한태형을 신뢰하고 있었다.

"윤 장군으로부터 들은 것에 대해서 생각해 보았나?"

전두환 장군이 두 대위에게 차례로 의미심장한 시선을 주었다. 두 대위를 호출한 이유가 따로 있었던 것이다.

전두환 소장으로부터 여단장 직책을 물려받은 윤 장군은 일전에 두 대위를 불러서 하나회에 가입할 것을 권유했던 적이 있었다. 정규 육사 출신 중 매 기수에서 선발된 소수의 장교들로 이루어진 하나회는 회원들끼리 끌어주고 밀어주면서 요직을 독점하고 있는 군부 내의 최고 엘리트 조직으로 알려져 있었다. 전두환 장군은 진작부터 한태형과 장재원 두 대위를 하나회 멤버로 점찍어 놓고 있었다.

"곧 여단장을 찾아뵙겠습니다."

장재원이 절도 있게 대답했다.

"좋아, 그만 가봐."

전두환 사령관이 흡족한 표정을 지었다.

＊＊＊

차가운 바람이 연병장을 스치고 지나갔다.

"여단 집합 끝!"

선임 장교가 보고를 하자 여단장 윤 준장이 비감한 표정으로 집합한 병력을 훑어보고는 앞장서서 달리기 시작했다. 전원 삭발에 상의를 벗은 특전대원들이 뒤를 따랐다. 특전대원들은 매일 10km씩 구보를 하면서 북한 공작원을 눈앞에서 놓친 것에 대해 스스로에게 채찍질하면서 결전의 의지를 다지고 있었다.

단체 구보에서 대열 후미에서 뛰는 사람은 선두에 비해 두 배 세 배 힘들게 마련이다. 선두가 조금만 속력을 내도 후미는 죽을 힘을 다해 달려야 한다. 한태형은 팀의 맨 후미에서 달리며 행여 낙오하는 대원이 있는지 살폈다. 그러나 우려와는 달리 대원들은 영하의 차가운 바람을 가르며 힘차게 내달렸다. 여단장이 선두에 서서 달리는 마당이다. 낙오하는 대원이 있을 리 만무였다.

한태형은 그날 수리산에서 마주쳤던 북한 공작원을 절대로 잊을 수 없었다. 날카로운 눈매에 빈틈없는 자세. 자신에게 처음으로 패배를 안겨 주었던 인물이다. 또 만날 수 있을까. 그래서 보복을 할 수 있을까. 그러나 현실적으로 그럴 일은 기대하기 힘들 것이다.

"군가한다! 군가는 특전가! 요령은 악으로! 군가 시작! 하낫 둘 삼 넷!"

선두에서 팀을 인솔하는 장 상사의 선창에 팀원들은 큰 소리로 군가를 부르기 시작했다. 어느새 반환점을 돌았고 팀원들의 이마에는 땀이 송글송글 맺혔다. 뒤를 돌아보니 장재원 대위 팀이 부지런히 따라오고 있었다. 모두의 눈에 결전의 의지가 가득했다.

산불 진화는 불가피한 상황으로 인정되었고, 공작원을 놓친 데 따른 문책은 없었다. 그렇지만 한태형은 마음이 편치 못했다. 불의의 기습을 당했지만 그래도 일대일 상황이었는데 그렇게 일방적으로 당할 줄이야. 최소한 맞상대했던 그자만은 잡았어야 했는데 하는 회한이 뇌리에서 떠나지 않았다.

특전대원들은 한 사람의 낙오도 없이 전원 부대로 귀환했고, 선임 장교가 '헤쳐'를 선창하자 대원들은 '악'하고 단발일성을 지르고 각자의 내무반으로 향했다.

BOQ로 돌아온 한태형은 서둘러 외출 채비를 했다. 모처럼 외출이 허락된 것이다. 그동안 부대에 비상이 걸리면서 해가 바뀌고도 집에 가지 못하고 있었다.

"곧 인사가 있을 거라는데."

장재원이 다가왔다.

"들었어."

한태형과 장재원 모두 중대장 임기를 마쳤기에 이번 인사에 포함될 것이다.

"너는 사령부로 간다는 소문이 있던데?"

내가 사령부로 전출? 한태형은 처음 듣는 말이었다.

"인사를 앞두고는 늘 이런저런 소문들이 떠돌게 마련 아닌가. 군인이 별수 있나. 오라면 오고 가라면 가야지."

"사령관님이 너를 끌었다고 하던데…… 들은 거 없어?"

장재원이 궁금해했다. 사령관님이 나를? 특전사령관 석 장군은 후배 장교들로부터 존경을 받고 있는 강직한 군인이다.

"그리고 전에 전 장군님이 말씀하셨던 거 어떻게 하기로 했어?"

"하나회 가입 말인가. 아직 결정하지 않았어. 너는 어떻게 할 건데?"

부대에 비상이 걸리는 통에 한태형은 그 일을 까맣게 잊고 있었다. 그리고 그 후로 전 장군이나 여단장으로부터 따로 연락이 없었다.

"나는 가입하기로 마음을 정했어. 너도 같이 가입하자."

"글쎄…… 생각해볼게."

아직 마음을 정하지 않은 한태형은 그렇게 얼버무리고 부대를 나섰다. 오늘 집에 들른다고 연락을 했으니 어머니가 문밖에서 기다리고 계실 것이다. 만나자마자 또 빨리 장가가라고 하실 텐데 뭐라고 둘러대야 하나. 버스에서 내려 잰걸음을 옮기는 한태형은 벌써부터 그게 걱정이 되었다.

"형!"

동생 한태준이 모처럼 집에 들른 한태형을 반겼다.

"얼굴이 많이 상한 것 같구나."

어머니가 한태형의 얼굴부터 살폈다. 어머니의 눈에는 특전사 팀장도 여전히 아이로 보이는 모양이다.

"공부하기 힘들지?"

"고3이 그렇지 뭐."

한태준이 제법 의젓하게 대답했다. 한태형은 오랜만에 들른 집에서 포근한 정취를 느끼면서 자리를 잡았다. 낡고 좁은 집이지만 잔뼈가 굵은 곳이다. 한태형은 어릴 적에 아버지를 여의었다. 생활은 늘 쪼들렸지만 그래도 어머니는 한 번도 힘든 내색을 하신 적이 없었다.

"형, 나도 사관학교 갈까 봐."

한태준이 조심스럽게 입을 열었다.

"법관 되는 게 네 목표잖아? 그런데 갑자기 왜? 등록금 때문이라면 걱정하지 마. 내가 어떻게 든 네 등록금은 댈 테니까."

"그래도……"

"군인은 집안에 나 한 명이면 돼. 그리고 너는 내가 봐도 군인 체질이 아니야. 그러니 쓸데없는 생각하지 말고 공부나 열심히 해. 법대에 가고, 고시에 패스해서 어머니를 기쁘게 해드리는 게 네 일이야."

한태형이 한태준의 어깨를 두드리며 격려했다.

"언제 들어가냐?"

저녁을 준비하던 어머니가 방문을 열었다.

"내일 들어가야 돼요. 아직 비상이라서."

"그럼 오전에 시간을 내라. 나랑 누굴 좀 만나러 가자."

어머니는 대답을 들을 것도 없다는 듯 방문을 닫았다.

"정작 어머니를 기쁘게 해드릴 일은 따로 있는 것 같은데."

한태준이 웃으며 말했다. 이번에는 뭐라고 핑계를 대야 하나.

한태형은 벌써부터 걱정이 되었다. 어머니는 결혼을 서두르고 계시지만 한태형은 동생이 대학교를 마치고 제 밥벌이를 할 때까지 결혼을 미룰 생각이다. 그러다 보니 여자에 대해서 관심을 가져본 적이 없었다. 그저 군대가 생활의 모든 것이었고, 팀원들이 만나는 사람들의 전부였다.

여자라…… 퍼뜩 우나연이 한태형의 뇌리를 스치고 지나갔다. 그동안에도 문득문득 우나연 생각이 날 때가 있었다. 왜 그 여자 생각이 나는 걸까. 이런 일은 처음이었다. 혹시 내가 그 여인을 마음에 두고 있는 걸까? 생각이 거기에 미치자 한태형은 당혹스러웠다.

하나회

시간은 속절없이 흘러서 어느새 봄 여름이 지나고 가을이 되었다. 인사이동에서 한태형은 특전사 사령부 정보관으로 자리를 옮겼는데 사령부는 여단과 인접한 곳이어서 BOQ는 그대로 쓰고 있었다.

지프에서 내린 한태형은 서둘러 보안사 대회의실로 향했다. 낙엽이 수북이 쌓이는 만추는 게릴라가 활동하기 좋은 계절이다. 그래서 대간첩작전본부는 북한 공작원의 침투에 대비해서 실무자 합동회의를 소집했고, 특전사에서는 사령부 정보관인 한태형이 참석을 했다. 회의실에는 이미 수도권 부대에서 온 정보담당관들이 자리를 하고 있었다.

"차렷!"

오늘 회의를 주재하는 보안사 정보처장이 입장하자 모두 기립했다. 보좌관들이 뒤를 따랐는데 예상대로 우나연의 모습이 보였다. 거의 1년 만인데 일이 고된 걸까, 한태형의 눈에는 그때보다 조금 야윈 것 같았다. 우나연과 눈이 마주치자 한태형은 괜히 가슴이 뛰었다.

"녹음기는 무사히 넘겼지만, 아직 마음을 놓을 수 없다. 가을도 여름 못지않게 게릴라 침투에 유리한 계절이다. 정보에 의하면 조만간 북한이 공작원을 남파할 것이라고 한다. 그와 관련해서 기탄없는 의견을 제시해 주기를 바란다."

처장이 자리를 잡자 보좌관이 휴전선과 수도권이 표기된 대형 지도로 향했고, 예상 침투로를 차례차례 짚어 가며 브리핑을 시작했다. 대부분 기존에 침투가 이루어졌던 곳인데 새로 추가된 곳도 있었다.

설명 도중에 간혹 질문이 있었지만, 보충 설명을 요구하는 정도고 특별히 이견을 제시하는 사람은 없었다. 해당 지역이 포함된 부대 정보관들은 긴장해서, 그리고 그렇지 않은 부대 정보관들은 상대적으로 여유를 가지고 지켜보는 가운데 브리핑이 끝났다.

"고랑포로 침투하는 루트는 무슨 근거로 추가되었는지 궁금합니다."

한태형이 질문에 나섰다.

"고랑포는 미 2사단과 한국군의 전투지경선에서 300미터쯤 빗겨난 곳으로 경계가 제일 취약한 곳입니다."

보좌관이 답변했다. 그의 말대로 인접하는 부대의 책임작전 구역이 마주치는 전투지경선은 경계가 제일 허술한 곳이다. 서로 책임을 미루기 때문이다. 그런데 상대가 미군일 경우는 실제 전투지경선에서 300미터 정도 미군 쪽으로 이동한 구역을 제일 취약한 지역으로 파악하고 있었다.

"그렇다면 파주와 구파발로 이동해서 서울로 침투하려 할 텐데 이동 경로에 비해서 저지선 설정이 늦는 것 같습니다. 시간당 이동 거리를 얼마로 예측한 것입니까?"

"30kg의 무장으로 시간당 12km를 이동할 것으로 예상하고 있습니다."

보좌관의 입에서 시간당 12km라는 말이 나오자 합동회의에 참석한 정보관들이 일제히 놀란 표정을 지었다. 상상을 초월하는 속도였다.

여기저기서 웅성거림이 일자 우나연이 자리에서 일어나 보충 설명에 나섰다.

"저들은 1968년 침투 때도 시간당 10km로 행군을 했습니다. 그때는 체력소모가 극심하고 은폐하기 어려운 동절기였습니다. 야영에 큰 어려움이 없고, 은폐와 엄폐가 유리한 계절이라면 12km 행군도 가능할 것입니다."

우나연이 신호를 보내자 전면에 스크린이 펼쳐졌다.

"미군 정보부대에서 항공촬영한 입체사진입니다."

화면에 특수촬영한 지형이 비쳤고, 우나연은 입체 그래프 형태의 지형도를 차례로 짚어 가며 설명을 이어갔다. 고도와 거리, 방향 그리고 경사도가 일목요연하게 표기된 입체 그래프는 조감도를 보는 기분이었다.

"대단한 과학적 분석이로군요. 그렇지만 실전에는 변수가 많습니다. 그러니 차선책이 마련되어야 합니다."

그러나 한태형은 물러서지 않았다. 특전사는 공작원이 침투하면 즉각 출동해서 추격전을 벌여야 하기에 책임 구역이 정해진

부대와 달리 이동 경로 전체를 보다 세밀하게 파악할 필요가 있다.

"분석 결과 미군 정보당국도 시간당 12km 행군이 가능한 것으로 결론을 내렸습니다."

우나연도 한태형을 의식하고 있는 걸까. 이전보다는 조금 굳은 표정이었다.

"전에 전투는 책상에서 하는 게 아니라고 했던 걸로 기억하는데, 전략을 짜고 전술을 입안하는 것은 책상 위에서 이루어집니다. 아마도 탁상공론에 불과하다는 말씀을 하시고 싶은 모양인데 전술 없는 전투는 동네 병정놀이에 불과합니다."

병정놀이라는 말에 여기저기서 웃음소리가 들렸다. 보병들은 프라이드가 강한 특전사를 은근히 시기하고 있었다.

"뭐요!"

한태형이 몸을 벌떡 일으키며 우나연을 노려보았다.

"진정들 해! 네가 잘났네 내가 잘났네를 따지자고 모인 자리가 아니야! 현장답사를 한 후에 예상 침투로를 확정 지을 거니까 그렇게 알도록! 그리고 우 분석관은 미군의 최신 정보분석기법을 익히기 위해서 사령관님께서 특별히 초빙한 분이니 모두들 적극 협조하도록!"

처장이 회의를 마쳤다. 한태형은 불만을 감추지 않은 채 회의장을 빠져나왔다. 첫 번째 만남에 이어서 이번에도 우나연과 언성을 높이고 말았다. 왜 자꾸 이렇게 되는 걸까. 그녀와 다툴 생각은 전혀 없는데. 우나연은 혹시 내가 자기가 민간인이고 또 여자이기에 우습게 보고 있다고 생각하는 걸까. 그런 건 아닌데……

"야, 한 대위!"

그런 생각을 하면서 걷고 있는데 누가 뒤에서 불렀다. 돌아보니 처장이다.

"너 전에도 그러더니 왜 또 그래? 여자에게 일을 맡긴 게 불만이어서 그래?"

"그건 아닙니다."

"네가 또 소란을 피웠다는 보고가 올라가면 사령관님께서 퍽도 좋아하시겠다."

처장이 웃으며 한태형의 어깨를 툭 쳤다. 전혀 힐난의 투가 아니었다. 보안사 대령이 일개 대위를 이렇게 허물없이 대하는 경우는 드물다. 그만큼 전두환 사령관이 한태형을 아끼고 있다는 의미일 것이다.

"전에 사령관님께서 말씀하신 거 생각해 봤어?"

처장도 하나회 멤버라고 했다.

"예. 곧 찾아뵙고 말씀드리겠습니다."

한태형이 절도 있게 대답하자 처장은 만족한 웃음을 지었다.

* * *

민간인 출입이 통제된 지 10년이 넘은 북악산은 전혀 사람의 손때를 타지 않은 자연 그대로의 멋과 정취를 지니고 있었다. 한태형은 서울 인근에 이런 명산이 있는데도 안보 때문에 일반에게 개방하지 못하는 현실이 마음 아팠다.

부지런히 산행을 한 결과 합동조사팀은 예정보다 일찍 북악산

정상에 오르게 되었다. 탁 트인 시야와 발아래 넓게 펼쳐진 서울 시내. 만추의 북악산은 황홀함 그 자체였다. 한태형은 잠시 임무를 잊고 산행의 여유로움을 맛보았다.

뒤를 돌아보니 우나연이 바위에 걸터앉은 채 가쁜 숨을 몰아쉬고 있었다. 청바지에 운동화 차림인데 정장일 때에 비해서 한결 앳돼 보였다. 우나연은 한태형과 눈이 마주치자 얼른 고개를 돌렸다.

"보안사에 있는 동기가 그러는데 대학을 졸업하고서 CIA에서 분석관으로 일했다고 하더군."

여단 작전장교로 자리를 옮긴 장재원도 합동 조사에 참가했다.

"그럼 미국 시민 아닌가? 미국 시민에게 군사정보를 맡겨도 되는 거야?"

"중요 정보를 미군에 의존하는 현실 아닌가. 미군 정보당국과 원활히 소통하려면 CIA 출신도 필요하겠지. 그보다는 너 저 여자랑 또 한 판 붙었다면서?"

"붙기는 무슨…… 자꾸 실정 모르는 소리를 하길래 한마디 해준 것뿐이야."

한태형이 고개를 가로젓는데 처장이 집합시켰다.

"지금부터 각자 할당받은 구역을 정밀 정찰하도록."

처장의 지시가 떨어지자 각 부대 정보관들과 사진, 측량기사들이 분주히 움직였다. 그렇지만 특전사는 할당 구역이 따로 없기에 한태형은 전체 지형을 살필 요량으로 바위로 올라섰다.

"우리와 함께 움직이죠. 여기서 내려다보이는 서울 경치가 일품입니다."

어느 틈에 우나연에게 다가간 장재원이 합류할 것을 권유했다. 한태형이 다소 거칠고 직선적인 데 비해서 장재원은 일에는 냉정한 편이지만 사람을 대함에는 모남이 없어서 누구와 척지고 사는 일이 없었다.

우나연은 잠시 주춤하더니 장재원이 내미는 손을 잡고 바위로 올라섰다. 오늘따라 유난히 파란 하늘과 곱게 물든 단풍. 그리고 저 아래로 드넓게 펼쳐진 서울. 세 사람은 나란히 서서 자연의 싱그러움과 발아래 펼쳐진 장관을 만끽했다.

"아름답군요. 한국에 돌아오길 잘했다는 생각이 드네요."

우나연이 상기된 표정으로 주위를 둘러보았다.

"어멋!"

뒤를 돌아보던 우나연이 중심을 잃고 비틀거렸다. 잔돌을 밟고 미끄러진 모양이다. 바위 아래는 상당한 높이의 낭떠러지로 이어지고 있었다. 추락하면 심한 부상, 어쩌면 목숨을 잃게 될지도 모른다. 한태형은 본능적으로 몸을 날리며 우나연을 잡아챘고, 두 사람은 껴안은 채 바위 위에 주저앉고 말았다. 다행히 추락은 면했지만 어쩌다 우나연과 포옹을 하게 된 꼴이 되었다. 한태형은 당혹스러웠고, 우나연도 난감해했다.

"현장에서는 늘 예기치 못한 일이 발생하게 마련이지요."

한태형은 그 말로 어색한 장면을 마무리했고, 우나연의 얼굴이 빨개졌다. 두 방을 연속해서 맞은 꼴이 된 것이다.

"큰일 날 뻔했습니다."

장재원이 우나연의 손을 잡아주었다.

"고마워요."

우나연이 한태형과 장재원에게 차례로 목례를 보냈다.

산을 내려오는 내내 우나연은 아무 말이 없었다. 한태형은 마주쳤던 우나연의 눈빛을 떠올리며 왠지 도도하고 차가운 모습만이 우나연의 전부가 아닐 거라는 생각이 들었다.

현장 정찰을 마친 일행은 산에서 내려와 근처 식당에 자리를 잡았다. 팀별로 자리에 앉다 보니 자연스럽게 한태형은 우나연과 나란히 앉게 되었다. 그런데 왜 이렇게 서먹서먹한 걸까. 어색한 분위기를 바꾸려면 뭔가 말을 꺼내야 할 텐데 도무지 마땅한 말이 떠오르지 않았다. 침투훈련과 공수훈련을 할 때도 이렇게 긴장한 적은 없었던 것 같았다. 한태형은 조금은 굳은 표정으로 앞만 봤고, 우나연도 조용히 앉아 있었다.

"모두 수고했어! 전부 잔을 채워."

식사가 나오기 전에 맥주가 나왔고, 처장의 건배 제의에 따라 잔잔한 미소로 잔을 부딪치는 우나연을 보며 한태형은 비로소 긴장이 풀렸다.

그때 맞은 편에서 가스레인지를 조절하던 사람이 그만 밸브를 잘못 다루는 바람에 불길이 확하고 치솟아 올랐다.

"헛!"

한태형이 기겁을 하며 얼른 식탁 밑으로 몸을 숨겼다. 솟아오르는 불길을 보는 순간, 그날 불길 속에서 달려들던 북한 공작원이 연상되었던 것이다. 처음으로 패배를 안겨준 자, 두려움이 뭔지를 알게 해준 자의 얼굴이 불길 속에서 클로즈업 된 것이다.

한태형이 겁에 질려서 식탁 밑으로 숨는 것을 보고 사람들은 어이없어했다. 순간적으로 불길이 번졌을 뿐, 옮겨붙은 것도 아니고 그리 위험한 상황도 아니었다.

"트라우마가 있군요. 사람들은 누구나 저마다의 트라우마가 있게 마련이지요. 하지만 한 대위님은 반드시 극복해 낼 거예요."

어느 틈에 우나연이 한태형의 손을 꼭 잡고 있었다. 우나연은 이해심 가득한 눈길로 한태형을 쳐다보았고, 그 눈길을 바라보면서 한태형은 두려움을 떨쳐낼 수 있었다.

사령부로 돌아온 한태형은 서둘러 보고서를 작성하고 사령관실로 향했다. 제법 늦은 시각인데도 특전사령관 석 장군이 자리에 있었다.

"천천히 올려도 되는데 뭘 그리 서둘러."

비서실장 이 소령이 웃으며 한태형을 맞았다. 육사 선배인 이 소령은 한태형을 동생처럼 대해주었고, 한태형도 무슨 일이 생기면 이 소령에게 상의하곤 했다.

석 장군은 보고서를 간단히 살피더니 곧 결재를 했다.

"수고했어. 치밀하게 작성했군. 그런데 중요한 건 계획이 아니고 실전이야. 실제 상황이 벌어지면 작전계획대로 움직일 수 있도록 예하 여단 훈련을 철저히 체크하도록."

석 장군은 한태형이 올린 합동 조사에 따른 대비책을 흡족해했다.

"한 대위."

석 장군이 무슨 생각이 났는지 사령관실을 나서려는 한태형을 불러 세웠다. 무슨 말을 하려는 걸까. 표정이 사뭇 심각했다.

"보안사 전두환 장군이 육사 출신 장교들을 기수별로 선발해서 따로 모임을 만들고 있다는 말을 들었다. 혹시 한 대위도 제안을 받았나?"

"그렇지 않아도 그 문제로 사령관님께 상의를 드리려던 참이었습니다."

한태형이 얼른 대답했다. 사실 언제 얘기를 꺼낼까 눈치를 보던 참이었다. 석 장군은 육사 출신이 아니지만 많은 야전군 지휘관들로부터 존경을 받는 군인이다.

"나는 휘하 장교들의 사적인 모임에 관여할 생각은 없다. 다만 군에 사조직은 필요하지 않다는 것이 내 판단이다."

석 장군이 정색을 하고 말했다.

"저도 그렇게 생각하고 있습니다."

사실 한태형은 어느 정도 마음을 정하고 있었다. 누구나 가입할 수 있고 상호간의 친목을 도모하는 모임이라면 모를까 폐쇄적이고 특혜가 따르는 모임이라면 가입하고 싶지 않았다.

"군인은 명령과 신념에 따라 나라를 지키고, 국민을 보호하면 되는 거야. 괜히 끼리끼리 어울려 다니면서 여기저기 기웃거리는 것은 바람직하지 못해."

석 사령관은 후배 전두환 장군이 못마땅했다. 전에 휘하 여단장으로 있을 때부터 청와대를 위시해서 여기저기 권력기관을 드나들면서 이 사람 저 사람 만나고 다니는 게 거슬렸던 차였다. 지휘관으로서는 나름 능력이 있고, 강단도 있는 사람이지만 군인은 정치와는 일정 거리를 두는 게 옳을 것이다.

"잘 알겠습니다. 대위 한태형, 용무를 마치고 돌아갑니다."

한태형이 한결 가벼워진 마음으로 사령관실을 나오자 이 소령이 웃으며 다가왔다. 밖에서 얘기를 들은 모양이다.

"잘 생각했어. 실은 나도 하나회 가입을 권유받았는데 거절했어."

"쟁쟁한 선배들이 많다고 들었습니다. 줄을 잡을 수 있는 기회를 차버렸군요."

한태형과 이 소령은 마주 보고 웃음을 지었다.

"언제 집에 들러라. BOQ 생활이 답답할 텐데."

이 소령은 부대에서 멀지 않은 곳에 작은 집을 마련하고 아내와 둘이 살고 있었다. 한태형은 그러겠다고 대답하고는 비서실을 나섰다. 그러고 보니 한 달째 집에 들어가지 못했다. 어머니가 걱정하고 계실 것이다. 서른을 훌쩍 넘겼는데도 어머니는 그래도 자식이 걱정되는 모양이다. 동생 태준이가 원하던 법대에 합격하면서 한시름을 놓은 어머니는 더욱 한태형을 몰아세우고 있었다.

어떻게 해야 하나. 이번에 집에 가면 맞선을 피하기 힘든 상황이다. 무슨 핑계를 대도 어머니 고집을 꺾지 못할 것이다. 한태형은 여태 결혼을 심각하게 생각해본 적이 없었다. 더구나 중매로 상대를 정한다는 사실에 일말의 거부감도 느끼고 있었다. 어머니는 살면서 정을 붙이면 된다고 하셨지만, 한태형은 실감이 나질 않았다.

'그럼 네가 여자를 데려와 봐!'

어머니가 역정을 내실 때 우나연을 떠올렸던 적이 있었다. 그리고 오늘 근 1년 만에 우나연과 재회를 했다. 그리고 그 정 가득한 눈길은 한태형의 가슴에 깊이 각인이 되어 있었다.

이런저런 생각을 하는 사이에 BOQ에 당도한 한태형은 그대로 침대에 벌렁 누웠다. 내일 집에 들르면 어머니에게 마음에 두고 있는 상대가 있다고 할까. 어머니는 반색을 하시겠지만 아직까지는 일방적인 생각일 뿐이다. 우나연에 대해서 아는 게 별로 없다. 그저 막연히 다시 보고 싶고, 그녀도 내게 호감을 가지고 있는 것 같다는 생각뿐이다.

우나연에게 접근할까. 하지만 어떻게……? 그런 일에는 경험이 전무인 한태형은 막막할 따름이었다.

"왔어?"

노크 소리에 이어서 장재원이 방으로 들어왔다.

"너는 집에서 장가가라고 보채지 않냐?"

한태형은 문득 그게 궁금했다.

"뭐야, 그 생각하고 있었어? 나는 삼남이야. 형 둘은 다 결혼했어. 행인지 불행인지 나는 관심권 밖이야."

장재원이 히죽거렸다.

"그런데 너 아까 음식점에서 왜 그랬어? 그까짓 불길 때문에 천하의 한태형이 벌벌 떨다니?"

"실은……"

한태형이 사실대로 얘기했다. 둘은 숨기는 게 없는 사이다.

"그때 당했던 충격이 생각보다 컸던 모양이군. 하지만 아직 끝난 것은 아니야. 마주칠 기회가 또 있을지 몰라. 그때는 이자까지 쳐서 확실하게 갚아주면 되잖아."

장재원이 한태형의 등을 두드리며 격려했다. 그러더니 심각한 표정을 지었다.

"너 어떻게 할래? 일전 전두환 장군님께서 말씀하신 것 말인데…… 나는 권유를 받아들이기로 했어.”

장재원이 하나회에 가입하겠다는 뜻을 밝혔다.

“나는 가입하지 않겠어. 군대에 사조직은 필요 없다는 게 내 생각이야.”

한태형이 태도를 분명히 했다.

“그래? 전두환 장군님이 섭섭해하시겠다. 너를 각별히 아껴 주시는데.”

장재원은 안타까운 표정을 지었지만, 한태형의 성격을 잘 아는지라 그 이상 권유하지 않았다.

다시 혼자가 되자 피로가 몰려왔다. 참으로 긴 하루였다. 여러 사람을 만났고, 많은 일을 겪었다. 푹 자고 내일은 집에 가야 한다. 그런데 오늘이 며칠이던가. 날짜 감각도 잊어버린 것 같았다. 한태형은 침대에 누운 채 달력을 쳐다봤다. 10월 26일, 금요일이었고 시계는 오후 7시를 가리키고 있었다.

* * *

1979년 10월 26일 오후 7시. 사람들 눈에 잘 띄지 않는 궁정동의 넓은 저택에서 수 발의 총성이 울렸다.

12.12

"충성!"

한태형이 탄 지프가 대학교로 들어서자 경계총 자세로 정문을 지키고 있는 특전사 대원들이 절도 있게 받들어총을 했다.

1979년 10월 26일, 대한민국 대통령이 중앙정보부장이 쏜 총에 피격, 사망하는 초유의 사태가 발생했다. 비상계엄령이 선포되면서 계엄군은 긴급출동해서 주요시설을 장악했고, 휴교령이 내린 대학교에는 특전사가 주둔했다.

"이상 없지?"

지프에서 내린 한태형이 특전사 병력을 인솔하고 있는 장재원에게 다가갔다. 사령부 정보관인 한태형은 시내 대학을 돌면서 상황을 점검하는 중이다.

"응. 다른 데는 어때?"

"다른 데도 그래. 겉으로는 평온하지만 모두들 뭘 어떻게 해야 할지 모르고 허둥대고 있어."

박정희 대통령이 피살되었다. 그것도 심복 중의 심복인 김재규 중앙정보부장이 쏜 총에 맞고 죽었다. 상상조차 할 수 없었던 일이 발생한 것이다.

그런데 서울은 의아심이 들 정도로 조용했다. 그저 경계를 서고 있는 대원들의 충혈된 눈에서 비상 상황임이 느껴질 뿐이다. 밤에 갑자기 비상이 걸리면서 긴급출동을 한 바람에 대원들은 제대로 쉬지도 못하고 계속 경계를 서고 있었다.

"어떻게 될 거 같아?"

장재원이 소리를 죽이며 물었다.

"낸들 아나, 우리야 그저 위에서 명령을 내리는 대로 움직이면 그만이지."

말은 그렇게 했지만, 한태형도 궁금하기는 마찬가지였다. 휴전선은 괜찮을까. 헌법에 따라 총리가 대통령 권한대행이 되었지만, 그가 다음 대통령이 될 거라 보는 사람은 아무도 없었다.

박정희 대통령의 18년 철권정치의 그늘은 깊었다. 후계자를 거론하는 것조차 불경으로 간주되던 터여서 갑작스런 통치 공백에 뭘 어떻게 해야 할지 몰라 모두들 허둥댔다. 대한민국은 어디로 가는가. 무사히 위기를 극복할 것인가. 아니면 소용돌이에 휩쓸려서 표류하게 될 것인가. 한태형은 근심 가득한 얼굴로 하늘을 올려다보았다.

"너는 어떻게 생각해? 합동수사본부 발표에는 육군참모총장이 중앙정보부장과 함께 그날 궁정동 안가에 있었다고 하던데."

장재원이 목소리를 죽여가며 물었다.

"뭘 말이야?"

"총장이 그 자리에 있었다는 게 이상하지 않아? 더구나 중정부장 소행이라고 즉시 밝히지도 않았다면서?"

"하면 총장이 중정부장과 사전에 모의를 했단 말이야?"

한태형이 놀라서 장재원을 쳐다봤다.

"총장의 그날 행적에 의구심을 가지고 있는 장교들이 많아."

장재원은 굳이 하나회 멤버들이라고 하지 않았지만, 한태형은 충분히 알아들었다. 박정희 대통령으로부터 총애를 받았던 그들에게 박 대통령의 죽음은 군 통수권자 사망 이상을 의미했다.

"이런저런 유언비어들이 떠돌고 있다는 건 나도 알아. 미국이 배후에 있다는 말을 하는 사람도 있더군."

"너도 그 얘기 들었어? 정말 미국이 배후에 있는 걸까?"

"글쎄…… 이럴 때는 확인되지 않은 소문들이 나돌게 마련이니까. 이럴수록 우리 군이 일치단결해서 위기를 극복해 나가야 하지 않겠나."

한태형은 그 이상 소문을 신경 쓰지 않기로 했다. 한태형은 수고하란 말을 남기고 지프에 올랐다. 사령부로 귀대해서 순찰 결과를 보고해야 한다.

거리는 신기하리만치 평온했다. 아무 일 없다는 표정으로 제 갈 길을 가고 있는 사람들의 얼굴에서 별다른 긴박감이 전해지지 않았고 절대 권력자의 공백이 전혀 느껴지지 않았다.

이제 어떻게 될까. 육군참모총장은 계엄사령관을 겸하면서 군부를 한 손에 장악했다. 사실상 최고의 권력자가 된 것이다. 그럼 그가 새로운 권력자가 되어 대한민국을 통치할 것인가. 한태형은 왠지 아닐 거라는 생각이 들었다. 한태형이 아는 한 총장은 순수

야전 군인으로 정치와는 거리가 있는 사람이다. 정치적으로 야심이 있는 사람이라면 박 대통령이 애초에 총장에 앉히지도 않았을 것이다.

그럼 헌법에 규정된 대로 선거를 통해서 새로 선출된 대통령이 이 나라를 통치할 것인가. 그것도 별반 현실감이 없는 것 같았다. 박 대통령이 세상을 떠난 마당에 유신체제는 더 이상 존속하기 힘들 것이다. 정말 소문대로 미국이 이 사태를 뒤에서 조종했을까. 설마 하면서도 의혹을 말끔히 씻어 버리지 못하는 것은 그만큼 미국이 한국 문제에 깊이 관여하고 있기 때문일 것이다.

혹시 우나연은 그와 관련해서 뭔가 아는 게 있지 않을까. 한태형은 퍼뜩 우나연이 떠올랐다. 그렇지 않아도 우나연에게 그날 고마웠다는 말을 전하려던 참이다.

이런저런 생각을 하는 사이에 지프는 사령부에 도착했고, 한태형은 사령관실로 달려갔다.

"때맞춰 도착했군. 같이 들어가지."

결재서류를 챙겨 든 이 소령이 한태형에게 따라오라고 했다.

"휴전선에서는 별다른 동향이 포착되지 않는다고 합니다. 예하 여단 지휘관들은 전부 정위치하고 있습니다."

이 소령이 상황실에서 취합한 정보를 보고했다.

"좋아. 출동군은 어때?"

석 사령관이 한태형에게 고개를 돌렸다.

"모두 충실하게 근무를 서고 있습니다. 그런데 시간이 지나면서 대원들의 피로가 누적되고 있습니다."

"즉시 교체병력 출동 건을 예하 여단에 시달해. 또 다른 일은?"

석 사령관이 이 소령과 한태형을 차례로 쳐다보며 물었다.

"저…… 떠도는 소문에 의하면 일부 장교들이 총장님의 그날 행적에 대해서 의문을 품고 있다고 합니다."

한태형은 잠시 주저하다 조심스럽게 보고했다. 유언비어일지라도 군과 관련된 일이라면 빠뜨리지 않고 수집해서 보고하는 것이 정보관의 책무다. 총장 관련 건은 사실 여부를 떠나서 빼놓을 수 없는 중대 사안이다.

"저도 그런 소문을 들었습니다. 합동수사본부 발표를 보면 나름 근거가 있다는 생각도 듭니다."

이 소령이 석 사령관의 눈치를 살피며 물었다.

"총장님은 내가 잘 알아. 그런 일과는 거리가 먼 분이야. 아마도 무슨 일인지도 모르고 그 자리에 갔을 거야. 지금은 국가 위기 상황이야. 계엄사령관을 중심으로 일치단결해서 신속히 위기를 수습하고, 헌법에 따라 정권을 새 정부에 이양해야 해. 그때까지 유언비어에 휩쓸리는 일 없이 본연의 임무에 충실하도록."

석 사령관이 단호한 태도로 말했다. 사령관이 그렇게 말하는데 달리 할 말이 없었다. 한태형은 한결 가벼워진 마음으로 사령관실을 나왔다.

"잠깐이라도 집에 들러봐야 하지 않겠습니까. 나야 총각이니 상관이 없지만 그래도 선배님은 가정이 있는데. 벌써 며칠째입니까."

비상이 계속되면서 영외거주 간부들은 전부 영내에서 대기하고 있었다.

"괜찮아. 애 엄마도 이 생활에 이골이 났으니까. 그리고 며칠 있으면 교대로 외출할 수 있을 거 같아."

이 소령이 웃으며 대답하는데 석 사령관이 퇴근 채비를 하고 나왔다. 모처럼 집에 들릴 모양이었다.

"통신보안! 한태형 대위입니다."

이 소령이 석 사령관을 배웅하러 나간 사이에 벨이 울렸다. 한태형은 즉시 수화기를 들었다.

"보안사 우나연 분석관이에요."

여인의 목소리가 수화기를 통해서 전해졌는데 뜻밖에 우나연이었다.

"일전에 라운드 하우스(데프콘 3) 발령시 특전여단의 출동계획 수정본을 보내달라고 통보했는데 사령관님 결재가 아직 나지 않았다고 하는군요. 언제 보내주실 수 있는 건가요?"

그런 게 있었던가. 하긴 여차하면 데프콘이 격상될 상황이니 그럴 수도 있을 것이다.

"지금 실장님이 부재중입니다. 돌아오는 대로 말씀 전해드리지요."

그렇지 않아도 어떻게 우나연에게 연락하나 고심하던 참이었다. 그런데 이렇게 통화하게 될 줄이야.

* * *

차가운 바람이 거리를 스치고 지나갔다. 한 치 앞을 내다볼 수 없는 정국만큼이나 을씨년스러운 날씨였다. 비상계엄이 내려진 가운데 시간은 쉬지 않고 흘러서 어느새 1979년도 겨우 보름 남짓 남았다.

여자와 식사를 같이하는 게 이렇게 신경이 쓰이는 일인가. 행여 실수를 하지 않았나. 예의에 어긋나게 행동한 것은 없나. 한태형은 식사하는 내내 긴장을 풀지 못했다.

한태형은 출동계획 수정본을 직접 보안사에 전달하면서 우나연과 재회를 했고, 그날의 답례로 저녁을 사기로 한 것이다. 우나연이 거절을 하면 어떻게 하나 걱정을 하면서 어렵게 말을 꺼냈는데 우나연은 한 차례 사양했지만, 그 이상 호의를 물리치지 않았다. 일각이 여삼추의 심정으로 약속을 기다리던 한태형은 시간에 맞춰 덕수궁 부근의 경양식집으로 달려왔다.

"우리 말이 능숙한 걸로 봐서 한국에서 중학교는 나온 것 같습니다."

한태형이 서툰 칼질을 하며 말을 꺼냈다. 어색한 분위기를 깨려면 무슨 말이라도 해야 할 것이다.

"4살 때 미국에 입양되었어요."

그런데 우나연의 입에서 뜻밖의 말이 나왔다. 당연히 가족이 이민을 가서 미국에서 대학을 나온 걸로 알고 있었는데 입양이라니.

"이런, 괜한 것을 물었습니다."

한태형이 얼른 사과를 했다.

"괜찮아요. 좋은 양부모님을 만나서 사랑을 많이 받으면서 자랐어요."

당황하는 한태형과는 대조적으로 우나연이 아무런 스스럼이 없었다.

"어릴 때 입양되었는데도 우리 말을 잘하는군요."

"양부모님이 주말에 운영하는 한국인 학교에 보내주셨어요. 양부모님은 네가 태어난 나라에 대해서 알아야 한다며 한글책도 구해주셨지요. 한국에 가겠다고 했을 때도 적극 격려해주셨고요."

"좋은 양부모님을 만났군요."

화제가 양부모로 옮겨가자 우나연의 얼굴이 환해졌다. 좋은 환경에서 아무런 어려움 없이 자랐을 것으로 알았는데 입양아라니…… 한태형은 그런 사실을 스스럼없이 밝히는 우나연에게 더욱 끌렸다.

"남매 없이 자라서 내게 여자는 동경과 동시에 막연한 두려움의 대상이었지요. 괜히 별거 아닌 걸 가지고 까탈스럽게 굴지 않을까 하는…… 어머니는 우리 형제를 엄하게 키우셨어요. 아버지를 일찍 여읜 통에 어머니가 아버지 몫까지 하셔야 했기에."

한태형은 스스럼없이 입양아임을 밝히는 우나연을 보며 자기도 거리낌 없이 대하기로 했다.

"한국에 계속 있을 건가요?"

"아직 모르겠어요. 내가 태어난 땅이 궁금해서 한국 근무를 지원했던 것인데 여전히 낯선 면도 있고 미국에서는 느껴보지 못했던 묘하게 끌리는 면도 있고…… 일단 계약기간을 채운 후에 계속 머물지 여부를 결정하려고요."

"나는 나연 씨가 우리나라에 계속 있었으면 좋겠습니다."

그렇게 말하고서 한태형은 당황했다.

"이런, 내가 괜한 말을 했군요. 미안합니다."

"고려해 보지요. 양부모는 친자식이 없어요. 그래서 외롭게 자랐어요. 여기서도 따로 아는 사람이 없어서 쓸쓸할 때가 많았는데 한 대위님 같이 좋은 분을 알게 되어 다행이에요."

우나연이 미소를 지으며 미안해하는 한태형에게 괜찮다고 했다. 배려심이 잔잔하게 전해지면서 한층 가깝게 느껴졌다. 이런 게 사랑이라는 걸까. 가족과 나라, 그리고 전우만을 알고 있던 한태형으로서는 처음 느껴보는 감정이었다.

"비상시국이 풀리면 나연 씨에게 우리나라의 구석구석을 구경시켜 드리겠습니다. 미국만큼 광활하지는 못하지만 그래도 특유의 아기자기한 맛이 있고, 정감이 가는 곳들이 많이 있으니까요."

"부탁드릴게요. 그렇지 않아도 궁금하던 차였어요."

우나연이 어린아이처럼 좋아했다. 그런 우나연을 보며 한태형은 태어나서 처음 느껴보는 묘한 감정에 휩싸였다.

"참!"

우나연이 생각이 났다는 듯이 물었다.

"전두환 장군은 어떤 사람인가요? 미군 당국에서는 전 장군을 주목하고 있던데."

미국이 전 장군을? 한태형은 고개를 갸우뚱했다. 합동수사본부장을 겸하고 있는 전 장군은 대통령 저격 사건을 공표하면서 외부에 널리 알려졌지만, 엄연히 통수권은 권한대행에게 있고 계엄사령관이 병력을 장악하고 있는 마당이다. 그런데 왜 미국이 전두환 장군을 주목하고 있단 말인가.

"군무에 충실한 군인입니다. 위로는 신임이 깊고 아래로는 따르는 후배들이 많은 사람이지요."

한태형은 자신이 아는 대로 얘기해 주었다.

"한참 해가 짧을 때이기는 하지만 벌써 어두워졌군요. 집까지

바래다 드리겠습니다."

식당을 나온 한태형과 우나연은 덕수궁 돌담길을 말없이 걸었다. 가을의 정취는 사라진 지 오래고, 계엄령이 내려진 세모의 거리는 을씨년스러웠다. 곳곳에 출동한 군인들이 총을 들고 경계를 서고 있었지만, 특전사 대위와 동행하는 여자를 검문하려는 근무자는 없었다.

우나연의 아파트는 멀지 않은 곳에 있었다. 아쉽지만 오늘은 여기서 헤어져야 할 것이다.

"바래다줘서 고마워요."

우나연이 목례를 하고 아파트로 들어섰다. 이제 집에 들러야 한다. 오늘 들릴 거라 얘기하지 않았으니 어머니가 기다리지는 않겠지만 그래도 매일 걱정을 하고 계실 것이다.

"흑!"

무슨 소리가 들리는 것 같았다. 걸음을 돌리던 한태형은 얼른 다시 되돌아섰다. 그리고 아파트로 달려갔다.

"나연 씨!"

무슨 일일까. 우나연이 불 꺼진 계단에 주저앉아서 부들부들 떨고 있었다. 혹시 괴한? 한태형은 얼른 주위를 살펴봤지만 아무도 없었다.

"무슨 일입니까?"

겁에 질린 우나연의 얼굴은 식은땀으로 흥건했다. 괴한도 아니고 발을 헛디딘 것도 아닌 것 같았다. 그럼 무슨 일이……?

"괜찮아요. 가끔 어두운 곳에 혼자 있을 때 이런 일을 겪어요. 일종의 트라우마인 셈이지요."

우나연이 숨을 크게 쉬고는 말을 이었다.

"4살 때 거리에서 엄마를 잊어버렸어요. 그때 엄마가 나를 잊어 버린 것인지, 버린 것인지는 지금도 알 수 없어요. 그 후로 어두운 곳에 혼자 남게 되면 갑자기 덜컥 겁이 나면서 숨이 막히곤 했어 요."

우나연에게 그런 트라우마가 있단 말인가. 그래서 그때 그렇게 이해심 가득한 눈길로 감싸주었단 것이었나.

"그런 일이 있었군요. 어둡기는 하지만 이제부터는 혼자가 아 니니 겁을 먹을 필요 없습니다."

한태형이 우나연을 부축하며 계단을 올라갔다. 우나연은 문을 열더니 이내 스위치를 켰다. 얼굴은 여전히 창백했지만 더 이상 떨지는 않았다.

"정말 고마워요."

우나연이 웃음을 지으며 사의를 표했다.

"나연 씨가 안정을 찾을 때까지 옆에서 지켜드리겠습니다."

한태형은 우나연의 대답은 필요 없다는 듯 성큼성큼 아파트로 들어섰다. 우나연을 혼자 두고 도저히 발길이 떨어지지 않았던 것 이다. 우나연은 잠깐 놀라는 표정을 지었지만 거부하지는 않았다.

"차를 드릴까요?"

"괜찮습니다. 그냥 이렇게 있다가 돌아가겠습니다."

한태형이 주위를 둘러보고 소파에 앉았다. 여자 혼자 사는 작은 아파트는 가구도 별로 없었다. 이렇게 우나연과 아파트에 단둘이 있게 될 줄이야. 어색한 분위기가 흘렸지만 마주 앉은 우나연의 얼굴은 더없이 평온해 보였다.

침묵이 흐르면서 한태형은 심장이 쿵쿵 뛰었다. 우나연은 아무 말이 없었다. 이럴 때는 어떻게 해야 하나. 여자를 사귀어본 적도 없고 따로 배워본 적도 없지만, 솔직한 감정은 전하는 것이 제일 좋은 방법일 것이다. 한태형은 몸을 일으켰고, 우나연과 나란히 앉았다.

"안정을 찾은 것 같아서 다행입니다. 언제라도 나연 씨 곁에서 지켜드리고 싶습니다."

한태형은 주저하지 않고 솔직한 심정을 전했고 우나연은 엷은 미소를 지었다. 한태형은 더 참지 못하고 우나연을 껴안았다. 우나연은 멈칫했지만 뿌리치지 않았다.

＊＊＊

시간이 어떻게 되었을까. 창밖으로 눈을 돌리니 어둠이 서서히 걷히고 있었다. 우나연은 먼저 일어났는지 보이지 않았다. 한태형은 얼른 옷을 챙겨 입었다. 이렇게 우나연과 하룻밤을 지내게 될 줄은 꿈에도 생각해 본 적이 없었다.

"씻고 오세요. 할 줄 아는 게 이것밖에 없어요."

방을 나오자 우나연이 토스트를 굽고 있었다.

"빵 좋아합니다."

간단히 세수를 마친 한태형이 웃으면서 자리에 앉았다.

"빨리 비상시국이 끝나서 나연 씨에게 우리나라의 아름다운 모습을 보여드리고 싶습니다."

한태형이 호기롭게 말했다. 하룻밤 사이에 다른 사람이 된 양

자연스럽고 당당하게 우나연을 대하고 있었다.

"기대할게요."

우나연이 환하게 미소를 지었다.

"나연 씨 양부모님들도 뵙고 싶다면 너무 이를 것 같고…… 다음에 만날 때는 어디어디를 돌아볼지 구체적인 계획을 세우기로 하지요."

말이 술술 나왔다. 연애가 별거 아니구나 하는 생각이 들었다. 한태형은 고개를 끄덕이는 우나연을 가볍게 포옹하고는 아파트를 나섰다. 귀대하기 전에 집에 들르려면 서둘러야 한다.

"연락도 없이 아침부터 웬일이냐? 그래 어디 아픈 데는 없느냐?"

어머니는 한 달 만에 예고도 없이 들린 아들을 반겼다.

"잘 먹고 잘 지내고 있습니다. 금방 들어가 봐야 해요."

밥을 먹고 왔다고 했지만, 어머니는 부엌으로 달려가셨다. 아무래도 아침밥을 한 번 더 먹어야 할 것 같았다. 한태형은 우나연 얘기는 차차 말씀드리기로 했다.

"너 아르바이트 한다면서? 곧 2학년이 되는데 슬슬 고시 준비해야지?"

"방학 중에만 할 거야. 과외 지도라 크게 어려울 것도 없고 시간도 별로 빼앗기지 않아."

한태준은 입시성적이 좋아서 1학년은 장학금으로 다녔지만, 2학년부터는 아르바이트로 등록금을 벌 생각이다.

"고시생에게는 1분 1초가 얼마나 소중한데? 다른 생각하지 말고 고시에 전념해. 등록금은 내가 알아서 해결할 테니까."

"내 일은 내가 알아서 할 거니까 형은 형 일이나 제대로 해. 어머니가 얼마나 걱정하고 계시는 줄 알기나 해?"

"나도 내 일은 내가 알아서 해. 그러니 걱정하실 거 없다고 말씀드려."

"어? 이 사람 봐라…… 어째 표정이 괜한 말 하는 거 같지 않은데…… 누구 있구나?"

한태준이 놀라며 한태형을 쳐다보더니 정색을 하고 추궁했다.

"쓸데없는 데 신경 쓰지 말고 공부나 하란 말이야!"

한태형은 적당히 얼버무려 했지만 한태준은 실실 웃으며 계속 한태형 눈치를 살폈다. 좋아하는 여자가 있다고 말씀드리면 어머니는 당장 데리고 오라고 하실 것이다. 그렇지만 아직은 때가 아니기에 한태형은 입을 다물기로 했다.

어머니가 붙잡는 통에 한태형은 점심까지 먹고 귀대를 했다. 상황실로 직행한 한태형은 출동부대 현황과 예하 여단 상황을 점검했지만 별다른 특이사항은 없었다.

"지프를 대기시켜!"

한태형은 서울 시내 상황을 직접 살피기로 했다.

시내 대학교를 한차례 돌고 거여동 사령부로 돌아오니 어느새 어둠이 깔리고 있었다. 한태형은 사령관실로 향했다. 일과 보고를 해야 한다. 그런데 이 소령이 사복 차림의 사령관을 배웅하고 있었다. 사령관님에게 외출할 일이 생긴 모양이다.

"어디를 가시는 겁니까?"

"장군 진급을 축하하는 자리인데 하필 이럴 때 자리를 비우시

다니.”

이 소령이 걱정을 했다.

“이럴 때라니? 왜요? 무슨 일이 있습니까?”

한태형도 덩달아 긴장이 되었다.

“계엄사에서 합동수사본부장을 경질할 모양이야. 하긴 전 장군이 그동안 너무 여기저기 설치고 다녔어.”

총장이 전두환 장군을 경질하려고 한다? 이 소령의 말대로 요즘 전두환 장군은 눈에 띄게 여기저기 얼굴을 비추고 있었다. 한태형의 눈에도 합동수사본부장으로서 월권을 하고 있는 것처럼 보였다.

“합수부에서 총장을 의심하고 있는데 따른 보복 인사가 아닐까요?”

한태형이 조심스럽게 입을 열었다.

“그렇게 볼 수도 있겠지. 그런데 문제는 전두환 장군이 순순히 당할 사람이 아니라는 것이지.”

“그렇지만 어떻게 하겠습니까. 아무리 전두환 장군이라고 해도 계엄사령관과 맞설 수는 없지 않습니까. 그런데 혹시라도 이 일로 군 내부에서 반목하는 일이 발생하면 어떻게 합니까? 위기를 극복하려면 군이 일치단결해야 할 텐데.”

“솔직히 나도 그게 염려스러워. 사령관님은 총장에게 의혹이 있다면 헌법 절차에 따라 새로 구성된 정부와 법원에서 처리할 것이니 군은 괜한 신경 쓰지 말고 본연의 임무에만 충실해야 한다고 하시지만 전 장군이 어디 호락호락하게 당할 사람이냐 말이야. 군에는 전 장군을 따르는 장교들이 많다는 건 한 대위도 잘 알잖아.”

이 소령이 한숨을 내쉬었다. 전적으로 동감하지만 달리 할 수 있는 일이 없는 마당이다. 한태형은 아무 일이 없기를 빌며 사무실로 발걸음을 돌렸다.

자리에 앉자 피로가 몰려왔다. 참으로 긴 하루였다. 우나연과 밤을 함께 보내게 될 줄이야. 지금 생각해도 꿈같은 일이다. 하룻밤에 만리장성을 쌓는다고 한태형은 벌써부터 우나연이 자기 여자처럼 생각되었다.

우나연은 나를 어떻게 생각하고 있을까. 미국식 개방사고에 따라 남녀 간에 하룻밤의 있을 수 있는 일로 치부하면서 앞으로 좋은 친구로 지내자고 하는 건 아닐까. 한태형은 우나연의 정 깊은 눈길을 떠올리며 괜한 생각일 거라 치부해 버렸다.

혹시 내게 플레이보이 자질이 있는 걸가. 문득 그런 생각이 들었다. 다정다감한 편이 못되고 이른바 무드와는 거리가 먼 사람이다. 그런데 우나연과 이렇게 빨리 가까워질 줄이야. 생각할수록 신기한 생각이 들었다.

그런데 시간이 얼마쯤 되었을까. 시계를 쳐다보니 12월 12일 오후 6시를 가리키고 있었다.

* * *

경복궁 인근의 수도경비사령부 30경비단에 터질 듯한 긴박감이 흘렀다. 모인 지휘관들 모두 비장한 표정으로 입을 굳게 다물고 있었다.

"수사가 진행 중인데 본부장을 교체하겠다니요. 있을 수 없는 일입니다."

특전사 윤 준장이 언성을 높였다.

"그렇습니다. 우리를 모조리 제거하려는 속셈입니다."

오늘 모임의 안방 주인인 30단장이 얼굴을 붉히며 말을 받았다. 모임에는 주역인 전두환 소장을 비롯해서 노태우 9사단장, 그리고 그들보다도 상급자인 수도군단장과 국방부 차관보, 1군단장 등 중장이 세 명이나 참석을 했는데 준장과 대령이 번갈아 가며 언성을 높였지만 아무도 제지하지 않았다.

평소부터 군의 사조직을 못마땅하게 여기던 총장은 전두환 합동수사본부장을 경질하는 것을 시작으로 하나회와 그를 비호하는 지휘관들을 차례로 제거하려 하고 있었다. 이대로 당할 수만은 없다. 그래서 하나회 주요 멤버들이 대책을 숙의하기 위해서 급히 30경비단에 모인 것이다. 박 대통령의 총애를 받으며 출세 가도를 달렸던 그들에게 충성의 대상은 오로지 박 대통령뿐이었다.

"전 장군, 어떻게 할 거요? 이대로 당하고 말 거요?"

좌장 격인 국방부 차관보가 전두환 장군의 결심을 재촉했다.

"그럴 수는 없지요. 계엄사령관이라도 대통령의 재가를 받으면 연행할 수 있습니다. 곧 재가를 얻을 겁니다."

전두환 소장이 단호한 표정으로 대답했다. 당하기 전에 먼저 친다. 그래서 전두환 장군은 총장을 연행하기로 한 것이다.

"그럼 다녀오겠습니다."

전두환 소장이 시계를 들여다보고는 몸을 일으켰다. 지금쯤 보안사 병력과 헌병들이 총장 공관으로 출동했을 것이다. 군사작전은 기밀 유지가 생명이다. 그래서 삼청동 총리 공관으로 가서 대통령 권한대행에게서 총장 수사 재가를 받는 동시에 공관으로 출동한 병력이 총장을 연행하기로 한 것이다.

모임에 참석한 사람들 모두 비장한 얼굴로 총리 공관으로 향하는 전두환 장군을 배웅했다. 그들에게는 생과 사가 걸린 순간이었다.

* * *

상황실 전화벨이 여기저기서 요란하게 울려대더니 한남동에서 총성이 연발로 들렸다는 통보에 이어서 총장이 괴한에게 납치된 것 같다는 정보가 급박하게 전해졌다. 총장이 납치되었다니. 하면 북에서 파견된 공작원의 소행일까. 한태형은 퍼뜩 그때 수리산에서의 일이 떠올랐다.

"전방은?"

한태형은 휴전선이 걱정되었다.

"특이사항은 없다고 합니다."

통신담당 하사가 굳은 목소리로 보고했다.

"연합사 쪽은?"

"그쪽도 아직 정확한 상황을 파악하지 못하고 있는 것 같습니다."

북쪽 소행이 아니면 누가 총장을 납치했단 말인가. 더구나 하필 사령관이 부재중에 이런 일이 발생했단 말인가. 한태형은 사령관실로 달려갔다.

"사령관님은 연락되었습니까?"

"거의 다 도착하셨다고 하시네."

이 소령이 대답을 하는데 경례 구호가 요란하게 울리더니 석 사령관이 사령관실로 들어섰다. 얼굴이 벌겋게 상기되어 있었다. 그리고 한태형이 상황을 보고도 하기 전에 비장한 얼굴로 명령을 내렸다.

"전두환이 짓이다! 예하 여단에 비상을 걸고 내 명령 없이는 절대 움직이지 말라고 해!"

* * *

"여단 출동 준비 완료했습니다!"

참모장이 비장한 얼굴로 윤 준장에게 보고를 했다. 출동 차량의 헤드라이트 불빛이 칠흑의 밤을 환하게 밝히고 있었다. 경복궁 회의에 참석했던 윤 준장은 여단으로 돌아오자마자 비상을 걸었고, 병력은 출동 태세에 들어갔다.

"사령부에서 사령관 명령 없이는 절대로 병력을 출동시키지 말라고 합니다."

정보참모가 조심스럽게 말했다.

"무시하고 출동한다! 목표는 육군본부다!"

윤 준장이 단호한 어조로 도열해 있는 대대장들에게 명령을 내렸다.

"합수부와 연결된 통신선만 제외하고 일체의 통신선을 차단한다! 앞으로는 내 육성 명령만 따르라. 출발!"

윤 준장의 명령이 떨어지자 정렬해 있던 병력이 신속하게 트럭에 탑승했고, 윤 준장이 선두 지프로 올랐다. 계엄사령관을 겸하고 있는 육군참모총장이 합수부 요원에게 납치되는 상황이 발생하면서 군은 대혼란에 빠졌다. 총장을 따르는 지휘관과 합수부를 지지하는 지휘관들로 나뉜 것이다. 이럴 때는 앞뒤 볼 것 없이 과감하게 움직이는 쪽에 승산이 있다. 괜히 이것저것 재다 보면 실기(失機)를 하게 마련이다. 그래서 전두환 소장을 정점으로 하는 하나회 지휘관들은 병력을 출동시키기로 한 것이다.

"장 대위는 사령부를 장악하고서 상황이 종료될 때까지 철저히 봉쇄해!"

윤 준장이 장재원에게 따로 임무를 부여했다.

"저항을 하면 어떻게 합니까?"

장재원이 긴장해서 물었다.

"이후의 일은 장 대위의 판단에 맡기겠다. 다만 석 사령관이 다치는 일은 없게 하도록!"

"알겠습니다!"

엄연히 하극상이지만 장재원은 망설이지 않았다. 그만큼 같은 하나회 소속인 전두환 장군과 윤 여단장의 명령이 절대적이었다. 사령부는 전투 병력이 없기에 일개 소대만 출동해서 충분히 제압할 수 있을 것이다.

* * *

"통신선이 전부 끊겼습니다."

통신하사가 사색이 되어 보고했다.

"보안사 짓입니다."

이 소령이 이를 갈았다. 군 통신망은 보안사에서 장악하고 있다. 예하 여단과 연결된 통신망이 차단되면 사령부는 고립된 섬이나 다를 바 없다.

"2여단 병력이 출동하려 합니다!"

밖을 살피고 있던 장교가 사색이 되어 사령관실로 뛰어 들어왔다. 한태형이 황급히 창밖을 살피니 여러 대의 트럭들이 헤드라이트를 환하게 밝히며 정렬해 있었다.

"윤 여단장 호출해!"

석 사령관의 얼굴에 노기가 가득했다. 사령부와 인접한 2여단의 윤 준장은 석 사령관이 차기 특전사령관감으로 꼽고 있을 만큼 신임하는 부하다. 그런데 병력을 출동시키지 말라는 명령을 거부하고 나선 것이다.

"자리에 없는 것 같습니다."

이 소령이 황급히 일반선으로 연결을 시도했지만, 신호만 갈 뿐 아무도 받는 사람이 없었다.

"이 자식이!"

석 사령관이 벌떡 일어서더니 권총을 뽑아 들었다.

"제가 가서 출동을 막겠습니다."

한태형이 대로한 석 사령관을 만류하고는 2여단으로 내달렸다. 특전사가 쿠데타에 가담하는 일은 막아야 했다.

"……!"

어둠 속에서 한 무리의 병력이 이쪽으로 다가오고 있었는데 살기가 전해졌다. 살펴보니 장재원이 인솔하고 있었다.

"너 여기서 뭐 해! 빨리 여단으로 돌아가서 출동을 막아!"

한태형이 병력을 가로막고 호통을 쳤다.

"우리가 사령관님을 안전하게 모실 테니 비켜라!"

장재원도 지지 않고 목소리를 높였다.

"너는 지금 쿠데타에 가담하고 있다! 빨리 돌아가!"

어느새 한태형의 손에 권총이 들려 있었다. 그러나 장재원은 전혀 물러설 기미가 아니었다.

"당장 돌아가서 출동을 막아, 악!"

한태형은 비명을 지르며 쓰러졌다. 누가 뒤에서 개머리판으로 뒤통수를 갈긴 것이다.

"빨리 움직여!"

장재원은 정신을 잃고 쓰러진 한태형을 힐끗 쳐다보고는 사령관실로 달려갔다. 이미 주사위는 던져진 마당이다. 그렇다면 이기느냐 지느냐만 남았다.

사령관실은 굳게 닫혀 있었다. 아무리 두드려도 아무런 반응이 없자 장재원은 망치를 들고 있는 대원에게 눈짓을 보냈다. 커다란 망치가 사정없이 내리치자 손잡이가 덜컹거리며 떨어져 나갔다.

"악!"

장재원이 안으로 진입하려고 하는데 총성이 울리면서 앞장을 섰던 대원이 쓰러졌다. 그러자 나머지 대원들이 즉각 응사에 나섰고, 요란한 총격이 벌어졌다.

"사격 중지!"

장재원이 사격 중지를 명하고서 안으로 뛰어들어 갔다. 비서실장 이 소령은 바닥에 쓰러져서 피를 흘리고 있었고 석 사령관은 팔에 관통상을 입은 채 분노의 눈길로 장재원을 노려보았다.

＊＊＊

시간이 얼마나 지났을까. 정신을 차리고 주위를 살펴보니 좁은 방에 갇혀 있었다. 천장에 백열등이 매달려 있는 것으로 봐서 지하실 같았다. 개머리판으로 맞은 자리가 몹시 아팠다. 짐작건대 보안사에 끌려온 모양인데 하면 쿠데타가 성공했단 말인가. 그럼 어떻게 되는 걸까. 석 사령관님은 무사하실까. 이런저런 생각이 차례로 떠오르고 있는데 덜컹하면서 문이 열리더니 누가 천천히 걸어 들어왔다. 장재원이었다.

"상황은 종료되었다. 총장은 연행되었고, 계엄사령관이 새로 선출되었다."

장재원이 애써 무표정을 가정하고 말했다.

"쿠데타에 가담하다니! 부끄러운 줄 알라!"

한태형이 흥분해서 소리쳤다.

"우리는 구국의 일념으로 출동했다. 지금 대한민국은 큰 혼란에 빠져 있어. 능력이 있는 지도자가 앞장서서 나라를 이끌어야 해!"

장재원이 한태형을 설득하고 나섰다.

"그러니 현실을 인정하고 지금이라도 우리와 뜻을 같이해."

장재원이 왜 찾아왔는지를 밝혔다.

"사관학교에서 쿠데타를 배운 적이 없다!"

한태형이 고개를 흔들었다.

"잘 생각해 봐. 전두환 장군님은 여전히 너를 아끼고 계셔."

장재원은 포기하지 않고 한태형을 설득했다.

"사령관님은? 그리고 이 소령님은 어떻게 되었어?"

한태형은 퍼뜩 그 생각이 났다.

"사령관님은 총상을 입었지만, 치명상은 아니야. 거사에 반대했던 다른 장성들과 함께 곧 예편될 거야. 이 소령님은 현장에서 피살되었어. 안타까운 일이지만 나로서도 어쩔 수 없는 상황이었어."

그렇게 되었단 말인가…… 사령관을 지키지 못한 데 따른 강한 자책감이 몰려오면서 한태형은 고개를 떨구었다.

"나를 군법회의에 회부해라! 법정에서 쿠데타의 부당함을 당당하게 밝히겠다!"

이제 한태형은 아무것도 두렵지 않았다.

"법정에서 네가 무슨 말을 하건 너는 결국 반혁명분자로 몰릴 거야."

장재원이 정색을 하고 쏘아붙였다.

"상황은 이미 끝이 났어. 다시 들를 테니 슬기롭게 판단해."

장재원은 그 말을 남기고 지하실을 나섰다. 가슴이 몹시 쓰렸다. 생도 시절부터 단짝이던 한태형과 이런 식으로 마주치게 될 줄이야. 어쨌거나 면담 결과를 보고해야 한다. 장재원은 무거운 심정으로 보안사령관실로 향했다.

사령관실 앞에는 기자들이 진을 치고 있었고, 고급 지휘관들이 수시로 들락거리면서 전두환 장군의 달라진 위상을 여실히 보여 주고 있었다. 사령관의 지시가 있었기 때문인지 장재원은 즉각 안으로 안내되었다.

"만나봤어?"

참모들에게 지시를 내리던 전두환 장군이 장재원에게 가까이 오라고 손짓을 했다.

"네."

"그래 우리와 함께하겠대?"

"아직은 생각을 바꾸지 않고 있습니다."

"쉽게 고집을 꺾을 놈이 아니야. 그렇다고 내치기에는 아까운 놈인데……"

전두환 사령관이 아쉬운 표정을 지었다.

"계속 설득해 보겠습니다."

장재원은 그 말을 남기고 사령관실을 나섰다. 12.12 이후로 장재원은 보안사로 파견 나와서 사령관 경호를 맡고 있었다.

방으로 돌아오니 한태형의 어머니와 동생이 기다리고 있었다. 한태형이 연행되었다는 소식을 듣고 놀래서 달려온 것이다.

"어떻게 된 거냐?"

어머니는 그사이에 얼굴이 반쪽이 되어 있었다.

"왜 태형이가 잡혀갔어? 걔가 뭘 잘못했는데?"

"너무 걱정하지 마십시오. 태형이가 판단을 잘못하는 바람에 일이 이렇게 되었지만, 생각을 바꾸면 곧 풀려날 겁니다."

장재원이 어머니를 안심시켰다.

"태형이가 무슨 판단을 잘못했는데?"

어머니가 무슨 소린가 하는 표정으로 장재원을 쳐다봤다.

"세상이 바뀌었습니다. 그런데 태형이는 고집을 부리고 있습니다."

"세상이 바뀌었다니……?"

"이제부터는 전두환 장군의 세상입니다. 태형이를 만나게 해 드릴 테니 어머니가 태형이를 설득해 주십시오."

장재원은 한태형이 둘도 없는 효자라는 사실을 잘 알고 있다. 어머니가 설득을 하면 한태형도 생각을 바꿀지 모른다.

"아니, 만나지 않겠다!"

잠시 생각하던 어머니의 입에서 뜻밖의 말이 나왔다. 장재원은 물론 한태준도 깜짝 놀랐다.

"태형이는 여태 살면서 한 번도 내 속을 썩인 적이 없는 아이야. 그리고 옳다고 믿는 것은 끝까지 지켰고. 무슨 일인지는 자세히 모르겠지만 태형이가 옳다고 믿고 있다면 그게 옳은 일일 거야. 그렇다면 괜히 마음이 흔들리게 하고 싶지 않아. 태형이 신념이 어떤 것이건 나는 태형이를 믿겠다!"

어머니는 결연한 태도로 몸을 일으켰다.

"다시 연락할게요."

한태준이 그 말을 남기고 황급히 어머니 뒤를 따라갔다.

혼자 남은 장재원은 심경이 착잡했다. 어쩌다 둘도 없는 친구 한태형과 총부리를 겨누고, 얼굴을 붉히는 사이가 되었단 말인가. 잠시 혼란이 일었지만, 장재원은 곧 마음을 다져 먹었다. 어차피 세상은 현실이고 기왕에 벌어진 싸움이라면 이기는 쪽에 서야 한다.

아무래도 한태형을 설득하기는 힘들 것 같았다. 그럼 어떻게 될까. 끝까지 상관을 지킨 군인에게 죄를 묻는 건 가혹하다는 의견도 있지만, 반혁명 운운하며 중벌에 처해야 한다는 장교들이 더 많다.

장재원이 한숨을 내쉬는데 노크 소리가 나더니 우나연이 들어섰다.

"우 분석관이 웬일로 내 방에? 아무튼 앉으시지요."

장재원이 얼른 의자를 권했다.

"한태형 대위님이 연행되었다고 하던데 앞으로 어떻게 되는 건가요?"

우나연이 조심스럽게 물었다. 장재원은 놀랐다. 우나연이 한태형 일로 찾아올 줄이야. 둘이 언제 이렇게 가까운 사이가 되었단 말인가. 사실 장재원도 은근히 우나연에게 관심을 가지고 있었다. 그러다 비상사태가 발생하면서 차일피일 미루던 차였다.

"불명예 제대는 피할 수 없고, 아마도 수감될 겁니다."

장재원이 솔직히 대답했고 우나연은 안타까운 표정으로 아무 말이 없었다.

"한 대위님을 도울 방법이 없을까요? 두 분은 친구잖아요."

우나연이 간절한 눈빛으로 부탁을 했다. 장재원은 심사가 복잡했다. 우나연으로부터 이런 부탁을 받게 되었단 말인가. 그런데 이 복잡한 심사의 실체는 무엇인가. 친구를 걱정하는 마음에 일말의 질투심까지 더해졌을지 모른다.

장재원은 눈을 감았다. 그러자 생도 시절부터 임관해서 여기에 오기까지 한태형과 함께 겪었던 희로애락의 순간들이 주마등처럼 뇌리를 스치고 지나갔다.

"너무 걱정하지 마세요. 상부에 잘 얘기해 볼 테니."

장재원은 나름 유종의 미를 찾기로 했다.

＊ ＊ ＊

시간이 이렇게 더디게 갈 줄이야. 장재원이 다녀간 후로 사흘이 지났는데 삼 년은 되는 것 같았다. 어머니가 얼마나 걱정하고 계실까. 어머니 생각을 할 때마다 한태형은 가슴이 미어지는 것 같았다.

바깥세상은 큰 혼란 없이 빠른 속도로 안정을 되찾고 있는 것 같았다. 그럼 민정 이양이 애초의 약속대로 추진될까. 한태형은 쉽지 않을 거라 예상하고 있었다. 대한민국은 군사 쿠데타 이래 줄곧 사실상 군부 통치가 계속되고 있었는데 다시 군사 쿠데타가 발생한 것이다.

그런데 언제 심문이 시작될까. 소원대로 군법회의에 회부되어 소신껏 발언할 수 있을까. 장재원 말대로 그래봤자 계란으로 바위를 치는 꼴이 될지 모른다는 생각이 들자 한태형은 절망의 나락으로 굴러떨어졌다.

덜컹하고 문이 열리더니 장재원이 들어섰다.

"마지막으로 묻겠다. 우리와 함께 일할 생각은 없어?"

"대답은 한 가지다. 군법회의에서 쿠데타의 부당성을 고발하겠다."

장재원이 물었고 한태형이 대답했다. 두 사람은 굳은 얼굴로 서로를 노려보았고 지하실에 침묵이 흘렀다.

"좋아. 그럼 여기에 서명해."

장재원이 서류를 내밀었다. 살펴보니 의원전역서였다.

"내가 왜 전역을 해! 당당하게 군사재판을 받겠다!"

한태형이 언성을 높이며 거부했다.

"재판을 받아도 넌 결국 불명예 제대를 당하고, 구속될 거야. 그럼 어머니는 네 옥바라지 하시느라 고생이 말이 아닐 테고 태준이는 고시에 패스한들 법관 임용에서 탈락할 거야."

장재원이 싸늘한 어조로 어머니와 동생을 거론하고 나서자 한태형은 가슴이 철렁 내려앉았다. 거기까지는 생각해 본 적이 없었다. 한태형이 동요를 하자 장재원은 몰아붙였다.

"옷을 벗고 이 땅을 떠나라. 전 장군의 특별 배려다. 미국행 비행기표는 구해놨어. 그건 내 마지막 우정이고."

장재원이 펜을 내밀었다. 한태형은 떨리는 손으로 펜을 받아들었다. 더 이상 어쩔 도리가 없는 것 같았다.

"곧 출발할 거야. 그런데 우 분석관이 네 걱정을 많이 하던데 떠나기 전에 잠깐 만나볼래?

우나연이 장재원을 찾아갔단 말인가. 당장 달려가고 싶지만, 한태형은 마음을 모질게 먹기로 했다. 패자가 되어 이렇게 쫓겨가는 모습을 보여주고 싶지 않았던 것이다.

"아니, 안 만나겠다. 대신에 머지않아 돌아올 거라고 전해줘. 당당한 모습으로. 반드시 돌아와서 12.12는 헌정을 파괴한 쿠데타였음을 고발하겠다."

한태형이 분명한 어조로 말했다.

"아니, 너는 다시는 한국 땅을 밟을 수 없어. 그게 출국을 허가받은 조건이야."

장재원이 고개를 가로저었다.

뉴욕

찬바람이 볼을 할퀴고 지나갔다. 오늘이 이번 겨울 들어 제일 추운 것 같았다. 그렇지만 꾸물대다 늦으면 쫓겨날지 모른다. 한태형은 스며드는 한기를 참아내며 풀턴 어시장으로 걸음을 서둘렀다.

"어이! 뭘 꾸물대고 있어. 빨리 상자를 옮겨!"

생선가게 주인이 옷을 갈아입을 틈조차 주지 않고 몰아세웠다. 생선을 가득 채운 상자들이 쉴 새 없이 들어왔다. 빨리 자기 물건을 찾아가지 않으면 나중에 엄청나게 고생을 하게 된다. 장화를 신고, 작업용 앞치마를 두른 한태형은 얼른 배당구역으로 달려갔다.

뉴욕의 풀턴 어시장과 빈민가의 허름한 방을 다람쥐 쳇바퀴 돌듯하며 정신없이 지내는 사이에 1년의 세월이 흘렀고, 해가 바뀌면서 1981년이 되었다. 언제 한국으로 돌아갈 수 있을까. 당장은 귀국은커녕 하루하루 버티기가 힘든 현실이다.

그렇게 정신없이 상자를 나르고 쌓는 사이에 점심시간이 되었다. 한태형은 창고 구석의 배식대로 달려가서 동료 인부들 틈에 섞여서 배식 차례를 기다렸다.

"오늘은 그런대로 괜찮은 편이군."

푸에르토리코에서 온 산체스가 훈제 돼지고기에 절인 감자와 완두콩 수프로 채워진 식판을 들어 보였다. 한태형과 한 팀인 그는 뉴욕에 온 지 10년이 넘었다는 데도 이 바닥을 벗어나지 못하고 있었다. 산체스의 말대로 오늘 점심 메뉴는 그나마 제대로 나온 편이다. 물론 돈을 지불해야 하는 것이지만. 미국은 모든 게 본인 부담이다.

한태형은 같은 구역에서 일하고 있는 인부들 틈에 섞여서 자리를 잡았다. 깨어진 유리창 틈으로 찬 바람이 사정없이 몰아쳤다. 형편없는 처우에 열악한 노동환경. 그렇지만 인부들 대부분 미국 당국으로부터 정식으로 노동허가증을 받지 못한 사람들이어서 아무런 불평도 못하고 그저 일만 할 뿐이다. 한태형도 그들 중 한 사람이었다.

"집주인이 월세 올려달라는 얘기 안 해?"

정 씨가 한태형 옆에 자리를 잡았다. 한태형보다 5~6세 위인 그는 5년 전에 미국으로 이민 와서 세탁소를 차렸다가 손해배상을 크게 당하는 바람에 세탁소를 접고 허드렛일을 하고 있다고 했다.

"며칠 전에 왔다 갔는데 눈치가 올려달라고 할 것 같습니다."

"그럴 거야. 하여간 돈 모을 틈을 주지 않고 탈탈 털어가는 인간들이니까."

정 씨가 혀를 찼다. 얼마나 올려달라고 할까. 한태형은 걱정이 되었다. 다람쥐 쳇바퀴 돌 듯 숙소와 어시장을 오가고 있지만 최소한의 의식주를 해결하고 나면 남는 게 거의 없었다.

"그런데 한 씨는 한국에 있을 때 무슨 일을 했어? 내가 보기에는 이런 데서 일할 사람 같지 않은데?"

정 씨가 조심스럽게 물었다.

"뭐 이것저것 했는데 어쩌다 미국까지 오게 되었습니다."

한태형이 적당히 얼버무렸다. 여기서는 한국에서의 과거사는 묻지 않는 게 관례다.

짧은 식사시간이 끝나고 오후 작업이 시작되었다. 물량이 계속 늘어나면서 눈코 뜰 새 없이 바빠졌지만, 덕분에 잡념이 끼어들 여지가 없어서 마음이 편했다.

그렇게 정신없이 지내는 동안에 마감 시간이 되었다. 또 하루가 지나간 것이다. 일당을 수령한 한태형은 숙소로 걸음을 재촉했다. 인부들은 삼삼오오 팀을 이뤄 싸구려 클럽으로 향했지만, 한태형은 그들과 어울리지 않고 있었다. 그럴 여유도 없고 마음도 없었다.

"……!"

전자제품상점을 지나던 한태형은 저도 모르게 걸음을 멈추었다. 쇼윈도의 TV는 전두환 대통령의 근엄한 얼굴을 배경으로 미국 방송 리포터가 부지런히 한국 소식을 전하고 있는 모습을 비치고 있었다.

한태형은 분노가 치밀었다. 쿠데타를 통해서 군부를 장악한 전두환은 광주에서 군부독재를 반대하는 시위가 일어나자 군대를 동원해서 무자비하게 진압했다. 그리고 대통령이 되자 철권 통치로 일관하고 있었다. 대한민국은 정치군인들 세상이 되었고 민주 인사들은 체포와 연금, 그리고 추방되면서 짧았던 서울의 봄은 흔적도 없이 사라졌고, 길고 추운 겨울이 내내 지속되고 있었다.

귀를 기울이니 전두환 대통령이 미국을 방문할 거라는 내용이었다. 하면 저자가 여기에 나타날 거란 말인가. 그것도 대한민국의 대통령이 되어서. 미국은 결국 이긴 자의 손을 들어주는 것인가. 전두환 정권을 인정하는 게 미국의 이익에 부합이 된다고 판단을 했단 말인가. 정의가 이기는 게 아니고 이긴 자가 옳은 것이란 말인가. 한태형은 울분이 치밀었다. 그럼 이제 어떻게 되는 건가. 오로지 돌아갈 날만을 꿈꾸며 힘든 날들을 참고 지내는 한태형은 점점 절망의 구렁텅이로 떨어지는 기분이었다.

골목으로 접어들자 이제까지의 뉴욕과는 전혀 다른 모습이 눈앞에 전개되었다. 널려 있는 쓰레기와 코를 찌르는 악취. 당장이라도 무너져 내릴 것 같은 낡은 건물들. 폭력과 불법이 난무하는 거리를 걸을 때마다 과연 이것이 세계 제일의 도시 뉴욕이 맞나하는 생각이 들곤 했다.

그런데 구 씨 아저씨가 저 사람들과 무슨 얘기를 하고 있는 걸까. 한 블록 건너에서 자그마한 옷가게를 하는 구 씨 아저씨가 골목길 모퉁이에서 흑인 두 명을 상대하고 있는데 무슨 일인지 쩔쩔매고 있었다. 분위기 심상치 않다고 판단을 한 한태형이 큰 소리로 구 씨를 불렀다.

"아저씨, 무슨 일입니까?"

한태형이 달려오자 구 씨를 상대하던 흑인 두 명이 얼른 돌아섰는데 손에 칼이 들려 있었다. 예상대로 노상강도였다.

"제기랄! 꺼져!"

흑인이 칼을 휘두르며 한태형을 위협했다. 살펴보니 아직 어린 애들로 뒷골목 불량 청소년들 같았다. 권총을 든 강도라면 어쩔 수 없겠지만 이따위 불량 청소년들에게까지 돈을 빼앗기면서 살 수는 없다. 한태형은 그들을 상대하기로 하고 천천히 접근했다.

한태형이 대적세를 취하자 흑인 두 명은 눈에 살기를 띠더니 앞 뒤로 한태형을 에워쌌다. 구 씨는 겁에 질려 덜덜 떨었지만, 한태 형은 태연했다. 빈손이지만 이따위 조무래기 둘 상대하는 것은 일 도 아니다.

"엇!"

한태형이 전광석화의 기세로 앞발차기를 시도하자 흑인이 비 명을 지르며 나뒹굴었다. 한태형은 숨 돌릴 틈도 주지 않고서 몸 을 돌려 당황해하는 나머지 흑인에게 발차기를 날렸고, 명치를 가 격당한 흑인은 비틀거리며 물러서다니 주저앉았다. 이런 조무래 기들은 오래 상대할 필요가 없다. 한태형은 떨어뜨린 칼을 멀찌감 치 차 버리고 구 씨에게 다가갔다.

"혹시 저놈들에게 돈을 빼앗겼습니까?"

"아니, 덕분에……"

"다행이군요. 아무튼 조심하십시오."

"그러지요. 여하튼 고맙소. 그런데 저놈들이 순순히 물러갈지 모르겠소. 저놈들은 이 블록에서 꽤나 악명을 떨치는 패거리들인 데 나야 나중에라도 돈 몇 푼 집어주면 그만이지만 당신은…… 솔직히 걱정이 되는군요."

구 씨가 도리어 한태형을 걱정했다.

숙소로 돌아온 한태형은 그대로 침대에 벌렁 누웠다. 난방이 제대로 되지 않는 좁은 방이지만 그래도 누구에게도 간섭을 받지 않는 나만의 공간이다. 그리고 밖에서 햄버거로 끼니를 때우고 돌아왔으니 이대로 잠들어도 그만이다. 그러고 나면 또 고달픈 하루가 시작될 것이다.

몸은 힘들지만 잠은 쉬 오지 않았다. 몸이 한가해지면 이런저런 상념이 찾아오게 마련이다. 어머니는 안녕하실까. 어느새 한태형은 지갑 속의 어머니 사진을 보고 있었다. 집에 무슨 일이 생긴 걸까. 얼마 전부터 편지가 반송되고 있었다. 이사를 한 모양인데 한태형도 숙소를 옮기면서 연락이 그만 끊기고 말았다.

언제 돌아갈 수 있을까. 갈수록 막막할 따름이다. 쿠데타 세력은 승승장구하고 있었다. 그들이 건재하는 한 한국 땅을 밟을 수 없을 텐데 전두환 정권은 적어도 대외적으로는 그런대로 자리를 잡아가고 있었다.

우나연은 잘 있을까. 미국행 티켓의 도착지가 뉴욕인 것은 우나연과 관련이 있을지 모른다. 우나연은 입양 후 줄곧 뉴욕에서 살았다고 했다. 우나연의 얼굴이 떠오르자 한태형은 격한 감정에 휩싸였다. 당장이라도 우나연에게 달려가고 싶었다.

'기다려 주시오. 꼭 돌아갈 것이니.'

장재원은 다시는 한국 땅을 밟지 못할 거라고 했지만 한태형은 반드시 돌아갈 것을 다짐했다.

"안에 있는가?"

누가 문을 두드렸다. 오늘은 월세를 내는 날이다. 한태형은 미리 세어둔 돈을 집어 들고 문을 열었다.

돈을 확인한 유태계 남자가 반색을 했다. 빈민가에서는 월세를 제때 받는 게 쉽지 않다.

"다음 달부터는 월세를 50불 인상하겠어. 어려우면 지금 얘기하고. 나야 당신이 오래 있었으면 좋겠지만."

"650은 너무 많은데…… 곧 결정해서 통보하겠소."

짐작은 하고 있었지만 그래도 한꺼번에 50불이나 올릴 줄이야. 그렇지만 여기서 나가면 가진 돈 가지고는 이만한 데를 구하는 게 쉽지 않다. 한태형은 한숨을 내쉬었다. 아무래도 힘은 더 들겠지만, 보수를 조금 더 받는 야간조로 바꿔야 할 것 같았다.

* * *

창을 통해 내려다보이는 남산의 정경은 계절이 아직은 겨울임을 실감케 하고 있었다. 헐벗은 나무에 앙상한 가지들. 그렇지만 봄은 어김없이 찾아올 것이고 머지않아 울긋불긋한 색동옷으로 갈아입을 것이다.

묵묵히 창밖 풍경을 바라보던 장재원이 제자리로 돌아왔다. 새 정부가 들어서면서 장재원은 중앙정보부에서 새로 개편된 국가안전기획부로 자리를 옮겼다. 12.12 이후로 신군부는 신속하게 정권을 장악했고, 하나회 멤버들은 요직을 독점했다. 장재원은 예편해서 안기부장 보좌관이 되었다. 사관학교에 입학한 후로 꿈은 오직 하나. 장군이 되고 총장이 되어 대한민국의 국방을 책임지는 것이었다. 그런데 격동의 세월은 그것을 허용하지 않았다.

"우나연 분석관이 왔습니다."

비서가 인터폰으로 우나연이 왔음을 전했다. 안기부가 새로 발족하면서 우나연도 안기부로 자리를 옮겼다.

"들여보내."

노크 소리에 이어서 우나연이 방안으로 들어섰다. 장재원은 우나연에게 앉을 것을 권하고 자신도 자리를 옮겨 마주 앉았다. 느낌일까. 우나연은 조금 핼쑥한 것 같았다.

"무슨 일로 찾으셨는지요."

안기부로 옮긴 후로 오가며 여러 차례 마주쳤지만, 장재원이 호출한 것은 처음이다.

"대통령 각하의 미국 순방 일정이 확정되었소. 현지 경호와 의전, 그리고 교민 상대 행사를 사전 점검하기 위해서 실무진이 미국으로 출발할 텐데 내가 그 일을 맡게 되었소."

쿠데타로 집권을 한 전두환 대통령은 국민들에게 인기가 없었다. 그래서 해외 순방을 통해서 밖으로부터 인기를 만회하기로 하고 첫 순방지로 미국을 정했다. 순방 코스에는 당연히 수도 워싱턴 D.C와 미국의 중심인 뉴욕이 포함되어 있었다.

"사전점검팀에 우 분석관을 포함시켰소. 미국의 여러 기관들과 긴밀히 협의하고 또 뉴욕의 한인 교민들로부터도 적극적인 협조를 이끌어야 하는데 그런 일이라면 우 분석관이 적임인 것 같아서."

그런 일이었나. 당연히 우나연도 전두환 대통령의 미국 순방을 알고 있었다. 그런데 내가 수행원에 포함될 줄이야.

"알겠습니다. 하면 무슨 일을 해야 하나요?"

"경호는 미국이, 의전은 외무부에서 관장을 하지만 그래도 우리가 세부계획을 체크 해야 하오. 내가 사전점검팀을 인솔할 예정인데 우 분석관은 미국 정보기관과 연락을 맡아주시오. 통역도 부탁하겠소."

국가원수의 공식방문 경호는 원칙적으로 해당 국가에서 책임을 진다. 그렇지만 모든 걸 미국에 맡길 수는 없다. 그래서 안기부에서 자체점검팀을 파견해서 사전 점검을 행하기로 한 것이다. 물론 장재원도 미국인과 회화가 가능하지만 정확한 커뮤니케이션을 위해서는 통역이 필요하다. 국가 중대사다. 사소한 실수도 있으면 안 되겠기에 장재원은 우나연에게 통역을 맡기기로 한 것이다.

"알겠습니다."

"그리고 또 하나."

장재원이 짜증스러운 표정을 지었다.

"미국 교민들 중에 각하에 우호적이지 않은 사람들이 있소. 행여 그자들이 각하 순방 중에 반정부 시위를 벌이는 불상사가 발생해서는 안 될 것이오. 그래서 반정부 인사들의 동향을 사전에 파악하려 하는데 그러려면 미국 정보당국의 협조가 필요하니 그 일도 신경 써 주시오."

"알겠습니다."

우나연이 짧게 대답하고 일어섰다. 한국에는 일절 보도되지 않고 있지만 해외, 특히 미국에서는 전두환 정권을 반대하는 시위가 연일 벌어지고 있었다.

자기 방으로 돌아온 우나연은 국제전화 다이얼을 돌렸다. 2년 만에 뉴욕으로 간다고 생각하니 벌써부터 흥분이 되었다.

"헬로."

수화기를 통해서 양아버지의 목소리가 흘러나왔다.

"아빠!"

"오, 내 딸이구나. 잘 지내지? 그런데 언제 미국에 올 거냐? 우리는 언제나 네 생각을 하고 있단다."

"건강하게 잘 지내고 있어요. 아빠, 엄마도 잘 지내고 있지요?"

"그럼. 그런데 한국은 요즘 괜찮은 거냐? TV를 보면 몹시 혼란스러운 것 같던데. 우리는 네 의견을 존중해서 한국행을 반대하지 않았지만, 솔직히 걱정이 되는구나."

"걱정할 일 없을 거예요. 그런데 머지않아 뉴욕에 가게 될 것 같아요."

"그래? 참으로 반가운 소식이로구나. 네 엄마가 알면 당장 너 좋아하는 팬케이크 만들겠다고 법석을 떨 텐데."

양아버지가 반색을 했다. 우나연은 가슴이 찡했다. 아낌없이 사랑을 베풀어 주신 참으로 고마운 분들이다. 곧 구석구석 추억이 서려 있는 뉴욕으로 간다. 우나연은 가벼운 흥분을 느꼈다.

그런데 뉴욕에는 그 사람도 있을 것이다. 어떻게 지내고 있을까. 맨몸으로 떠났으니 당연히 고생이 심할 테고 비자 기간이 만료되었을 테니 지금은 불법체류자 신분일 것이다.

그동안 한태형으로부터 아무런 연락이 없었다. 하지만 우나연은 크게 섭섭해하지 않았다. 자존심 강한 그가 이런 상황에서 연락하지 않으리라는 건 어렵지 않게 이해가 되었다. 우나연은 뉴욕에서 한태형을 만나면 현지에서 자리를 잡을 수 있게끔 도와줄 생각이다. 국내 상황은 한태형의 귀국을 점점 어렵게 만들고 있었다.

그 사람이 내 제안을 받아들일까. 그 일은 그때 가서 생각해도 될 것이다. 우나연은 한태형과 다시 만난다는 사실만으로도 가슴이 뛰었다.

＊＊＊

짐작은 하고 있었지만, 야간작업은 낮일에 비해서 훨씬 힘들었다. 물동량 자체가 많은 데다 살을 파고드는 추위는 낮에 비할 바가 아니었다. 겨우 이틀 지났는데도 벌써부터 여기저기 결리기 시작했다. 그래도 보수가 1.5배가 되니 방세는 해결할 수 있을 것이다. 한숨을 돌린 한태형은 늦지 않게 일터로 향했다.

"……!"

무슨 일인가. 어시장에 도착하니 창고가 엉망이었다. 누가 이런 짓을 했단 말인가. 상자들이 박살이 났고 생선들은 바닥에서 펄떡이고 있었다.

"너!"

창고 주인이 잡아먹을 듯 한태형을 노려보며 다가왔다.

"해고야! 당장 여기서 꺼져!"

주인이 호통을 치고 사라졌다. 이 상황은 뭐며 왜 갑자기 나를 해고하겠다는 걸까. 한태형이 어리둥절해 하는데 안면이 있는 인부가 한태형에게 다가왔다.

"당신 며칠 전에 폭력배들을 두들겨 팼다며? 그놈들이 패거리를 몰고 와서 여기를 이 지경으로 만들었어. 당신을 해고시키지 않으면 매일 와서 작업을 방해하겠다고 협박을 하면서."

하면 그날 구 씨에게서 돈을 빼앗으려던 놈들이 이 짓을 벌였단 말인가.

"그런 일이 있었다면 경찰에 고발하면 되지 않습니까."

"당신이 여기 실정을 잘 몰라서 그런 말을 하는 모양인데 소용 없는 일이야. 미국은 법이 물러서 애들은 금방 풀려나. 그러면 또 몰려와서 행패를 부리겠지."

한태형은 어이가 없었다. 그렇지만 여기는 한국이 아니고 미국이다. 한태형도 한인 가게에서 강도짓을 하다 경찰에 연행된 불량배들이 며칠 지나서 보란 듯이 다시 나타나는 것을 직접 목도했던 터였다. 여기서 쫓겨나면 방도 비워 줘야 한다. 막막했지만 그렇다고 한태형은 그때의 일을 후회하지는 않았다. 동포가 힘들게 번 돈을 강탈당하는 것을 어떻게 모른 체 한단 말인가. 비록 쫓겨서 여기로 왔지만, 대한민국 특전사 장교 출신이다.

한태형은 풀이 죽어서 풀턴 어시장을 나섰다. 이제 어떻게 해야 하나. 대책이 있을 리 만무였다. 설마 산 입에 거미줄을 치려고 하는 심정으로 찬바람이 몰아치는 거리를 터벅터벅 걷고 있는 한태형의 눈에 허름한 술집 간판이 들어왔다. 한태형은 미국에 온 후로 거의 술을 입에 대지 않고 있었다. 돈도 돈이지만 술이 들어가면 울화가 치밀었기 때문이다. 그렇지만 오늘은 한잔해야 할 것 같았다. 한태형은 지하로 통하는 계단을 내려섰다.

안으로 들어서자 술집은 상당히 넓었는데 벌써부터 주객들로 붐볐다. 그리고 싸구려 술집은 아닌 것 같았다. 그냥 나갈까. 평소 같으면 발길을 돌렸겠지만, 오늘은 기분도 그렇고 해서 한태형은 바 끝에 자리를 잡았다. 넓은 홀은 건장한 남자들이 차지하고서 왁자지껄 떠들어대고 있는데 전부 일행인 듯했다.

왜 이렇게 하는 일마다 안 풀리는 걸까. 언제 한국에 돌아갈 수 있을까. 이러다 여기서 헤어 나오지 못하는 건 아닐까. 그래도 참고 지내면 좋은 날이 오겠지. 판도라의 상자에서 마지막 나온 게 희망이지 않던가. 한태형은 그렇게 위로하며 위스키 잔을 기울였다. 위스키가 목을 타고 내려가면서 오랜만에 느껴본 짜릿한 기분이 참담한 현실에 조금은 위안이 돼 주었다.

"오늘 우리가 여기를 세낸다고 했잖아! 왜 분위기 깨지게 이런 뜨내기 동양인을 받아! 당장 내쫓아!"

어깨가 딱 벌어진 백인이 힐끗 한태형을 쳐다보더니 바텐더에게 거칠게 항의했다. 이런 데는 혼자 출입하면 패거리들에게 괜한 시비에 휘말리기 십상이다. 불법체류자 처지에 피하는 게 상책이다. 그렇지만 한태형은 백인을 상대하기로 했다. 울고 싶은데 뺨을 맞은 심정이었다. 더구나 상대는 인종차별 발언까지 했다.

한태형이 몸을 일으키자 백인은 씩 웃더니 한태형에게 다가와 다짜고짜 주먹을 날렸다. 그렇지만 한태형은 가볍게 피했고, 백인을 향해 앞차기를 날렸다. 정확하게 가격을 당한 백인은 '헉!'하는 비명과 함께 그대로 주저앉았다.

"이 자식이!"

패거리들은 대략 열 명쯤 되었는데 그들 중에 세 명이 인상을 쓰며 몸을 일으켰다. 서양인들은 결투를 신성시한다. 그래서 남의 싸움에는 웬만해서는 끼어들지 않는다. 그리고 결과에 승복한다. 그럼에도 이렇게 한꺼번에 덤비는 것은 상대가 동양인이기 때문일 것이다. 무엇을 하는 자들일까. 모두 체격이 건장했는데 뒷골목 불량배들은 아닌 것 같았다.

아무리 한태형이 특전사 출신이라고 해도 건장한 남자 셋을 동시에 상대하는 것은 쉬운 일이 아니다. 그렇지만 틈이 있게 마련이다. 그 틈을 잘 파고들면 승산이 있다. 세 남자는 천천히 포위망을 좁혀왔고, 나머지 일행은 빙글빙글 웃으며 삼대 일의 대결을 지켜보고 있었다.

셋 중 제일 키가 큰 자가 먼저 긴 리치를 이용해서 펀치를 날렸다. 그자가 선제공격할 거란 사실을 예측하고 있던 한태형은 뒤로 물러서는 척하면서 재빨리 무게 중심이 실린 오른발을 축으로 회전하면서 오른쪽 사내를 돌려차기로 날려버렸다. 그리고 왼발을 디딤과 동시에 몸을 날리며 이단옆차기를 시도했고, 얼굴을 강타당한 왼쪽의 구레나룻이 특징인 백인은 얼굴을 감싸 쥐고 그대로 나뒹굴었다.

정면의 키 큰 남자의 표정이 일그러졌다. 키 큰 남자는 '갓뎀!'을 외치더니 품에서 칼을 꺼내 들었다. 그런데 불량배들이 들고 다니는 잭나이프가 아니고 특수부대용 대검이다. 하면 이 자들은 누구란 말인가.

"그만!"

한태형이 긴장해서 상대의 움직임을 살피는데 고함 소리와 함께 웬 남자가 이리로 다가왔다. 강렬한 눈빛을 지닌 남자는 패거리의 우두머리인 것 같았다.

"……!"

나이가 제법 들어 보이는 남자의 손에는 어느 틈에 피스톨이 들려 있었다. 만용을 부린 걸까. 한태형은 후회가 되었다. 불법체류자가 뉴욕 뒷골목에서 시체로 발견되면 그걸로 끝이다. 여태 잘 참고 지냈는데 그만……

"보아하니 특수부대 출신인 것 같은데 뉴욕 뒷골목은 전장과 달라. 언제 어디서 총알이 날아오고 등에 칼이 꽂힐지 모르거든. 우리 일행이 먼저 잘못했으니 오늘 일은 여기서 끝내기로 하겠다."

남자가 피스톨을 내리더니 패거리들에게 눈짓을 보냈다. 흥분한 패거리들과 잔뜩 겁에 질려 있던 손님들이 빠져나가자 휑한 술집에 한태형과 바텐더 둘만 남았다.

"아까 그 사람이 누굽니까?"

"캠벨 씨는 유명한 용병대장이야. 그리고 당신에게 맞은 자들은 그의 부하들이고. 캠벨의 용병대를 때려눕히고도 무사하다니. 당신 오늘 정말 운이 좋았어."

바텐더가 혀를 내둘렀다. 용병? 미국에 그런 것이 있었던가. 한태형은 고개를 갸우뚱하며 술집을 나섰다.

용병

"하면 미국 정보당국은 각하께서 뉴욕을 방문하실 때 반정부인사들이 테러를 감행할 가능성은 없다고 보고 있는 겁니까?"

장재원이 보고서에서 눈을 떼며 우나연에게 물었다.

"뉴욕에는 반정부인사들이 많이 있지만 그들이 테러를 감행하지는 않을 거라 보고 있습니다."

CIA 출신인 우나연은 CIA는 물론 FBI에도 지인들이 많다. 그렇다면 정통한 정보일 것이다. 장재원은 보고서에 첨부된 반정부인사들의 경력에 눈길을 주었다. 대부분 박정희 대통령 시절에 국내에서 한자리하다가 좌천되었거나, 국내에서 물의를 일으키고 미국으로 도주한 자들이다. 그런 자들이 전두환 대통령이 국민들로부터 지지를 받지 못하자 제 세상 만났다고 설쳐대고 있었다.

"하면 FBI는 이들의 동태를 전부 파악하고 있다고 합니까?"

"전부는 아니고 주요 인물을 선정해서 감시하고 있다고 합니다."

미국의 경호 능력은 세계 최고 수준이어서 원거리 저격은 불가능할 것이다. 그렇다면 테러를 감행하려면 환영객을 가장하고 접근해서 근거리 저격을 시도해야 할 것이다. 그렇지만 그렇게 되면 저격범은 현장에서 검거되기에 청부살인업자를 고용하기 어렵다. 그렇다고 북한이 뉴욕 한복판에서 대한민국 대통령을 저격하는 무모한 짓은 하지 않을 것이다. 그렇다면 그 문제는 더 신경 쓰지 않아도 좋을 것이다.

"수고했어요."

장재원이 흡족한 미소를 지으며 보고서를 덮었다.

"고생했는데 보답으로 저녁을 사겠소. 출발에 앞서서 상의할 것도 있고 하니."

장재원이 몸을 일으켰다. 의외였지만 딱히 거절하기도 뭣해서 우나연은 장재원을 따라나섰다. 밖으로 나서니 어느새 어둠이 깔려 있었다.

두 사람은 남산 기슭의 고급 호텔로 향했고 상당히 호화롭게 꾸며놓은 스카이라운지에 자리를 잡았다. 넓은 홀 한가운데서 여자 피아니스트가 '킬링 미 소프틀리 위드 히즈 송(Killing me softly with his song)'을 연주하고 있었다. 서울의 야경이 이런 모습이었나. 창밖으로 내려다보이는 서울 시내는 환하게 불을 밝히고 있었다. 그동안 다람쥐 쳇바퀴 돌 듯 직장과 아파트를 오갔던 우나연에게는 모처럼의 기분 전환이었다.

"출발 준비는 잘 돼 갑니까?"

"준비랄 게 있나요. 집으로 돌아가는 셈인데."

출장지가 뉴욕이라는 사실에 우나연은 벌써부터 가슴이 설레었다. 곧 양부모님을 만나게 될 것이다. 그런데 이렇게 가슴이 설레는 이유는 그게 전부가 아닐 것이다. 뉴욕에는 그 사람이 있다. 잘 지내고 있을까. 그 후로 한태형으로부터 아무런 연락이 없지만, 사설탐정에게 의뢰하면 어렵지 않게 주소를 알아낼 수 있을 것이다.

우나연은 양부모에게 부탁해서 한태형이 미국에서 속히 자리잡을 수 있게 도와줄 생각이다. 자리를 잡으면 어머니와 동생을 미국으로 불러서 같이 살 수 있을 것이다. 한태형은 한국으로 반드시 돌아오겠다고 했지만 그런 일은 기대하기 힘들게 되었다. 전두환 정권은 차츰 자리를 잡아가고 있었다.

그런데 자존심 강한 그 사람이 내 제안을 받아들일까. 우나연은 걱정이 되었다.

"태형이에게서 연락이 옵니까?"

장재원이 조심스럽게 물었다. 우나연은 고개를 가로저었다.

"태형이는 생도 시절부터 둘도 없는 친구였소. 그런데 어쩌다 이렇게 되었는지. 생각할수록 가슴이 아프군요."

장재원이 한숨을 내쉬었다. 투박하면서 직선적인 성격의 한태형과 다정다감하면서 세련된 매너도 겸비하고 있는 장재원. 서로 다른 성격만큼이나 두 사람은 다른 처지에 놓여 있다.

장재원은 안기부에서 실세로 통하고 있다. 사안에 따라서는 국장을 제치고 직접 부장에게 보고한다는 소문도 떠돌고 있었다. 그에 비해서 한태형은 지금 불법체류자 신세가 되어 뉴욕의 뒷골목을 헤매고 있을 것이다. 승승장구하고 있는 장재원을 보면서 우나연은 더욱 가슴이 아팠다.

＊＊＊

캠벨은 흥미 가득한 표정으로 보고서를 내려놓았다. 혹시나 해서 사설탐정에게 의뢰했던 것인데 보고서에는 그날 술집에서 부하 세 사람을 단숨에 제압해 버린 그 동양인 사내는 대한민국 특전사 대위 출신으로 쿠데타와 관련해서 군에서 쫓겨나서 미국으로 왔고, 지금은 불법체류하고 있다는 내용을 담고 있었다. 특수부대 출신일 거라는 짐작은 했지만, 정치적인 이유로 쫓겨난 자일 줄이야. 캠벨은 본능적으로 강한 호기심을 느꼈다.

캠벨은 시가에 불을 붙였다. 가급적 멀리하고 있지만 뭔가를 골똘히 생각할 때는 저절로 시가에 손이 가곤 한다. 미국 특수부대 출신으로 용병대를 조직해서 상당한 성공을 거둔 캠벨이 한태형에게 관심을 가지는 것은 당연했다. 그렇지만 정치적인 이유로 쫓겨난 자를 데리고 있다가 괜한 문제가 생기는 게 아닐까. 캠벨의 용병들은 오로지 돈을 목적으로 싸움터를 전전하는 자들이다.

"미스터 채가 찾아왔습니다."

그런 생각을 하고 있는데 비서가 손님이 찾아왔음을 알렸다. 미스터 채? 고개를 갸우뚱하던 캠벨은 일전에 아는 사람을 통해서 연락을 해왔던 동양인이 떠올랐다. 그때 거절을 했는데 또…… 캠벨은 상을 찡그리며 들여보낼 것을 지시했다. 채인욱은 한국계 미국인으로 뉴욕에서 반정부 활동을 하는 자인데 이번에 미국을 방문하는 한국 대통령 암살을 의뢰했던 적이 있었다.

"같은 의뢰라면 거절하겠소."

캠벨은 실실 웃으며 들어서는 채인욱을 보며 의사를 분명히 했다.

"의뢰는 전과 같은 것이지만 보수는 다르오. 그때 제시한 금액의 두 배를 지불하겠소."

채인욱이 이래도 거절할 셈이냐는 표정으로 캠벨을 압박했다. 그렇다면 누구라도 욕심을 낼 만한 금액이다. 그렇지만 캠벨은 생각을 바꾸지 않기로 했다. 용병이 정치적인 사건에 휘말리면 좋지 않다. 더구나 미국 내에서는 무력을 행사하는 일을 하지 않는 게 캠벨의 철칙이다.

"돈이 많은 모양이군. 그렇다면 다른 킬러들에게 부탁하시오. 그 금액이면 하겠다는 사람들이 많이 있을 테니."

"대통령 저격은 마피아 두목을 쏘는 것과는 차원이 다르다는 것은 캠벨, 당신이 더 잘 알 것 아니오? 그러니 기껏해야 폭력단이나 상대했을 청부업자에게 맡길 수는 없지요."

채인욱이 쉽게 물러가지 않았다. 딴에 틀린 말은 아니다. 그리고 협상을 하면 돈을 더 받아낼 수도 있을 것 같았다. 그렇지만 너무 위험한 일이다. 캠벨은 고개를 가로저었다.

"하면 마땅한 자를 소개해 주시오. 당신에게도 소개비를 섭섭지 않게 지불할 테니."

캠벨이 태도를 분명히 하자 채인욱은 그 말을 남기고 사무실을 나갔다. 참으로 집요한 자였다. 물론 캠벨은 채인욱이 왜 저리 집요하게 구는지 충분히 이해하고 있었다. 청부업자들은 절대로 근접 저격을 하지 않는다. 행여 돈에 팔려서 하겠다고 나서는 자는 솜씨를 믿을 수 없을 것이다. 미국의 경호 시스템은 완벽에 가깝고 총은 아무나 쏘는 게 아니다. 결국 실력과 신념을 겸비한 자를 찾아야 할 것이다. 그런데 그런 자가 있을까.

"……!"

생각을 접으려던 캠벨의 시선이 테이블 구석에 밀쳐놓았던 보고서로 향했다. 실력과 신념을 겸비한 자라…… 캠벨의 시선이 한태형의 사진에 고정되었다.

* * *

양아버지와 양어머니는 2년 만에 집에 온 우나연을 환한 얼굴로 끌어안았다.

"어서 오너라. 네가 뉴욕에 온다는 연락을 받고 우리는 너무 기뻤단다."

"힘들지는 않느냐? 이제 한국은 괜찮은 거야? 얼마 전까지는 당장이라도 무슨 일이 벌어질 것 같았는데."

"괜찮아요. 그리고 잘 지내고 있어요."

집이 이렇게 포근한 것일까. 우나연은 모처럼 마음이 편해졌다. 우나연에게 뉴욕은 고향인 셈이다.

"네가 한국 대통령의 수행원이 되어서 돌아올 줄이야. 성공을 축하하지만 우리는 그냥 여기서 같이 살았으면 좋겠구나."

양어머니는 우나연과 다시 헤어지고 싶지 않았다.

"내 생각도 같다. 아주 한국에서 살 생각이냐?"

"아직 몰라요. 좀 더 지내보고 결정하려고요."

"하면 언제까지 뉴욕에 있을 것인데?"

"한국 대통령이 미국 순방을 마치고 돌아갈 때 따라가야 해요.

죄송해요. 다음에 휴가를 내서 또 올게요. 그런데 부탁이 있어요."

"부탁? 그래 무슨 부탁인지 말해 보거라."

"어떤 사람을 돕고 싶어요. 정치적인 일로 한국에서 쫓겨나서 지금 뉴욕에 있는데 불법체류자가 되었을 거예요. 생활이 몹시 어려울 텐데 그 사람이 자립하고, 영주권을 얻을 수 있도록 도와주고 싶어요."

"그래? 알겠다. 힘닿는 데까지 우리가 도와주마. 그런데 너하고는 무슨 사이냐? 너 혹시 좋아하는 사람이 생겼니? 그런데 왜 한국에서 쫓겨났어?"

양어머니가 금세 관심을 보였다.

"차차 말씀드릴게요."

"그렇게 하거라. 궁금하지만, 그리고 걱정도 되지만 너는 한 번도 우리를 실망시킨 적이 없었고 네 일은 네가 다 잘 알아서 처리했으니 더 마음 쓰지 않겠다. 그래도 어떤 사람인지 궁금하구나."

양아버지가 우나연의 등을 가볍게 두드려 주었다.

이층 방에 들어서자 우나연은 비로소 집에 돌아왔다는 실감이 났다. 2년 만에 돌아왔음에도 일상의 귀환처럼 느껴지는 것은 양부모님이 매일 청소했기 때문일 것이다. 우나연은 새삼 양부모님에게 고마움을 느끼며 수화기를 집어 들었다. 그리고 CIA의 전 동료를 통해서 알아낸 사설탐정 사무소로 다이얼을 돌렸다.

"사람을 찾아주세요. 한국 남자인데 이름은 한태형, 나이는 30세. 1년쯤 전에 뉴욕에 왔는데 지금은 불법체류자로 지내고 있을 거예요."

그 사람은 어떻게 변했을까. 여전히 쾌활하고 매사에 자신감 넘

치는 남자일까. 설마 폐인이 되어 좌절과 울분의 나날을 보내고
있지는 않겠지. 막상 뉴욕에 도착하자 불안감이 몰려왔다.

* * *

저 사람이 내가 알던 전두환 장군인가. TV는 전두환 대통령이
마중을 나온 인사들과 여유만만한 자세로 악수를 나누는 장면을
중계하고 있었다. 한태형은 허탈했다. 저 사람을 뉴욕에서 보게
될 줄이야. 분노가 치밀었지만 지금 시급한 것은 당장 먹고사는
일이다. 잠시 걸음을 멈추었던 한태형은 다시 발길을 재촉했다.

그런데 채인욱이라는 사람은 뭘 하는 사람일까. 뉴욕에서도 손
꼽히는 부촌에 사는 걸로 봐서 미국으로 건너와서 큰돈을 모은
사람 같은데 왜 나를 보자고 하는 걸까. 혹시 일자리를 얻을 수 있
을까. 그런데 어떻게 알고 연락을 했을까. 알 수 없지만, 지금은
지푸라기라도 잡아야 할 처지다.

웨스트빌리지의 채인욱 저택은 상상했던 것보다 크고 호화로
웠다. 한태형은 심호흡을 하고 집사의 뒤를 따라 넓은 정원을 가
로질렀다. 혹시 경비직을 맡기려는 걸까. 불현듯 그런 생각이 스
치고 지나갔다.

복층구조의 저택 일층은 접견실로 꾸며져 있는데 벽화며 장식
품이 한태형의 눈에도 상당한 고가로 보였다.

"어서 오시오."

채인욱이 웃으며 계단을 내려왔다. 40대 초반으로 보이는 남자
인데 제법 당당한 풍채를 지니고 있었다. 채인욱은 긴장해서 쳐다

보고 있는 한태형에게 앉을 것을 권했다.

"특전사 출신으로 12.12 때 신군부에 대항하다 한국에서 쫓겨났더군요."

채인욱은 이미 뒷조사를 한 모양이다. 한태형은 따로 대답하지 않았다. 감출 일도, 내세울 일도 없는 경력이다.

"무슨 일로 나를 보자고 하신 겁니까?"

한태형이 조심스럽게 물었다.

"한 선생을 돕고 싶소. 면전에서 이런 말을 하는 게 좀 그렇지만…… 요즘 형편이 어려운 걸로 알고 있소."

채인욱이 정색을 하더니 한태형의 대답을 기다리지 않고 화제를 바꿨다.

"한 선생은 전두환 정권을 어떻게 생각하고 있소?"

한태형은 놀라서 채인욱을 쳐다봤다.

"왜 그런 걸 묻는지 모르겠지만 경비직을 맡기신다면 열심히 일하겠습니다."

"한 선생 경력에 저택 경비가 가당키나 한 말이오? 나는 한 선생에게 큰일을 맡기고 싶은데."

"큰일이라면……?"

한태형은 흠칫하며 채인욱을 살폈다.

"전두환은 쿠데타로 대한민국 헌정질서를 파괴했으며 광주에서는 무고한 시민들을 학살했소. 민주주의를 파괴하고 인권을 짓밟은 자가 대한민국 대통령이 되어 미국을 방문했소. 어찌 그냥 두고 보고만 있겠소."

한태형은 가슴이 철렁했다. 미국의 반정부인사들이 맹렬하게 전두환 반대운동을 펼치고 있다는 말은 들었다. 하면 채인욱도 그들이란 말인가. 먹고사는 일을 해결할 수 있을까 해서 찾아온 길인데 이런 말을 듣게 될 줄이야.

"하지만 어떻게 합니까? 미국 정부는 전두환 정권을 인정했고, 국내에서는 그런대로 자리를 잡아가고 있는 것 같은데."

저도 모르게 한태형의 목소리가 높아졌다. 가슴 깊은 곳에 자리하고 있던 울분이 터져 나온 것이다.

"그렇다고 손을 놓고 가만히 있을 수는 없지 않소? 탄압이 심해서 국내에서는 입을 다물고 살 수밖에 없겠지만 여기는 자유의 나라 미국이오."

전두환 대통령이 미국을 방문할 때 항의 시위를 벌이기로 한 교민들이 있다는 얘기도 들었다. 하면 채인욱이 그 일을 주도하고 있단 말인가.

"그야 여기는 미국이니 시위를 벌일 수 있겠지요. 하지만 그게 무슨 소용이 있습니까. 국내에는 한 줄도 보도되지 않을 것이고 뉴욕 시민들은 그저 일상 벌어지는 일이려니 여길 텐데."

한태형은 점점 흥분이 되었다. 세계의 수도 뉴욕에는 외국 VIP의 방문이 줄을 잇는다. 그럴 때마다 환영하는 인파와 반대하는 인파가 뒤엉켜 시위를 벌이는데 만성이 된 뉴욕 시민들에게는 관심거리가 되지 못했다.

"그래서 이번에는 다른 수단을 쓰기로 했소."

돌연 채인욱이 날카로운 눈매로 한태형을 쏘아보았다.

"눈에는 눈, 이에는 이라고 했소. 그렇다면 무력에는 무력이오. 무력으로 전두환을 응징할 생각이오."

"무력이라면……?"

한태형은 아연 긴장이 되었다.

"김재규는 박정희 대통령을 저격하면서 야수의 심정으로 유신의 심장을 쐈다고 했소. 우리는 한 선생이 반민주의 심장을 겨눌 적임자라고 보고 있소."

하면 전두환을 암살하자는 말인가. 그리고 그 일을 내게…… 한태형은 심장이 멎을 것 같은 충격에 휩싸였다.

"원거리 저격은 불가능할 테니 전두환에게 다가가서 피스톨로 저격해야 하는데 그렇게 되면 체포는 불가피할 것이오. 한 선생은 법정에서 전두환의 죄상을 밝히는 게 소원이라는 말을 들었소. 우리가 변호사를 지원할 테니 미국 법정에서 소신을 떳떳하게 밝히도록 하시오. 어머니와 동생은 우리가 모셔 와서 사는 데 불편함이 없도록 돌보겠소."

채인욱이 냉정한 표정으로 한태형의 답을 기다렸다. 심장의 박동이 점점 빨라졌다. 이런 일에 휩쓸리게 될 줄이야. 채인욱이 어떻게 알아냈는지 몰라도 군사재판에 회부되기를 바랐던 것은 사실이다. 그리고 고생하고 계실 어머니와 동생을 미국으로 모셔 올 수 있다면 더 바랄 게 없을 것이다.

그렇지만 암살은…… 용감하게 싸우다 장렬하게 전사하는 것을 두려워해 본 적은 없지만, 왠지 암살은 군인으로서 떳떳한 일이 못되는 것 같았다. 어떻게 해야 하나. 퍼뜩 석 사령관이 떠올랐다. 석 사령관이라면 이럴 경우 어떤 명령을 내릴까. 막연하게 승인하지 않을 거란 생각이 떠올랐다.

"거절하겠습니다. 내게는 어울리는 일이 아닌 것 같군요."

한태형은 거절하기로 했다. 아무래도 떳떳한 수단이 못되는 것 같았다.

"그럼 그렇게 하시오. 강요할 일은 못되니까. 아무튼 생각이 바뀌거든 다시 찾아오시오. 한 선생만한 적임자가 없는 것 같으니까. 그렇지만 끝내 거절할 거라면 오늘의 만남은 없던 걸로 해주시오."

채인욱은 의외로 선선히 포기하고 나섰다. 여기 더 있을 이유가 없다. 한태형은 약속은 지키겠다며 몸을 일으켰다.

"뉴욕 경찰에 손을 써놓았지?"

한태형이 접견실을 나서자 채인욱은 집사를 불렀다.

"네. 곧 경찰이 저자의 숙소로 들이닥칠 겁니다."

"그러다 진짜로 연행되면 곤란해."

"그런 일이 없도록 얘기 잘 해두었습니다."

"수고했어. 곧 이리로 다시 올 텐데 그동안 총기나 손질해 두어야겠군."

채인욱은 서랍에서 스미스&웨슨 38구경 리볼버 피스톨을 꺼내어 간단한 조작을 해보았다.

거절을 했지만 한태형은 마음이 쉽게 진정되지 않았다. 전두환 암살을 제의받게 될 줄이야. 새삼 내가 미국에 있구나 하는 사실이 실감났다. 그런데 채인욱은 계획을 강행할까. 국가원수 저격은 폭력배 두목을 쏘는 것과 다르다. 어쭙잖은 청부살인업자에게 맡기면 실패는 불 보듯 훤하다.

어쨌거나 채인욱은 살인을 모의하고 있다. 그럼 경찰에 신고해

야 하나. 순간 망설임이 일었다. 그렇지만 입을 다물기로 약속을
한 마당이다. 그리고 채인욱이 꼭 실행할 거란 보장도 없다. 그리
고 지금 경찰에 출두할 처지가 못된다. 한태형은 조금 전의 일은
기억에서 지우기로 했다.

"......!"

한태형은 본능적으로 몸을 숨겼다. 경찰이 숙소 주인과 무슨 얘
기를 주고받고 있는데 이곳에 경찰이 출동하는 경우는 단 하나,
범법자를 연행하는 경우다. 반지하 단칸방에 세 들어 사는 사람은
한태형을 포함해서 네 명. 모두들 하루하루를 힘들게 사는 사람들
이다. 그리고 경찰과 마주쳐서 좋을 게 없는 사람들이다.

경찰은 주인에게 뭔가를 단단히 주의를 주더니 차를 타고 블록
을 빠져나갔다. 무슨 일로 경찰이 찾아온 것일까. 한태형은 궁금
해하면서 자기 방으로 향했다.

"당신!"

한태형을 본 주인이 인상을 험하게 쓰며 다가왔다.

"당장 방을 비워!"

"월세는 올려드리겠소."

그래도 두 달치 월세는 있다. 한태형은 그동안에 일자리를 알아
볼 생각이다.

"필요 없으니까 당장 방을 비워! 당신 무슨 죄를 지었어? 경찰
에서 당신을 찾던데. 또 올 거라고 했어. 경찰이 자꾸 들락날락 거
리면 여기 있는 사람들이 싫어해!"

주인은 절대로 사정을 봐줄 태세가 아니었다. 어쩔 수 없게 된
한태형은 짐을 챙겨 들고 나섰다. 그런데 어디로 가야 하나. 이 블

록은 뉴욕에서 제일 하층민들이 사는 곳이다. 일자리도, 당장 지낼 숙소도 없다. 한태형은 문득 뉴욕 한복판에 홀로 내동댕이쳐진 느낌이 들었다. 한태형은 하늘을 올려다보았다. 그리고 깊은 한숨을 내쉬며 웨스트빌리지로 걸음을 옮겼다.

그런데 경찰에서 왜 나를 찾아왔을까. 혹시 그날 술집에서 싸운 걸로……? 캠벨이라는 용병대장은 그런 걸로 고소할 사람 같아 보이지는 않았는데.

* * *

뉴욕에 이런 곳도 있었나. 줄곧 뉴욕에서 살았던 우나연이지만 지저분한 뒷골목 슬럼가의 풍경은 낯설었다. 태형 씨가 이런 데서 살고 있단 말인가. 마음이 아팠다. 옛 동료가 소개해 준 사설탐정은 유능한 사람이었다. 체류 기간이 짧아서 만나지 못하면 어떻게 하나 걱정했는데 금세 한태형의 소재지를 알아낸 것이다.

대낮인 데도 여자 혼자 걷는 게 겁이 났지만 그래도 곧 그를 다시 만날 수 있다는 생각에 우나연은 두리번거리며 주소를 확인했다. 그런데 사건이 발생한 걸까. 경찰차가 경광등을 번쩍이고 있었다. 슬럼가에서는 살인과 강도가 시도 때도 없이 발생한다. 우나연은 경광등을 번쩍이며 슬럼가를 빠져나오는 경찰차를 보며 괜히 불안해졌다.

우나연은 마침내 메모에 적힌 주소를 발견했다. 허름한 반지하. 불결하게 이를 데 없는 주변. 초인종을 누르자 중년 남자가 문을 열었다. 집주인인 듯한 남자는 슬럼가에는 어울리지 않는 차림의 우나연을 위아래로 훑어보더니 메모를 보고는 퉁명스럽게 내뱉었다.

"이 친구는 이제 여기에 없소. 방금 방을 비웠소. 무슨 일인지 몰라도 경찰에게 쫓기는 모양이던데."

한태형이 경찰에 쫓기고 있다는 말에 우나연은 가슴이 철렁 내려앉았다. 무슨 일일까. 미국에서는 불법체류만으로 경찰이 체포하지 않는다. 그렇다면 태형 씨가 범죄에 연관되었단 말인가. 사설탐정 말로는 최근에 풀턴 어시장에서 쫓겨났다고 했다. 하면 생활에 쫓겨 범죄조직에 몸을 담은 것일까. 정황으로 봐서 그럴 가능성을 배제할 수 없었다.

이렇게 되라고 미국행을 주선했던 게 아닌데. 우나연은 슬럼가를 빠져나오는 내내 후회가 일었다. 다시 탐정사무실로 달려가고 싶었지만 그럴 수 없다. 대통령의 공식행사에 대비해서 점검해야 할 일이 많이 있다.

사무실로 쓰고 있는 호텔로 돌아오자 서류를 검토하던 장재원이 우나연을 쳐다보고는 깜짝 놀랐다. 우나연은 당장이라도 쓰러질 것 같았다.

"볼 일은 봤소? 그런데 얼굴빛이 안 좋은데 무슨 일이 있소?"

"아니에요. 그냥 조금 피곤해서."

"그럼 방으로 건너가서 쉬도록 해요. 필요하면 찾을 테니까."

장재원이 호의를 보였고 우나연은 사양하지 않았다.

사무실을 나가는 우나연을 보며 장재원은 짧은 한숨을 내쉬었다. 짐작건대 우나연은 한태형을 찾아갔다가 만나지 못하고 돌아왔을 것이다. 장재원도 한태형을 찾을 요량으로 사설탐정에게 의뢰했는데 뜻밖의 말을 들었던 것이다.

‘이 남자가 누군데 이렇게 찾은 사람이 많지?’

하면 누가 또 한태형을…… 장재원은 즉각 우나연일 거라 짐작을 했다.

‘그렇다면 내 동료보다 먼저 찾아주시오. 의뢰비를 더 줄테니.’

‘구미가 당기는군. 그렇지만 이자를 찾는 사람은 당신 동료 말고 또 있어.’

하면 또 누가 한태형을? 장재원이 즉각 반응을 보이자 사설탐정은 고객의 신원을 밝힐 수 없다며 발을 뺐다.

‘신원을 밝히게 하려면 이게 필요하겠군.’

장재원이 지갑에서 백 달러짜리 지폐를 차례로 꺼냈다.

‘용병대장 캠벨이야.’

지폐가 석 장째에 이르자 사설탐정은 입가에 미소를 지으며 의뢰인의 이름을 밝혔다. 용병대장? 장재원이 고개를 갸우뚱하는데 생각났다는 듯이 사설탐정이 그의 소재지를 파악해 달라고 부탁했던 사람이 또 있음을 밝혔다.

‘채인욱이라는 사람인데 당신과 같은 한국인인 것 같던데.’

장재원이 백 달러 지폐 두 장을 더 내밀자 사설탐정은 날름 낚아채고는 사무실을 떠났다.

채인욱? 재미교포 같은데 그는 왜 한태형을 찾았을까. 그리고 용병대장은 또 왜? 한태형은 어시장에서 쫓겨났다고 했다. 하면 여기저기 일자리를 알아보는 중에 그와 관련해서 한태형의 신원을 확인하려는 사람들일까.

그런데 채인욱이라…… 어디서 들어본 적이 있는 이름이다. 궁리를 하던 장재원은 우나연의 보고서를 집어 들었다. 그리고 곧 채인욱이라는 이름을 찾아냈다. 부친은 한국에서 고위직을 지내다 뇌물을 받은 일로 관직에서 쫓겨나서 미국으로 간 자인데 미국에 빼돌린 재산이 상당하다고 했다. 그리고 채인욱은 뉴욕을 중심으로 반한활동을 활발하게 벌이고 있다고 기재되어 있었다.

한태형이 반한 인사와 접촉을 했단 말인가. 장재원이 고개를 갸우뚱하며 창가로 향했다. 이걸 어떻게 받아들여야 할까. 한태형이 반정부인사와 손을 잡았다면, 그래서 뭘 어떻게 하겠다는 걸까. 한태형이 대사관 앞에서 시위나 벌일 사람이 아니다. 그럼…… 장재원은 가슴이 철렁 내려앉았다.

내일 대통령은 맨해튼에서 카퍼레이드를 벌일 예정이다. 물론 미국의 경호 시스템은 완벽에 가깝다. 저격이 가능한 장소에는 사전에 경호 요원들이 배치되고, 대통령이 탄 차는 웬만한 중화기에도 끄떡없는 방탄차다. 따라서 원거리 저격은 애초부터 불가능하다.

문제는 근거리 저격인데, 특히 대통령이 환영 나온 사람들에게 답례를 하려고 불쑥 차에서 내리는 경우가 문제다. 암흑가 폭력배라면 근접 경호원들이 충분히 제압할 수 있지만, 상대가 대한민국 특전사 최정예 팀장 출신이라면…… 장재원은 더 생각하지 않고 수화기를 들었다.

"무슨 일입니까?"

수화기에서 뉴욕 경찰 보안담당관의 목소리가 흘러나왔다.

"급히 논의할 일이 있습니다. 곧 그리고 가겠습니다."

장재원은 서둘러 상의를 챙겨 들었다.

* * *

맨해튼은 사람들로 넘쳐났다. 미국을 방문한 대한민국 대통령을 환영하러 나온 교포들이 주를 이루고 있었다. 경찰이 도로변에 늘어서서 경계를 하는 가운데 길에 오색 색종이가 뿌려졌고 마침내 전두환 대통령이 탄 차가 헤드라이트를 환하게 밝히면서 맨해튼에 모습을 드러냈다. 전두환 대통령을 반대하는 사람들이 한쪽 구석에 따로 모여서 시위를 벌였지만, 환영인파의 함성에 묻혀버리고 말았다.

남의 땅에서 사는 게 내 나라, 내 땅에서 사는 것만 할 리 없다. 억울해도 참고, 잘못한 게 없는데도 눈치를 보며 살아야 한다. 그런데 우리나라 대통령이 미국에 온 것이다. 평소 전두환 대통령을 못마땅해 하던 사람들도 오늘은 손에 태극기를 들고 맨해튼으로 몰려왔고, 열렬하게 대한민국 대통령을 환영했다.

조금만 더 가면 경계구역을 빠져나간다. 이대로 그냥 통과해 버렸으면. 제발 대통령이 도중에 차에서 내리는 일이 없었으면. 하지만 장재원의 바람은 거기까지였다. 갑자기 대통령차가 멈추더니 전두환 대통령이 손을 흔들며 밖으로 나왔다.

"전원 1호차로 집결해서 접근하는 환영객들을 차단하라! 그들 중에 테러리스트가 섞여 있을 수 있다!"

장재원은 워키토키로 뉴욕 경찰로부터 긴급 지원을 받은 경호 인력에게 지시를 내리고는 인파를 헤치며 황급히 대통령차로 다가갔다.

이대로 통과해 버리는 걸까. 환영인파에 섞여서 퍼레이드를 지켜보고 있는 한태형은 초조해졌다. 이 블록만 빠져나가면 기회는 없다.

한태형은 고심 끝에 채인욱의 제안을 받아들이기로 했다. 먼 이역에서 쫓기며 살되 허무하게 끝을 보느니 당당하게 신념을 지키기로 한 것이다.

그런데 바람이 통할 것일까. 차가 멈추더니 전두환 대통령이 차에서 내렸다. 한국에서 받아보지 못했던 환영에 감격한 전두환 대통령은 만면에 웃음을 지으며 환영객을 향해 손을 흔들었다. 한태형은 전두환 대통령의 웃는 모습이 몹시 어색하게 느껴졌다. 그는 좀처럼 웃지 않는 사람이다. 어쨌거나 하늘이 준 기회다. 한태형은 모자를 깊숙이 눌러쓰고 전두환 대통령에게 다가갔다. 오른손은 품속의 38구경을 꼭 쥐고 있었다. 대통령이 차에서 내리자 경호원들이 다급하게 대통령을 에워쌌지만 허점이 있게 마련이다. 한태형은 실낱같은 빈틈도 놓치지 않을 각오로 천천히 접근했다.

제발 아무 일이 없어야 할 텐데. 대통령을 향해 손을 흔드는 사람들을 헤치고 나가면서 장재원은 연신 주위를 살폈다. 긴급히 근접 경호인력을 보강했지만 명사수라면 단발속사로 급소를 노릴 수 있다. 빨리 대통령에게 접근해야 할텐데. 그렇지만 인파를 헤치고 나가는게 쉽지 않았다.

"……!"

장재원의 눈에 사람들 틈에 섞여서 대통령에게 다가가고 있는 한 남자가 들어왔다. 들떠 있는 사람들과 달리 차분함을 잃지 않은 자태. 비록 뒷모습이지만 먹이를 노리는 맹수의 집요함이 본능적으로 전해졌다. 장재원은 얼른 워키토키로 지시를 내렸다.

"대통령 오른쪽에서 접근하고 있는 하얀 모자를 눌러쓴 남자를 막아라!"

장재원은 허겁지겁 인파를 헤치며 용의자에게 다가갔다.

조금만 더 접근하면 저격이 가능하다. 한태형은 차분히 숨을 골랐다. 과연 내가 대한민국 대통령을 쏴야 하는가. 채인욱에게서 38구경을 건네받고도 고심을 했다. 그렇지만 이제는 더 이상 망설여지지 않았고 두렵지도 않았다. 당당하게 저격한 후에 그가 어떻게 대한민국의 헌정질서를 유린했으며, 민주주의를 파괴하고 인권을 탄압했는지를 떳떳하게 법정에서 밝힐 것이다.

"……!"

피스톨을 꺼내려던 한태형이 주춤했다. 경호원들이 몰려오면서 대통령을 가로막은 것이다. 마치 저격 방향을 예측한 듯했다. 그렇다면…… 본능적으로 위험을 감지하고서 얼른 주변을 살핀 한태형은 가슴이 철렁 내려앉았다. 저쪽에서 장재원이 눈을 부릅뜨고 다가오고 있었다. 하면 재원이가 경호를 맡고 있단 말인가. 어쨌거나 마주치는 일은 피해야 한다. 한태형은 저격을 포기하고 얼른 인파 속으로 몸을 숨겼다.

환영인파를 빠져나온 한태형을 골목으로 내달렸다. 그렇지만 장재원과 뉴욕 경찰로 보이는 경호원들은 추격을 멈추지 않았다. 자신을 용의자로 특정 지은 게 분명했다. 저들을 따돌릴 수 있을까. 솔직히 한태형은 자신이 없었다. 뉴욕에 온 지 1년이 넘었지만, 다람쥐 쳇바퀴 돌듯한 생활이어서 맨해튼 지리를 잘 모른다. 그리고 체포를 각오했기에 따로 도주로를 알아보지도 않았다. 하지만 거사도 실패한 마당에 맥없이 잡히기는 싫었다. 한태형은 맨해튼의 골목을 내달렸다.

"……!"

코너를 돌던 한태형은 걸음을 멈추고 말았다. 맞은편 코너에서 경찰이 달려오고 있었다. 뒤에서는 장재원이 쫓아오고 있다. 그럼 이제 끝인가.

"끽!"

한태형이 절망에 빠져있는데 요란한 브레이크 소리와 함께 차 한 대가 달려오더니 한태형 앞에서 멈추어 섰다.

"빨리 타!"

문이 열리면서 웬 남자가 한태형에게 손짓을 했다. 쳐다보니 용병대장 캠벨이었다. 한태형은 더 생각하지 않고 차에 올랐고, 한태형을 태운 차는 맹렬한 속도로 현장을 벗어났다. 뒤를 돌아보니 경호원들이 욕을 해대며 쫓아오고 있었다.

"당신이 왜……?"

"너는 감옥에서 썩게 하기에는 아까운 인물이야. 그리고 네가 저들에게 쫓기게 된 데에는 내 책임도 있고."

캠벨이 히죽 웃었다.

"이봐, 기왕에 이렇게 된 거 나하고 같이 일해볼 생각 없어?"

캠벨이 한태형에게 용병이 될 것을 제안했다.

앙골라

울창한 정글은 대낮에도 앞이 제대로 분간되지 않을 정도로 컴컴했다. 말로만 듣던 아프리카의 정글이 이런 모습인가. 한태형은 낯선 풍경에 호기심을 느끼면서도 경계를 소홀히 하지 않았다.

"정지! 잠시 휴식한다!"

팀장 올리버의 명이 떨어지자 10명의 용병들은 사주경계 대형을 취하면서 휴식에 들어갔다. 한태형도 주변을 살피고서 그대로 주저앉았다. 땀이 비 오듯 쏟아졌고, 숨도 턱까지 찼다. 캠프를 출발해서 3시간째 강행군을 한 터였다.

한태형은 캠벨의 권유를 받아들이기로 했다. 딱히 갈 데가 없는 처지에 할 줄 아는 건 전투가 전부인 마당이다. 거기에 보수가 예상보다 훨씬 컸다. 그리고 귀환하면 신분을 보장해주겠다고 했다. 거절할 이유가 없었다.

용병이 된 한태형의 첫 번째 전장은 아프리카 대륙 중부에 위치한 앙골라. 앙골라는 공산권에서 지원하는 인민해방전선(MPLA)과

서방에서 후원하는 전면독립민족동맹(UNITA)으로 나뉘어 내전을 벌이고 있었다. 그런데 캠벨의 용병대는 인민해방전선과 계약을 맺었다. 아무리 돈을 받고 싸우는 용병이라고 하지만 공산권에서 지원하는 인민해방전선 편에 서서 싸워야 한단 말인가.

'이봐, 용병에게는 국가도, 이념도 없어. 오로지 고용주를 위해서, 돈을 받은 만큼만 싸우면 되는 거야.'

캠벨이 찜찜해 하는 한태형을 격려했고, 한태형은 캠벨의 충고를 받아들이기로 하고서 아프리카로 향하는 비행기에 몸을 실었던 것이다.

"출발!"

팀장 올리버가 출발을 명령했다. 영국 특수부대인 SAS 출신으로 캠벨과 10년째 일하고 있다는 올리버는 이번 인질 구출 작전의 팀장을 맡고 있었다. 한태형의 첫 번째 임무는 전면독립민족동맹에 체포된 인민해방전선의 주요 인사를 구출해 오는 것이다.

10명의 용병들은 정글을 헤치며 전면독립민족동맹의 캠프를 향해 전진했다. 팀은 미국인 4명에 외국 국적의 용병 6명으로 구성되었는데 대부분 자국의 특수부대에서 근무했던 자들이다. 무사히 첫 임무를 마칠 수 있을까. 수색 정찰 및 인질 구조작전은 수도 없이 훈련했지만, 아프리카 정글에서의 작전은 처음이고 정보도 부족한 것 같기에 한태형은 은근히 걱정이 되었다.

"경비병은 몇 명인가? 그리고 비상탈출로는 확보되었는가?"

한태형이 올리버에게 다가가며 물었다.

"경비병은 10명에 불과해. 얼마든지 제압할 수 있어. 그리고 비상탈출로는 필요 없어. 제일 가까운 적 캠프는 3km 떨어져 있기에 연락망을 끊어버리면 지원이 불가능해.”

“경비병이 10명인 건 확실한가? 그리고 무전으로 지원을 요청할 수도 있지 않나?”

“당신, 겁이 많군. 이번 임무는 피크닉에 불과해. 캠벨은 본래 이런 간단한 임무는 맡지 않아. 용병이 처음인 당신을 위해서 캠벨이 특별히 수락한 거야. 겁이 나거든 내 뒤만 따라다녀. 그럼 문제없을 테니까.”

올리버가 AK47을 흔들어 보이며 큰소리를 쳤다. 별반 믿음이 가지 않지만 여기까지 와서 그냥 돌아갈 수도 없다. 한태형은 더 따지지 않기로 했다. 용병들은 일정하게 지급된 무기가 없다. 각자 자기가 편한 무기를 구해서 쓰고 있다. 한태형은 손에 익은 M16 카빈형에 호신용 피스톨, 그리고 수류탄 2발로 무장을 했다.

정글을 헤치며 한 시간을 더 행군한 용병들은 마침내 전면독립민족동맹의 캠프에 도착했다. 한태형은 쌍안경으로 캠프를 살폈다. 눈에 보이는 경비병만도 10명. 그렇다면 캠프의 규모로 봐서 경비병은 30명은 충분히 될 것이다. 그리고 가건물도 전달받은 정보와는 달리 4채나 있었다.

“생각보다 경비병이 많군. 뭐, 그래도 상관은 없어.”

올리버가 한태형을 쳐다보며 입을 비쭉 내밀었다.

“아무래도 무리 같소. 경비병이 예상보다 많고, 인질 소재도 확실치 않은 데다 비상탈출로도 제대로 확보되지 않은 것 같은데.”

한태형이 철수를 주장했다. 무리한 작전은 실패로 돌아가게 마련이다. 다른 용병들도 불안한 표정이었다.

“안돼, 그냥 철수하면 착수금을 돌려줘야 해. 성공보수는 못 받더라도 착수금까지 토해낼 수는 없어!"

올리버가 강행을 결정했다. 이것이 용병의 세계인가. 그렇다면 할 수 없다. 현실에 적응하는 수밖에. 한태형은 다시 쌍안경을 집어 들고 면밀하게 캠프를 살폈다. 4채의 가건물 중에서 인질이 어디에 있는지를 파악하는 게 우선이다. 정면의 가건물은 생김새로 봐서 아마도 간부들 숙소 같았다. 그렇다면 3채 중에서 인질은 어디에 있을까.

고심을 하는데 마침 식사 때인지 경비병이 먹을 것과 물을 가지고 제일 오른쪽의 가건물로 들어가는 게 눈에 들어왔다. 그렇다면 인질은 저곳에 감금되어 있을 것이고 나머지 두 채는 경비병들의 숙소일 것이다. 그럼 이제 만일의 경우에 대비해서 비상탈출로를 확보해야 한다. 한태형은 일대의 지형을 찬찬히 살폈다.

"구출조는 인질을 데리고 저쪽으로 빠져나간다. 엄호조는 구출조가 발각될 시에 경비병들과 교전을 벌이다 저쪽으로 퇴각해서 아까 휴식을 취했던 곳에서 합류하기로 한다."

한태형이 대책 없이 강행을 주장하는 올리버를 대신해서 용병들을 지휘하기로 했다. 한태형이 임시 탈출로를 차례로 지정하자 용병들은 고개를 끄덕였다. 한태형은 어느새 팀장 역할을 하고 있었다.

"나와 스티븐이 구출조다. 스티븐, 나침반을 챙겨! 길을 찾을 수 있겠지?"

한태형은 네이비씰 출신의 과묵한 스티븐을 지목했다. 한태형은 진작부터 그를 믿을 만한 동료로 점찍고 있었다.

"이 일대에서 여러 번 임무를 수행했어. 길 잃을 염려는 하지 않아도 좋아.”

스티븐이 히죽거리며 H&K MP5 소총을 집어 들었다. 두 사람은 자세를 낮추며 캠프로 접근했다. 경비는 허술했다. 어쩌면 점심 식사 후에 낮잠을 즐기고 있을지도 모른다. 한태형과 스티븐은 어렵지 않게 목표로 하는 가건물에 이르렀고, 조심스럽게 문을 열었다. 경비병이 나간 것을 확인한 터였다.

“……!”

의자에 결박된 흑인이 잔뜩 겁먹은 얼굴로 문을 열고 들어서는 두 사람을 쳐다봤다.

“쉿! 당신을 구출하러 온 사람들이오.”

한태형은 얼른 결박을 풀었고 밖을 살피던 스티븐은 이상 없음을 수신호로 전했다. 이제 여기를 빠져나가는 일만 남았다. 한태형은 덜덜 떨고 있는 인질을 부축하며 가건물을 빠져나왔고, 스티븐이 후미 경계를 하며 뒤를 따랐다. 처음인데도 손발이 척척 맞았다. 탈출에 성공한 것일까. 한태형의 첫 임무는 그리 순탄치 못했다. 고함소리와 함께 총성이 울렸고, 곧 요란한 응사가 이어졌다. 발각된 것이다.

“빨리 여기를 빠져나가! 언덕을 넘으면 개울이 나와. 개울을 따라 쭉 올라가면 집결지로 갈 수 있어!”

스티븐이 기관총을 난사하며 한태형에게 빨리 피할 것을 요구했다. 같이 싸우고 싶지만, 일단은 인질을 구하는 게 우선이다. 한태형은 덜덜 떠는 인질을 부축하면서 언덕 쪽으로 내달렸다. 짐작건대 경비병은 30명도 더 되는 것 같았다. 그렇다면 엄호조는 자기들 피신하기에 바쁠 것이다. 아무튼 빨리 여기를 빠져나가야 한다. 죽을힘을 다해 정글을 헤치고 나가자 스티븐의 말대로 개울이 보였다. 기슭에 자갈이 깔린 제법 넓은 개울이다. 길을 잃을 염려는 없지만, 개활지라서 적에게 그대로 노출될 위험이 크다.

"더 못 가겠소!"

인질이 주저앉더니 창백한 얼굴로 가쁜 숨을 몰아쉬었다. 총성은 점점 가까워졌다.

"뭐해! 빨리 빠져나가지 않고!"

고함을 치며 내달리던 스티븐이 주변 상황을 파악하고는 걸음을 멈추었다. 몸을 숨길 것도 마땅치 않다. 그렇다면…… 한태형과 스티븐은 서로를 쳐다보고는 총을 전면에 겨누었다.

곧 경비병들이 모습을 드러냈는데 대충 잡아도 40명은 되는 것 같았다. 뭐 하나 제대로 된 정보가 없었다. 한태형은 제대로 체크하지 않고 작전에 나선 자신의 불찰을 탓할 수밖에 없었다. 내 나라를 지키다 죽는 건 하나도 두렵지 않지만 이렇게 용병으로 허무하게 끝을 보게 될 줄이야. 한태형은 최후의 각오를 하며 M16을 겨누었다.

그때 요란한 총성이 일더니 앞장서서 다가오던 추격병들이 비명을 지르며 쓰러졌다. 총격은 이어졌고, 살아남은 추격병들은 혼비백산해서 뿔뿔이 흩어지며 도망갔다.

도대체 누가? 엄호조는 아닌 것 같았다. 한태형이 뒤를 돌아보자 개활지 끝의 정글 속에서 위장한 한 무리의 병력이 모습을 드러냈다. 저들은 누굴까. 알 수 없지만, 일개 소대 병력은 되는 것 같았다. 전신을 풀잎으로 위장한 병력들은 천천히 세 사람을 향해 걸어왔다. AK47 소총으로 무장을 하고 있는데 그들 중에는 중화기를 휴대한 자도 있었다.

"우리가 구출하려던 자로군. 그럼 우리하고 같은 임무를 수행하고 있던 용병들인가?"

한태형은 귀를 의심했다. 지휘관으로 보이는 자가 인질을 살피며 중얼거렸는데 뜻밖에 한국말이었다.

"당신은 한국 사람입니까?"

한태형이 묻자 지휘관이 흠칫 놀라며 한태형에게 고개를 돌렸다.

"동무는 조선사람이오? 남조선에서 온 모양이군. 우리는 앙골라에 파병된 조선민주주의인민공화국 폭풍여단 소속이오."

하면 북한 군인들? 한태형은 순간적으로 섬뜩했다. 어쩌다 저들의 도움을 받게 되었단 말인가.

"한태형입니다. 큰 신세를 졌습니다."

어쨌거나 덕분에 목숨을 건졌다. 한태형이 사의를 표했다.

"여기서 남조선 동무를 만나게 될 줄이야. 아무튼 반갑소. 나는 주진철 소좌요."

주진철이 정글모를 벗으며 손을 내밀었다.

"……!"

그 순간 한태형을 숨이 멎을 것 같은 충격에 휩싸였다. 저 얼굴은…… 그때 수리산에서 불길을 뚫고 달려들던 그 얼굴, 처음으로 패배의 쓰라림을 안겨준 바로 그 얼굴이었다.

"무슨 이유로 남조선 동무가 앙골라에서 싸우는지 궁금하군. 그런데 어째 동무는 어디서 본 듯하오?"

*　*　*

　　안기부장은 매우 흡족한 표정으로 순방 결과 보고서를 덮었다. 대통령의 미국 순방이 성공리에 마무리되면서 해외 경호를 주관했던 국가안전기획부는 축제 분위기였다. 정부는 해외 순방을 늘리기로 했고, 안기부는 계속해서 해외 경호를 맡게 되었다.

　　"필요한 게 있으면 얘기해. 뭐든 지원할 테니."

　　안기부장은 해외 경호를 계속해서 장재원에게 맡기기로 했다.

　　"감사합니다. 그런데 다음 순방지가 결정되었습니까?"

　　"외무부에서는 아시아와 아프리카 중에서 선정하고 있는데 구체적인 국가는 조만간 결정될 모양이야."

　　미국 순방에서 힘을 얻은 전두환 대통령은 앞으로는 공세적으로 외교전을 펼치기로 하고 다음 대상지를 북한과 치열하게 외교전을 펼치고 있는 아프리카와 아시아의 제3세계로 정했다.

　　"제3세계 국가들은 미국처럼 완벽한 경호를 기대하기 어려워. 거기에 북한 공관도 주재하고 있으니까 한층 신경을 써야 할 거야."

　　"유념하겠습니다."

　　장재원은 절도 있게 대답하고 부장실을 나섰다. 안기부는 축제 분위기지만 장재원은 한가지 마음에 걸리는 것이 있었다. 그때 모자를 깊이 눌러쓰고 대통령에게 접근하는 남자는 단순한 환영객이었을까. 도주하는 것 같기도 하고 아닌 것 같기도 했는데 현장에서 놓치는 바람에 그 이상 확인할 길이 없었다. 그런데 왠지 뒷모습이 낯설지 않은 것 같았다.

앙골라　111

설마 하며 자기 방으로 돌아온 장재원은 비서에게 주미대사관 주재관을 연결할 것을 지시했다.

"최 공작관입니다."

국제전화로 최 공작관의 굵은 음성이 전해졌다. 장재원이 신임하는 유능한 요원이다.

"그렇지 않아도 보고를 하려던 참입니다. 캠벨은 용병들을 인솔해서 아프리카 앙골라로 떠났습니다."

장재원은 한태형을 접촉했던 사람들을 차례로 조사하기로 했다. 채인욱은 전면에 나서지 않은 것이 확인되었다. 그다음은 용병대장인데 그가 아프리카 앙골라에? 앙골라는 내전 중이라고 들었다. 그렇다면 용병들에게 좋은 일터일 것이다.

"용병 중에 한국인이 있는지 알아볼 수 있겠나? 이름은 한태형이라고 하는데."

"CIA와 FBI 쪽 인맥을 총동원해 보겠습니다."

"최대한 신속히 알아보도록."

장재원이 수화기를 내려놓는데 노크 소리와 함께 우나연이 안으로 들어섰다.

"그래 무슨 일로?"

장재원이 앉을 것을 권했다. 우나연이 만나기를 청했던 것이다. 그런데 무슨 말을 하려는 걸까. 우나연이 곤혹스러운 표정을 지었다.

"저…… 일을 그만두겠어요."

우나연이 사직하겠다고 했다.

"갑자기 왜? 나는 계속해서 우 분석관을 해외 순방 수행원으로 추천할 생각이오."

장재원이 놀라서 물었다.

"미국으로 돌아가겠어요. 그곳에서 찾아야 할 사람이 있어요."

우나연이 차분한 목소리로 사직의 이유를 밝혔다. 더 묻지 않아도 찾아야 할 사람이 누군지 장재원은 잘 알고 있었다.

"태형이 일은 늘 안타깝게 생각하고 있소. 둘도 없는 단짝이었는데 어쩌다 이런 처지가 되었는지."

장재원이 한숨을 내쉬었다. 우나연은 아무 말이 없었다.

"뉴욕에서 태형이를 찾았었소. 그래서 어떻게든 돕고 싶었소."

그것은 솔직한 심정이다. 장재원은 일단 우나연도 한태형을 찾았다는 사실을 알고 있다는 것, 그리고 맨해튼에서의 일은 함구하기로 했다.

"지금도 태형이를 찾고 있는데 머지않아 그가 어디에 있는지 확인할 수 있을 것 같소."

"태형 씨가 있는 곳이 어디인가요?"

우나연이 즉각 반응을 보였다.

"아직 확실치 않지만 어쩌면 생각보다 먼 곳에 있을지 모르겠소. 확인되는 대로 알려줄 테니 미국으로 돌아가겠다는 생각은 확인이 될 때까지만이라도 보류했으면 좋겠소."

장재원은 묘한 감정에 휩싸였다. 우나연이 이렇게까지 태형이를 생각하고 있었나. 마음속에 커다란 짐을 지우고 있는 친구 한태형. 그런데 이제는 일말의 질투심을 불러오고 있었다.

"내 말대로 하시오. 경찰에 쫓기는 몸이라면 사설탐정도 한계가 있을 테니까."

우나연은 잠시 생각하더니 고개를 끄덕이고는 몸을 일으켰다.

* * *

신참인 한태형이 팀을 통솔했지만 아무도 불평하지 않았다. 용병세계는 철저하게 실력 위주다. 이번 임무는 해안에서 루안다로 연결되는 교량을 폭파하여 전면독립민족동맹측으로 유입되는 미국의 원조를 차단하는 것인데 폭파는 폭풍여단이 맡고, 용병은 그들을 엄호하는 일을 맡기로 했다.

주진철을 여기서 만난 것도 놀라운 일인데 이제는 그와 한편이 되어 임무를 수행하게 되었다. 한태형은 착잡한 심정을 금할 길이 없었지만, 임무를 마칠 때까지 다른 생각을 하지 않기로 했다. 소리 없이 접근해서 교량을 폭파하고, 재빨리 빠져나와야 하기에 출동병력은 북한군 3명에 용병 5명, 그리고 현지인 길잡이 1명 이렇게 9명에 불과했다.

길잡이가 주먹을 불끈 쥔 손을 번쩍 들었다. 일행은 재빨리 자세를 낮추고 경계자세를 취했다. 길잡이는 주위를 살피더니 고개를 끄덕이고는 잠시 쉬어갈 뜻을 비쳤다. 두 시간째 정글을 강행군했던 용병과 북한군은 일제히 무장을 벗고 휴식에 들어갔다.

"알아보니 한태형 동무는 남조선 특전사 출신이더군. 그런데 왠지 낯이 익다고 했더니 그때 안양에서 마주쳤던 그 동무였어. 놀라운 일이오. 이렇게 여기서 다시 만나게 되다니."

주진철 소좌가 웃으며 한태형에게 다가왔다. 그도 한태형을 기억해 낸 것이다. 소련제 드라구노프 저격총을 들고 있는 걸로 봐서 전문저격수 같았다.

"이인애 상위는 공화국 최고의 폭파전문가요."

주진철이 당황해하는 한태형에게 같이 온 여성을 소개했다.

"소좌 동무로부터 한 동무 얘기를 들었어요. 같은 편이 되었으니 잘해 봅시다."

이인애 상위가 웃으며 손을 내밀었다. 여기까지 온 마당에 주저할 이유가 없다. 한태형은 이인애 상위의 손을 잡았다.

잠시 휴식을 취한 일행은 다시 정글을 헤치며 전진했다. 캠벨용병대의 계약은 여기까지다. 그러니까 교량 폭파는 앙골라에서의 마지막 임무인 셈이다. 마지막 임무에서 희생되는 용병이 없어야 할 텐데. 팀장을 맡은 한태형은 어깨가 무거웠다.

"저깁니다."

길잡이가 언덕 아래를 가리켰다. 강을 가로지르는 교량이 눈에 들어왔는데 정보와 달리 폭이 100m도 더 되는 것 같았다.

"정보가 엉터리로군. 경비병도 예상보다 많아."

쌍안경으로 교량을 살피던 주진철 소좌가 상을 찡그렸다.

"교각도 5개나 돼요. 저런 구조의 교량을 파괴하려면 두 군데를 동시에 폭파시켜야 해요."

폭파를 담당한 이인애 상위가 난색을 표했다. 정보에 따르면 교량은 30m에 불과하고, 교각도 2개다. 그런데 눈앞에 전개된 상황은 전혀 달랐다.

"정보가 틀린 것은 우리 잘못이 아니야. 그러니 우리는 계약대로 교각 하나면 폭파하고 돌아가면 돼."

그린베레 출신 용병 길버트가 애초의 계획대로 실행을 주장했다. 한태형이 길버트의 주장을 통역하자 주진철 소좌가 고개를 가로저었다.

"여기까지 와서 그냥 돌아갈 수는 없어. 우리는 돈만 받으면 그만인 용병이 아니야. 우리가 알아서 폭파할 테니 당신들은 엄호만 해. 이봐, 김 중위!"

주진철 소좌가 강행을 주장했다.

"3번과 4번 교각을 폭파시킨다! 이인애 상위가 3번 교각을, 그리고 김 중위가 4번 교각을 맡아라!"

"알겠습니다."

북한군 김 중위가 잔뜩 겁을 먹은 얼굴로 폭약 케이스를 받아들었다. 폭파가 전문이 아닌 것 같았다.

"헤이, 한! 저자들 폭파를 강행하는 모양인데 상황으로 봐서 실패로 돌아갈 것 같아. 괜히 위험을 자초하는 것 같으니 빨리 말려!"

용병들이 험악한 표정으로 한태형에게 다가왔다. 그냥 돌아갈 수는 없는데 그렇다고 실패가 뻔한 작전에 끼어들 수도 없다. 어떻게 해야 하나. 모든 게 잘못된 작전이다. 정보도 잘못되었고, 지향하는 바가 다른 용병과 폭풍여단을 한 팀으로 묶은 것도 잘못이다.

"내가 하겠소."

한태형이 폭파를 자처하고 나섰다. 이인애 상위는 폭파전문가라고 했으니 문제가 없겠지만 김 중위는 아무래도 불안했다.

"한 동무가?"

주진철 소좌와 이인애 상위가 동시에 놀라며 한태형을 쳐다봤다.

"그렇소. 내가 4번 교각을 맡겠소."

"좋소. 그럼 남조선 특전사 실력을 한번 보겠소."

주진철 소좌가 고개를 끄덕이더니 덜덜 떨고 있는 김 중위에게 폭약 케이스를 넘길 것을 지시했다.

C4 폭약과 기폭제를 확인한 한태형은 주저하지 않고 교량을 향해 접근했다. 이인애 상위가 바짝 뒤를 따랐다. 직접 폭파를 맡게 될 줄은 몰랐지만, C4 폭약이라면 능숙하게 다룰 자신이 있다.

두 사람은 무사히 다리 아래로 접근했다. 살펴보니 경비병은 교량 양쪽에 2명씩 모두 4명이 배치되어 있는데 경비가 그렇게 삼엄한 편은 아니었다. 문제는 어떻게 교각에 접근하느냐는 것인데 강은 제법 깊어 보였지만 유속은 느려서 헤엄치는 게 크게 어렵지 않을 것 같았다. 한태형과 이인애 상위는 시선을 교환하고는 천천히 물로 들어갔고, 각자 목표로 하는 교각을 향해 헤엄을 쳤다.

무사히 4번 교각에 닿은 한태형은 소리를 죽이며 교각을 기어 올라갔고, 능숙한 솜씨로 폭약을 설치했다. 3번 교각을 살피니 이인애 상위도 설치를 거의 마쳐가고 있었다. 이제 무사히 탈출하면 임무는 성공이다.

"첨벙!"

한태형이 교각을 내려가려는데 물소리가 났다. 이인애 상위가 발을 헛디디면서 강물로 떨어진 것이다. 곧 경비병이 달려오더니 허둥대고 있는 이인애 상위를 발견하고는 총을 겨누었다. 절체절명의 위기다.

"탕!"

그러나 한태형의 피스톨이 빨랐다. 앙골라 경비병은 비명을 지르며 쓰러졌고, 한태형은 다이빙을 해서 이인애 상위에게 헤엄쳐 갔다.

"저쪽으로 빠져나갑시다!"

한태형이 반대편을 가리켰다. 우군으로부터 멀리 떨어지지만 그래도 그쪽이 개활지가 좁아서 정글 속으로 몸을 피신시키기 유리하다. 두 사람은 부지런히 헤엄을 쳤고, 다리 위의 경비병들이 채 상황을 파악하기 전에 강에서 나왔다. 이제 30m만 달리면 정글이다. 그리고 곧 다리가 폭파될 것이다.

"……!"

정글을 향해 내달리던 두 사람은 걸음을 멈추었다. 정글 속에서 앙골라 병사가 총을 겨누고 나온 것이다. 볼일을 보느라 잠시 자리를 이탈했던 자 같았다. 그쪽에 병사가 나타날 줄이야. 허둥대며 헤엄을 치느라 무장을 챙기지 못했기에 대항할 수도, 달아날 수도 없는 상황이다.

"탕!"

일발 총성이 울리면서 앙골라 병사가 쓰러졌다.

"소좌 동무에요!"

이인애 상위가 어리둥절해하는 한태형의 손을 잡아끌었다. 그렇다면 주진철 소좌가 저격을…… 줄잡아 1.5km는 떨어진 거리다. 그가 전문저격수라는 사실은 짐작하고 있었지만 그래도 그렇지 저 먼 거리에서 단발로 명중시킬 줄이야.

하지만 감탄을 하고 있을 때가 아니다. 한태형은 정글 속으로 뛰어들어 갔다. 총탄이 빗발치듯 날아들었지만 오래가지 못했다.

엄청난 굉음과 함께 교량이 두 동강이 났다.

* * *

정글 한복판의 용병기지에서 축제가 벌어졌다. 어디서 데리고
온 걸까. 밴드가 흥겨운 음악을 연주했고 반라의 무희들이 요란하
게 몸을 흔들어댔다. 어제까지의 살벌했던 분위기와는 전혀 딴판
이었다. 보수를 지급받은 용병들은 희희낙락하며 술잔을 기울였
고, 팁을 두둑이 받은 급사들은 신이 나서 이리저리 뛰어다니며
서비스를 했다.

한태형은 그들과 떨어져 혼자서 위스키 잔을 기울였다. 보수는
생각보다 훨씬 많았다. 이 돈이면 미국에서도 제법 여유 있는 생
활을 할 수 있을 것이다. 캠벨은 크게 흡족해하면서 한태형에게
계속 용병으로 남아줄 것을 당부했지만 한태형은 거절했다. 돈을
받고 싸우는 것은 자리를 잡기 위한 수단일 뿐이다.

"이제 작별인가."

주진철 소좌와 이인애 상위가 다가왔다.

"팔은 괜찮소?"

"스쳤을 뿐이에요. 한 동무에게 빚을 졌어요."

이인애 상위가 웃으며 대답했다.

"목숨을 빚지기는 내 쪽도 마찬가지지요."

한태형은 두 사람을 거부감 없이 대했다. 주진철 소좌는 신념은
다를지라도 같은 군인으로서 끌리는 구석이 많았고, 충분히 인정
할 만한 실력을 지닌 사람이었다. 한태형은 함께 폭파임무를 수행

했고, 같이 사선을 넘은 이인애 상위에게도 상당한 친밀감을 느끼고 있었다. 그렇지만 이제 헤어져야 한다.

"전부터 생각했던 얘기인데."

갑자기 주진철 소좌가 정색을 했다.

"한 동무가 왜 남조선에서 쫓겨났는지 잘 알고 있소. 그리고 다시 남조선으로 돌아가기 어렵다는 사실도. 그래서 말인데……"

주진철 소좌가 한태형의 눈치를 살피면서 말을 이었다.

"우리와 같이 평양으로 가는 것이 어떻겠소? 이인애 상위도 나와 같은 의견이오."

평양을? 한국이 돌아갈 수 없는 나라가 된 것은 사실이지만 그렇다고 북한으로 간다는 생각을 해본 적은 없다. 당장의 바람은 어머니와 동생을 미국으로 데리고 와서 같이 사는 것이다.

"생각해 줘서 고맙지만 거절하겠습니다. 나를 기다리는 사람들이 있고, 또 해야 할 일도 있습니다."

한태형이 고개를 가로저었다. 빨리 자리를 잡고 어머니와 동생을 미국으로 불러서 같이 살아야 한다. 한태형은 나이가 4살 더 많은 주진철 소좌를 어느새 형처럼 대하고 있었다.

"한 동무의 생각이 그러하다면 더 권하지 않겠소. 그럼 잘 가시오. 그리고 한 동무 일이 잘 풀렸으면 좋겠소."

주진철이 웃으며 손을 내밀었다. 손끝에서 진심이 전해졌다. 차례로 악수를 나눈 이인애의 손끝에서는 진한 아쉬움이 전해졌다.

한태형은 다시 혼자가 되었다. 나를 기다리고 있는 사람들 중에는 우나연도 포함되어 있다. 그런데 우나연은 아직 한국에 있을까. 그리고 여전히 내 생각을 하고 있을까. 알 수 없지만, 한태형은 한시도 우나연을 잊은 적이 없었다.

"왜 어울려서 즐기지 않고? 용병에게도 전우애라는 게 있어. 비록 내일은 적이 되어 총부리를 겨누는 한이 있더라도 오늘은 전우니까."

캠벨이 다가오더니 옆에 앉았다. 한태형은 아무 말이 없었다.

"네가 무슨 생각을 하고 있는지 알아."

캠벨이 한태형의 어깨를 두드렸다. 그는 어느새 한태형의 속사정을 전부 파악하고 있었다.

"너는 기대 이상으로 잘 싸워주었어. 그래서 네게 보너스를 주겠어."

보너스? 무슨 소리인가. 한태형이 의아한 표정으로 캠벨을 쳐다봤다. 보수는 이미 다 지급 받았다.

"네 이름은 이제부터 제럴드 추이야."

제럴드 추이? 그는 얼마 전 작전 중에 죽은 대만계 미국인이다. 하면 그로 신분 세탁을 하겠다는 것인가? 한태형이 놀라서 캠벨을 쳐다봤다.

"그래, 불법 이민자 한태형은 전사했고 너는 이제부터 합법적인 미국 시민인 제럴드 추이로 사는 거야. 서류와 절차는 내가 다 알아서 처리할 테니까 너는 신경 쓰지 않아도 돼."

캠벨이 웃으며 손을 내밀었다.

보디가드

정국은 그런대로 안정을 찾아가고 있었다. 대학가에서는 시위가 그치지 않았지만, 계엄은 물론 휴교령을 내릴 만큼 대규모가 아니었다. 미국은 전두환 정권을 인정했고, 경제지표가 호조를 보이면서 국민들도 차츰 정권을 현실로 받아들이고 있었다. 밖에서부터 인정과 경제성장이 우선이라는 정치권의 전략이 주효했던 것이다.

자신을 얻은 전두환 정권은 미국에 이어서 아시아와 아프리카를 순방하는 것으로 정권의 기반을 다지고, 북한과 전면적으로 외교전을 펼치기로 했다.

회의를 마치고 방으로 돌아온 장재원은 우나연을 호출했다. 대통령의 해외 순방 스케줄이 결정되었다. 차질 없이 일정을 소화하려면 지금부터 서둘러야 한다.

노크 소리와 함께 우나연이 방으로 들어섰다. 장재원은 읽던 서류를 덮었다.

"이달 말에 필리핀을 순방하기로 결정되었소. 경호협력차 다음 주에 필리핀으로 출국할 계획인데 우 분석관을 수행원으로 선정할 생각이오."

장재원이 호출한 이유를 밝히자 우나연은 예상했다는 듯 따로 반응을 보이지 않았다. 며칠 사이에 많이 핼쑥해 있었다.

"필리핀은 미국과 달라서 신경이 쓰이지만 그래도 사전에 체크를 철저히 하면 별 탈은 없을 것이오. 현지 경찰의 협조가 절대적이지만 그래도 미국의 도움이 필요할 것이니 우 분석관이 그 일을 맡아주시오."

"알겠습니다."

짧게 대답하는 우나연을 보며 장재원은 한태형의 죽음을 전하던 때가 떠올랐다.

'CIA로부터 통보가 왔소. 태형이가 아프리카에서 용병으로 싸우다 현지에서 사망했다고 합니다.'

장재원은 떨리는 음성으로 한태형의 죽음을 전했고, 우나연은 쓰러질 듯 비틀거리더니 간신히 몸을 지탱했다. 무엇 때문에 용병이 되었고, 아프리카까지 가게 되었는지는 충분히 짐작이 되었다. 괜히 미국행을 권했나. 그때 미국에 남아서 더 적극적으로 찾아봤다면 이런 일은 없었을 텐데. 우나연은 심한 자책감이 밀려왔다.

'자책하지 말아요. 나연 씨는 최선을 다했고, 태형이는 스스로의 신념을 지켜서 이 땅을 떠났고, 본인의 선택으로 아프리카로 간 것이니까.'

장재원이 다가오며 우나연을 위로했다. 장재원은 한태형이 반정부인사와 접촉했으며, 공산 진영의 용병이 되었다는 사실은 함구하기로 했다. 그것이 둘도 없는 친구, 가슴에 커다란 짐을 얹어 놓고 떠난 친구에 대한 마지막 예의라고 생각한 것이다.

* * *

파도가 하얀 포말을 일으키며 끊임없이 밀려왔다. 언덕 위에서 밀려오는 파도를 물끄러미 바라보고 있는 한태형의 입에서 한숨이 새어 나왔다.

저 광활한 태평양 너머에 내 나라가 있다. 언제나 돌아갈 수 있을까. 어머니와 동생은 잘 지내고 있을까. 편지는 여전히 수취인 불명으로 되돌아오고 있었다. 혹시 어머니가 충격으로 쓰러지면서 병원비를 마련하느라 집을 처분한 게 아닐까. 그런 생각이 들때마다 한태형은 견디기 힘든 고통에 빠져들었다.

앙골라에서 돌아온 후에 한태형은 거처를 뉴욕에서 LA로 옮겼고, 바다가 내려다보이는 교외에 저택을 마련했다. 캠벨이 보수를 두둑이 챙겨주었기에 먹고사는 걱정은 할 필요가 없게 되었다. 대신에 번뇌가 더해졌다. 한태형은 심사가 복잡할 때마다 태평양이 내려다보이는 언덕 위에 벤치로 향했고, 밀려오는 파도를 보면서 망향의 정을 달래고 있었다.

우나연은 여전히 한국에 있다고 했다. 사설탐정에게 의뢰했더니 작년에 한국 대통령이 미국을 방문했을 때를 전후해서 미국에 들렀던 기록은 있는데 그 후로 입국한 기록은 없음을 확인해 주었다.

하면 그때 우나연이 뉴욕에 있었단 말인가. 그렇다면 나를 찾아오지 않았을까. 혹시 반지하숙소에서 쫓겨나지 않았다면 만날 수 있었을지 모른다는 생각이 들자 그냥 버틸 걸 하는 후회가 밀려왔다.

그렇지만 머지않아 보고 싶은 사람들을 만날 수 있다. 미국 시민 제럴드 추이가 된 한태형은 한국을 다녀오기로 했다. 어머니와 태준이, 우나연의 얼굴이 차례로 떠오르면서 한태형은 당장이라도 달려가고 싶은 충동에 사로잡혔다.

"여기 있군."

찾는 소리가 나서 돌아보니 캠벨이 이쪽으로 걸어오고 있었다. 캠벨은 LA에 들를 때마다 한태형을 찾아와 객지에서 외롭게 지내고 있는 한태형의 말벗이 되어주곤 했다.

"한국에 가려고?"

캠벨이 옆자리에 앉으며 말했다.

"그래요. 나를 기다리고 있는 사람들이 있어요."

"누군지 알겠군. 그리고 네 마음이 어떻다는 것도 잘 알고. 그렇지만 한국으로 가는 일은 미루는 게 좋겠어. 아직 때가 아니야."

캠벨은 한태형의 한국행을 한차례 반대했던 적이 있다.

"나는 미국 시민입니다. 한국으로 가는 데 아무 문제가 없습니다."

한태형이 항의하듯 말했다.

"이봐, 네가 제럴드 추이로 신분 세탁을 한 걸 미국 정보기관이 모르고 있을 것 같아? 다 알면서 묵인하고 있는 거야. 네가 미국에서 별문제 없이 지내면 문제 삼지 않겠지만 해외라면 얘기가 달라질 수 있어. 더구나 당사국에서 쫓기는 입장이라면.”

캠벨이 정색을 했다.

“네가 한국으로 가면 미국 정보기관에서 한국 정보기관에 통보를 할 거야. 미국 정보기관은 네가 왜 미국으로 왔는지, 그리고 미국에서 무슨 일을 하고 있는지 잘 알고 있으니까. 그렇게 되면 너는 공항에서 체포될 수도 있어. 미국에서는 제럴드 추이로 살 수 있지만, 한국에서는 안 통할 테니까.”

“그러면 한국에는 영원히 돌아갈 수 없는 겁니까?”

저도 모르게 한태형의 언성이 높아졌다.

“흥분하지 마. 흥분한다고 해결될 일이 아니니까.”

캠벨이 냉정할 것을 주문했다.

“찾아보면 방법이 있을 거야.”

“그게 뭡니까?”

한태형이 재촉했다. 캠벨은 답을 알고 있는 것 같았다.

“미국 정부나 정보기관도 무시할 수 없는 사람의 보호를 받으면 돼.”

“그게 누굽니까?”

그런 사람도 있단 말인가. 한태형은 선뜻 떠오르는 인물이 없었다.

“염두에 두고 있는 사람이 있어. 구체적인 사정을 알아볼 테니까 서두르지 말고 기다리고 있어.”

캠벨은 그 말을 남기고 일어섰다. 참으로 고마운 사람이다.

* * *

빅토리아항을 빠져나가는 유람선의 현란한 조명이 사뭇 몽환적인 분위기를 자아냈다. 홍콩의 야경은 언제봐도 황홀했다. 고층 호텔에서 형형색색으로 불을 밝히고 있는 홍콩의 밤을 물끄러미 내려다보던 채인욱은 노크 소리에 고개를 돌렸다.

"오랜만이오, 채 동무."

몇 차례 북한을 방문했을 때마다 안내를 맡았던 남자가 웃으며 채인욱에게 다가왔다.

"대외조사부 부부장 동지입니다."

안내원이 동행한 중년의 남자를 채인욱에게 소개했다.

"남조선 대통령이 곧 필리핀을 방문할 예정이오."

대외조사부 부부장은 당연하다는 듯 상석을 차지했고, 채인욱과 안내원은 양옆에 자리를 했다.

"사실 미국에서 남조선 대통령을 암살하는 건 무리가 따르는 일이었소. 그렇지만 필리핀이라면 경우가 다를 테니 이번에는 실수하는 일이 없어야 할 것이오."

"물론입니다. 좋은 기회라고 생각하고 있습니다."

북한은 필리핀을 순방하는 전두환 대통령을 암살하기로 하고 그 일은 채인욱에게 맡기기로 했다.

"남조선 인민들은 그들의 대통령에게 큰 거부감을 가지고 있소. 이럴 때 대통령을 제거하면 통일을 앞당길 수 있을 것이오. 위대하신 수령 동지께서도 이 일에 큰 관심을 가지고 계시니 일을 성사시키면 채 동무는 공화국의 영웅이 될 것이오."

부부장이 들뜬 목소리로 채인욱에게 일의 중대성을 전했다.

"잘 알고 있습니다. 반드시 성사시키겠습니다!"

채인욱이 가방에서 사진과 서류를 꺼냈다.

"마크 클라크라고 이 세계에서는 최고로 꼽는 자입니다. 그러니 반드시 성공할 것입니다."

채인욱이 일급 살인청부업자 마크 클라크의 프로필을 부부장에게 건넸다. 그런데 부부장은 힐끗 쳐다볼 뿐 큰 관심을 보이지 않았다.

"기껏해야 폭력단 두목을 쏘던 자 아니오. 오로지 돈을 목적으로 하는 살인청부업자에게 이 일을 맡길 수는 없소."

"무슨 말씀인지 잘 알겠습니다만 이번에는 원거리 저격이니까 맡겨도 될 겁니다."

부부장이 일언지하에 거절하자 채인욱이 당황했다.

"저 도망갈 구멍부터 찾는 자와 목숨을 버릴 각오가 되어 있는 자가 어찌 같단 말이오!"

부부장이 못마땅한 표정을 짓더니 주머니에서 사진을 한 장 꺼냈다.

"이 사람에게 일을 맡기고 싶소."

대체 누구를…… 사진을 들여다본 채인욱은 깜짝 놀랐다. 한태형이 용병들로 보이는 자들과 함께 찍은 사진이다. 이자가 한태형을 어떻게 알고 있을까. 알 수 없지만, 한태형은 이미 죽었다.

"누군지 아는 사람이로군요. 하지만 이자는 아프리카에서 죽었습니다."

"아니, 이 사람은 죽지 않았소. 신분을 위장하고 지금 미국에 있소. 그러니 찾아서 일을 맡기시오."

부부장은 그 말을 남기고 일어섰다. 한태형이 살아 있다고? 분명히 죽었다고 했는데. 설사 사실이라고 해도 대외조사부 부부장이 그걸 어떻게 알까. 의아해하던 채인욱은 안내원이 놓고 간 가방을 여는 순간 더 이상 고심하지 않기로 했다. 고액권 달러가 가방에 가득했다.

* * *

세상에 이렇게 넓은 저택이 있단 말인가. 정문을 통과하고도 차는 멈출 줄을 몰랐다. 잘 조성된 정원과 드넓은 잔디밭. 곳곳에 심어진 나무들과 호수라고 불러도 좋을 크기의 연못. 허드카의 저택은 가히 공원을 연상시켰다.

플로이드 허드카는 TV 채널 여러 개를 가지고 있는 언론재벌이라고 했다. 캠벨은 마침 허드카로부터 의뢰가 들어왔는데 의회와 연방정부에 상당한 영향력을 행사하고 있는 그가 도와주면 한국행이 가능할 거라고 했다. 그런데 언론재벌이 무슨 일을 맡기려는 걸까. 아무튼 한국으로 돌아갈 수 있는 기회다. 한태형은 그 어떤 일이라도 마다하지 않을 생각이다.

차가 고대 로마 궁전을 연상시키는 하얀 대리석 건물 앞에서 멈추자 기다리고 있던 집사가 다가와서 문을 열어주었다. 미국 재벌들은 이렇게 사는 건가. 집사를 따라 건물로 들어가는 한태형은 정글을 헤치고 전진할 때보다 더 긴장이 되었다.

미국 정부도 좌지우지한다는 거물이 대체 용병에게 무슨 일을 맡기려는 걸까. 농구를 해도 될 것 같이 넓은 일층 접견실에 혼자 남겨진 한태형은 도무지 감이 잡히질 않았다. 그와 관련해서는 캠벨도 아는 게 없는 것 같았다. 뭔지 몰라도 불법 테러는 아닐 거라는 사실로 위안을 삼을 수밖에 없었다.

"캠벨이 당신을 적극 추천하더군."

한태형이 돌아보니 깡마른 남자가 가운 차림으로 계단을 내려오고 있었는데 상대를 압도하는 형형한 눈빛은 온갖 풍파를 헤치고 자수성가한 사람임을 여실히 보여주고 있었다.

"그리고 당신이 뭘 원하고 있는지도 들었고."

"하면 의뢰를 하려는 일이 뭡니까?"

한태형은 허드카를 따라서 자리에 앉았다.

"딸아이가 지금 모나코에 있는데 그 애를 데리고 와주게."

한태형은 귀를 의심했다. 딸을 데리고 오라니. 하면 그게 의뢰란 말인가.

"얘가 도무지 내 말을 듣지를 않아. 그런데 납치범들이 딸애를 노리고 있다는 정보가 있어. 그러니 빨리 모나코로 가서 그 애를 이리로 데리고 오게. 그게 의뢰야."

허드카는 정색을 했지만 한태형은 어이가 없었다. 미국 정부에 막강한 영향력을 행사한다는 언론 재벌이 고작 딸아이 문제로 저리 심각한 고심을 한단 말인가. 그렇지만 자세한 사정을 듣고 보니 이해가 가지 않는 것도 아니었다. 허드카는 50살이 넘어서 얻은 늦둥이 딸 스테파니를 애지중지했고, 아쉬운 것, 무서운 것 없이 자란 스테파니는 매사가 제멋대로였다.

한태형은 입맛이 썼다. 비장한 각오를 하고 왔는데 고작 이제 17살이 된 철부지 여자아이를 데리고 오는 일이라니. 일을 거저 주운 셈이기는 하지만 아무튼 어이가 없었다.

＊＊＊

파란 하늘과 끝없이 밀려오는 파도. 손질이 잘 된 그린과 남국의 정취를 더해주는 야자수. 듣던 대로 푸에르토 아줄 컨트리클럽은 최상의 골프 코스였다. 코스를 차례로 살피던 장재원은 함께 현장을 점검하고 있는 필리핀 국립경찰 에롤르데 총경에게 만족을 표했다. 우나연은 말없이 장재원의 뒤를 따르고 있었다.

전두환 대통령은 필리핀 순방 시 마닐라에서 70km 떨어진 휴양도시 푸에르토 아줄의 컨트리클럽에서 골프를 즐길 예정이다. 그래서 사전경호차 필리핀을 방문한 장재원은 푸에르토 아줄 클럽을 점검하고 있었다. 다른 일정은 경호상 큰 문제가 없다. 그러니 골프 일정만 잘 경호하면 필리핀 순방은 무사히 넘길 것이다.

"아웃코스에 1개 중대 병력을 배치할 계획입니다."

에롤르데 총경이 도면을 내밀었다. 장재원은 아웃코스에 집중적으로 경비 인력을 배치한 도면을 보며 만족을 표했다. 푸에르토 아줄 클럽의 아웃코스는 정글로 이어지는 반면에 인코스는 해안을 접하고 있다. 그렇다면 인코스는 크게 걱정하지 않아도 좋을 것이다. 에롤르데 총경은 일 처리가 깔끔한, 신뢰가 가는 사람이지만 그래도 직접 눈으로 확인을 해야 한다. 장재원은 천천히 걸으면서 코스에서 제일 가까운 정글까지의 거리를 가늠해 보았다.

"가장 근접한 티잉 그라운드는 정글로부터 500m 떨어졌지만, 중간에 장애물이 있기에 조준이 불가능합니다. 다른 곳도 타깃이 조준경에 들어오는 시간이 불과 2~3초에 불과해서 웬만한 프로라도 저격이 쉽지 않을 겁니다. 물론 그전에 샅샅이 뒤지겠지만."

에롤르데 총경은 매 홀의 특징을 설명했고 장재원은 고개를 끄덕이며 에롤르데 총경의 의견에 동의했다. 근접 경호와는 별도로 홀별로 10명씩 외곽에 배치해서 대통령 주변을 에워싼다면 저격은 사실상 불가능할 것이다. 아웃코스 9홀을 차례로 점검한 세 사람은 인코스에 이르렀다. 해변으로 이어지는 인코스에 이르자 파도가 하얀 물거품을 일으키며 쉴 새 없이 밀려왔다. 바다와 접한 인코스는 수풀이 울창한 아웃코스와는 또 다른 감흥을 불러왔다.

"클럽하우스에서 기다리겠습니다."

에롤르데 총경이 그 말을 남기고 자리를 떴다. 눈치를 살피더니 일부러 자리를 피해주는 것 같았다.

"평화롭네요. 나중에 이런 곳에서 살고 싶어요."

우나연이 처음으로 입을 열었다. 그리고 조금은 상기된 표정으로 주변을 둘러보았다.

"낙원이 따로 없군요. 그동안 너무 일에 치였고, 시간에 쫓기며 살았소."

장재원이 우나연 옆에 나란히 섰다. 두 사람은 말없이 밀려오는 파도를 바라보았다. 우나연은 왜 장재원이 수행원으로 자기를 지목했는지 잘 알고 있었다. 그리고 깊은 배려심에 늘 감사하고 있었다.

그때 우나연이 미국으로 돌아가려고 했는데 장재원은 미국으로 간들 한태형을 만날 수 없으며 바쁘게 일에 매달리는 게 슬픔을 달래는 데 좋을 것이라며 적극 만류했다. 우나연은 장재원의 권유를 받아들였고, 그 후로 장재원은 한걸음 떨어져서 우나연을 지켜보며 음으로 양으로 그녀를 도왔다. 그리고 지금 푸에르토 아줄의 해변에 나란히 서 있다.

우나연은 바다로 향했다. 밀려오는 파도에 발이 젖었지만 우나연은 아랑곳하지 않았다. 매사에 서툰 구석이 있지만 그래도 깊은 정을 지닌 남자. 고집이 세면서도 진심이 엿보였던 사람. 부러질지언정 꺾일 줄 몰랐던 사람. 그리고 처음으로 이성의 정을 느끼게 해주었던 사람. 이제 그 사람을 보내줄 때가 된 것이다. 하얀 포말을 일으키며 밀려오는 파도를 보며 우나연은 그런 생각이 들었다.

"나연 씨."

장재원이 천천히 다가오며 우나연의 옆에 나란히 섰다.

"줄곧 나연 씨를 지켜보고 있었소. 그리고 앞으로도 곁에서 힘이 되어 드리고 싶소."

장재원이 우나연을 손을 잡았다. 우나연은 움찔했지만 뿌리치지 않았다. 한태형에게서는 느낄 수 없었던 부드러움과 세련됨이 생생하게 전해졌다. 가느다란 떨림이 손끝에서 전해지면서 장재원은 우나연을 꼭 끌어안았다.

* * *

"6591야드에 파 71홀이라…… 아웃코스 9홀은 주변이 정글이고 인코스 9홀은 해변으로 이어지니 아웃코스에서 노려야겠군."

푸에르토 아줄 클럽의 상세도를 살피던 마크 클라크가 혼잣말 비슷하게 중얼거렸다. 홍콩에서 돌아온 채인욱은 전문 킬러 마크 클라크를 수배했고, 지금 그와 둘이서 뉴욕의 집에서 전두환 대통령 저격 계획을 세우고 있는 중이다. 북한 당국은 한태형을 지목했다. 당연히 의뢰인의 주문을 따라야 함에도 채인욱이 마크 클라크와 접촉한 것은 나름대로 이유가 있었다.

은밀히 알아본바, 한태형은 신분을 바꾸고 LA 인근의 해안가 저택에서 살고 있음을 확인했다. 그가 전두환 대통령에게 강한 반감을 가지고 있는 것은 잘 알고 있지만 그렇다고 이제 와서 전두환 대통령을 향해서 방아쇠를 당길 것인가. 궁지에 몰려서 어쩔 수 없이 피스톨을 받아들었던 한태형을 떠올리며 채인욱은 일말의 의문을 떨쳐버릴 수 없었기 때문이다. 그래서 클라크와 따로 접촉한 것이다.

"지형으로 봐서 7번 홀이 관측하기 제일 유리하지만 타깃까지 1km나 떨어진 데에다 탈출로도 막혔으니…… 다른 데는 너무 멀거니 관측이 제대로 되지 않아."

마크 클라크가 곤란한 표정을 지었다. 이동 중에는 경호원이 사방에서 에워싸기에 저격이 불가능하다. 따라서 티업할 때를 노려야 하는데 적합한 곳이 눈에 들어오지 않았다.

미 해병대 저격수로 베트남 전쟁에서 적 지휘관 여러 명을 죽였고 그 후로 청부살인업자가 되어 마피아 보스도 쐈지만, 국가원수 저격은 처음인지라 클라크도 상당히 긴장해 있었다. 거절할까. 그렇지만 두둑한 보수를 생각하면 간단히 뿌리치기 힘들었다.

"스나이퍼가 한 명 더 있어."

채인욱이 한태형의 존재를 밝혔다.

"그게 무슨 소리야? 저격수가 한 명 더 있다니? 하면 보수는 어떻게 되는데?"

마크 클라크가 '뭐야 얘기가 다르잖아' 하는 표정으로 채인욱을 노려보았다.

"그 문제라면 신경 쓸 거 없어. 어차피 돈은 당신이 다 가지게 될 테니까. 그자는 미끼인 셈이지. 그자는 여기에서 타깃을 노릴 거야."

채인욱이 상세도를 가리켰다. 무슨 소리냐는 표정으로 상세도로 눈을 돌린 마크 클라크가 깜짝 놀랐다. 7번 홀에서 700m 정도 떨어진 그곳은 수목 지대지만 정글로 이어지지 않아서 탈출은 꿈도 꿀 수 없을 것이다. 누가 그런 곳에서 저격을 한단 말인가. 클라크가 미심쩍은 표정으로 채인욱을 쳐다봤다.

"킬러는 이미 물색해 놨으니까 당신은 걱정할 필요 없어. 그자가 목표물을 저격하면 당신은 다른 곳에 매복하고 있다가 그냥 빠져나오면 돼. 그자는 현장에서 체포될 것이고, 보수는 당신이 다 차지하게 될 거야."

"무슨 소리를 하는 거야? 누가 그런 바보 같은 짓을 하겠어!"

마크 클라크가 어이없다는 표정을 지었다.

"신념에 따라 저격을 하는 사람들은 얼마든지 자기 목숨도 내놓을 수 있어. 당신은 이해하기 힘들겠지만."

채인욱이 차가운 얼굴로 대답했다.

"당신 이제 봤더니 아주 교활한 사람이군. 나야 상관없지만 그래도 너무 심한 것 같은데."

클라크가 혀를 찼다.

"그렇다고 해도 700m 저격은 아무나 하는 게 아니야. 괜히 물불 가리지 못하는 자를 끌어들여서 일을 망치면 곤란해."

"걱정할 필요 없다고 했잖아. 그자는 대한민국 특수부대 출신이야. 1km라도 충분히 명중시킬 수 있어."

채인욱이 호언했다.

모나코

모나코는 프랑스와 이탈리아 국경에 인접한 작은 도시국가인데 도박의 도시답게 카지노가 곳곳에 즐비했다.

"저기에요."

안젤라 권이 그중 제일 크고 화려한 도박장을 가리켰다. 재미교포 안젤라 권은 제니퍼의 밀착경호를 맡고 있는데 모나코 폭력조직에서 제니퍼를 납치하려 한다는 정보가 입수되자 허드카 회장은 보디가드를 보강하기로 하고 한태형을 서둘러 모나코로 보낸 것이다. 납치는 유럽 범죄조직 사이에서 새로운 비즈니스로 자리를 잡고 있다고 했다. 그렇다면 제니퍼는 절대로 놓칠 수 없는 대상이다.

테이블마다 도박을 하는 사람들로 가득했다. 한태형과 안젤라는 테이블 사이를 누비며 부지런히 제니퍼를 찾았다. 허드카가 인근의 프랑스 니스로 자가용 비행기를 보내겠다고 했다. 그렇다면 제니퍼를 빨리 찾아서 별장으로 데리고 가면 그다음은 큰 문제가 없을 것이다.

"내가 올 때까지 별장에서 꼼짝 말라고 했을 텐데."

"화장실을 다녀오는 사이에 별장을 빠져나갔어요."

힐책한다고 생각했는지 안젤라가 퉁명스럽게 대답했다.

"도무지 말을 듣지 않는 애라고요."

미국 정부도 좌지우지한다는 허드카 회장도 혀를 내두를 정도니 어느 정도인지 충분히 짐작이 갔다. 그런데 내 말은 들을까. 한태형은 난감했다. 이런 일은 처음이었다.

"도박장에 있는 게 확실해요?"

"약속하는 걸 들었어요."

어쨌거나 책임이 있는지라 안젤라는 안절부절못하고 있었다.

"저기 있어요!"

다행히 안젤라가 제니퍼를 일찍 발견했다. 고개를 돌리니 제니퍼가 바카라 테이블에서 시시덕거리고 있었다. 또래의 남자 4명이 제니퍼를 둘러싸고 있는데 현지에서 사귄 아이들 같았다. 안젤라를 발견한 제니퍼는 입을 비쭉하더니 다시 남자들과 어울리며 킬킬거렸다.

"일어서!"

안젤라가 엄한 표정으로 제니퍼에게 다가갔다.

"뭐야! 우리랑 같이 있는 게 안 보여?"

그러자 남자 4명이 안젤라를 에워쌌다.

"빨리 일어서! 회장님은 네가 말을 듣지 않으면 물리력을 행사해서라도 끌고 오라고 하셨어!"

안젤라는 거듭 일어라고 했지만 제니퍼는 들은 척도 하지 않았다. 들은 대로 제멋대로였다.

"본인이 안 가겠다고 하잖아! 여자라고 봐줄 줄 알아?"

남자 한 명이 안젤라에게 다가오더니 갑자기 주먹을 날렸다. 안젤라는 재빨리 피했지만, 일행 둘이 뒤에서 달려들며 안젤라의 양팔을 잡는 바람에 꼼짝 못 하게 되었다.

"제법 날쌘데!"

남자가 킥킥거리며 안젤라에게 다가왔다. 안젤라는 발버둥 쳤지만 억센 남자 둘이 뒤에서 붙들고 있자 쉽게 빠져나오지 못했다. 제니퍼는 재미있다는 듯이 빙글빙글 웃으며 지켜보았고 다른 테이블 손님들은 끼어들려 하지 않았다.

"억!"

그러나 비명을 지르며 나가떨어진 것은 안젤라에게 다가가던 남자였다.

"넌 뭐야!"

그러자 나머지 세 명이 일제히 한태형에게 달려들었다. 살펴보니 군사훈련은커녕 제대로 운동도 하지 않은, 환락가 주변을 어슬렁거리면서 건수나 찾고 다니는 이제 스무 살이나 되었을까 하는 아이들이다. 그렇다면 힘으로 쫓아내는 게 상책이다. 한태형은 어슬렁거리며 다가오는 자에게 전광석화의 기세로 옆차기를 시도했고, 정통으로 맞은 상대는 비틀거리며 옆 테이블까지 밀리더니 그대로 주저앉았다.

"이 자식!"

나머지 둘이 악을 쓰며 달려왔는데 한 명의 손에는 짧은 칼이 들려 있었다. 그런데 칼을 쥔 자세가 엉망이었다. 저 자세로 상대를 찌르면 상대의 몸에 칼을 꽂기는커녕 제 손목이 부러질 것이다. 한태형이 전혀 겁을 먹지 않자 상대는 크게 당황해했다. 오로지 겁먹고 도망치는 사람만 상대했던 터였다. 더 소란을 피울 이유가 없다. 한태형은 제니퍼에게 다가갔다.

"빨리 일어서!"

"당신은 뭐야?"

"네 아버지로부터 너를 데리고 오라는 부탁을 받았어."

"쳇, 또 동양인이네. 그럼 둘이 커플인가?"

제니퍼가 빈정대며 일어섰다. 참으로 제멋대로였다.

"내가 운전하겠소."

한태형이 안젤라 대신에 운전대를 잡았다. 안젤라는 뒷자리로 가서 제니퍼 옆에 바짝 붙어 앉았다. 세 사람을 태운 차는 빠른 속도로 몬테카를로 거리를 빠져나왔다. F1 그랑프리 레이스가 여기 몬테카를로 시가지에서 열린다고 하는데 고급 호텔과 그림 같은 별장들이 해안을 따라 늘어서 있었다. 부호들의 휴양도시답게 모나코는 경관이 빼어났다.

시내에서 조금 떨어진 해안가에 자리한 허드카 회장의 별장은 모나코의 호화 별장 중에서도 제일 크고 화려했다. 멀리서 보면 중세시대 영주의 성채 같았다.

"내일 오전에 니스로 이동해야 하니까 짐을 챙겨!"

"내 일은 내가 알아서 해! 그리고 미국으로 돌아가는 즉시 당신은 해고야! 당신도 마찬가지고!"

제니퍼가 입을 비쭉이고는 이층으로 올라갔다. 안젤라는 한 짐 덜었다는 표정으로 테라스로 향했고, 한태형은 말없이 안젤라의 뒤를 따랐다. 넓은 테라스 아래로 백사장이 이어졌고, 그 뒤로 크고 작은 요트들이 지중해의 파란 물결을 가르며 한가롭게 윈드서핑을 즐기고 있었다. 한태형은 모처럼 편안한 마음이 되어 끝없이 펼쳐진 수평선에 눈길을 주었다. 임무가 아니고 모처럼의 외출 같았다.

"당신은 어떻게 이리로 오게 되었나요? 허드카 회장은 아무에게나 일을 맡기는 사람이 아닌데?"

안젤라가 캔맥주를 건네며 물었다. 그리고 한태형이 머뭇거리자 자기 얘기를 먼저 꺼냈다.

"중학교 1학년까지 한국에서 다니다 가족이 미국으로 이민을 왔어요. 영화에서 본 보디가드가 멋져 보여서 경호원이 되었고요. 그런데 요인 신변경호는 생각했던 것만큼 멋진 일이 아니더군요. 특히 제니퍼 같은 애는 질색이에요."

"본래는 군인이었소. 그러다 사건에 휘말리면서 한국을 떠나게 되었고. 아는 사람의 소개로 허드카 회장의 일을 맡게 되었소. 이런 일인 줄은 몰랐지만."

한태형은 5살쯤 어려 보이는 안젤라에게 친근감이 일었다. 무엇보다도 자기 일에 자부심을 가지고 주어진 여건에서 최선을 다하는 모습이 좋아 보였다.

"그런 일이 있었군요. 뭔가 남다른 사연을 지닌 사람처럼 보였지만. 그럼 우나연 씨는 당신, 아참 뭐라고 부를까요? 마땅한 말이 떠오르지 않는데…… 괜찮으면 그냥 당신이라고 할게요. 미국에서는 다 그렇게 부르니까. 그래서 우나연 씨는 당신이 죽은 줄 알고 있겠군요."

얘기하다 보니 우나연 일을 간단히 거론하고 넘어갔는데 안젤라는 그게 제일 호기심이 가는 모양이다.

"그럴 거요. 한국 정보기관도 그 정도 정보수집 능력은 있으니까."

어머니와 태준이는 무사할까. 미국으로 데리고 오려면 사는 곳부터 알아내야 할 것이다. 그리고 우나연은…… 한태형의 입에서 절로 한숨이 새어 나왔다. 내가 살아 있다는 사실을 알면 어떤 반응을 보일까. 나는 여전히 그녀의 가슴 속에 남아 있을까. 이런 마당에 그러길 바라는 건 지나친 이기심이 아닐까. 나를 잊고 좋은 사람을 만나서 새로 출발하기를 빌어주어야 하나. 그렇다면 나도 마음속에서 우나연을 지워야 하는 건가.

생각이 떠오를수록 마음이 착잡했다. 그리고 허드카가 이까짓 일로 한국행을 도와줄지도 걱정되었다.

"미국으로 돌아가기 전에 마지막으로 크루즈를 하겠어."

제니퍼가 두 사람에게 다가왔다.

"안돼, 내일 니스 공항으로 갈 때까지 꼼짝 말고 별장에 있어."

안젤라가 반대했다.

"전용 요트는 별장이나 마찬가지야. 취미는 사생활이고! 그러니까 당신들 허락 따위는 필요 없어!"

안젤라를 쏘아붙이고 돌아섰다.

"정말 어쩔 수 없는 아이군. 말린다고 들을 아이가 아니에요."

안젤라가 질렸다는 표정을 지었다. 전용 요트라면, 그리고 동선이 외부에 알려지지 않았다면 경호상 큰 문제는 없을 것이다. 한태형은 안젤라를 따라나섰다.

요트 계류장은 별장에서 과히 멀지 않은 곳에 있는데 바람의 힘으로 가는 작은 요트부터 상당한 크기의 요트까지 다양한 종류의 배들이 줄지어 늘어서서 소유주들의 재력을 과시하고 있었다. 허드카 회장의 전용 요트는 선장과 기관장 외에 시중을 드는 급사까지 따로 있는, 20명은 족히 승선할 수 있는 규모의 제일 호화스러운 보트였다.

"제니퍼!"

젊은 남자가 히죽거리며 다가왔다.

"내 손님이야! 크루즈를 하기로 약속을 했어!"

제니퍼가 제지를 하는 한태형에게 눈을 흘겼다.

"외부인을 태운다는 말은 안 했잖아!"

안젤라가 따졌지만 제니퍼는 들은 척도 하지 않았다. 더 말했다가는 악을 쓸 것이다. 한태형은 남자를 살펴보고서 몸수색을 했다. 아까 도박장에서 상대했던 젊은이들처럼 술과 여자, 도박에 빠져 사는 플레이보이로 범죄조직원은 아닌 것 같았다.

"당신은 안돼!"

제니퍼가 요트에 오르려는 한태형을 제지했다.

"아무리 아버지 지시라고 해도 프라이버시까지 침해하는 것은 용납 못 해!"

전용 요트는 사적 공간이니 제니퍼가 프라이버시를 운운해도 딱히 할 말이 없다.

"내가 에스코트하겠어요. 나는 밀착경호를 맡았으니까."

난처해하는 한태형을 제치고 안젤라가 나섰다. 안젤라까지 못 타게 할 수는 없었는지 제니퍼는 입을 비쭉이고는 남자를 데리고 요트에 올랐다. 어쩔 수 없는 상황이다. 한태형은 아무 일이 없기를 빌며 발길을 돌렸다.

요트는 파도를 가르며 먼바다를 향해 순항했다. 제니퍼와 남자는 키득거리며 장난을 쳤고 급사는 부지런히 오가며 시중을 들었다. 안젤라는 난간에 기대어 수평선을 바라보았다. 파란 하늘과 밝은 태양, 파도를 가르며 나가는 요트. 모처럼 마음이 한가롭고 편안했다.

이상하게 끌리는 남자다. 보디가드 생활을 하면서 여러 종류의 사람들을 만났지만, 한태형처럼 관심이 가는 사람은 처음이었다. 스스로를 미국인이라고 생각하는 안젤라는 한국의 정치 상황에 대해서 큰 관심을 가져본 적이 없었다. 그런데 그런 일로 가슴 찢어지는 슬픔을 겪는 남자와 만나게 될 줄이야. 동정심과 호기심에 야릇한 감정이 일었다.

"……!"

언제 나타났을까. 모터보트가 하얗게 물살을 가르며 전속력으로 이쪽을 향해 다가오고 있었다. 재빨리 쌍안경을 들고 보트를 살피던 안젤라는 가슴이 철렁 내려앉았다. 보트에는 건장한 남자 셋이 타고 있는데 그중에는 자동소총으로 무장을 한 자도 있었다. 납치범이 틀림없다. 저들이 제니퍼가 이 시각에 요트를 탈 거라는 사실을 어떻게 알았을까. 아무튼 위기 상황이다.

"모터보트가 수상해요! 전속력으로 여기를 빠져나가야 해요!"

안젤라가 선장에게 소리쳤다.

"뭐야?"

요트가 갑자기 속력을 내는 바람에 비틀거렸던 제니퍼가 앙칼

진 목소리로 선장을 나무랐다.

"위험해! 엎드려 있어! 어쩌면 총격전이 벌어질지 몰라!"

안젤라가 제니퍼에게 달려가서 주저앉았다.

"무슨 짓이야? 흥 깨지게! 왜 피스톨을 꺼내 들고 그래!"

제니퍼가 짜증을 냈다. 그때 자동소총이 불을 뿜었고, 연속적으로 요트 주변에서 물보라가 일었다. 그제야 상황을 파악한 제니퍼는 바들바들 떨었다. 어느새 모터보트는 요트 옆까지 접근했고, 무장 괴한들은 허공에다 대고 다시 자동소총을 난사했다. 달아날수도, 대항할 수도 없는 상황이다.

"저들 지시대로 하세요."

안젤라는 겁에 질려서 어쩔 줄 몰라 하는 선장에게 배를 세우라고 했다. 그리로 얼른 제니퍼의 옷 속에 위치추적기를 넣었다.

요트가 서자 무장 괴한 두 명이 요트 위로 올라오더니 안젤라에게서 피스톨을 빼앗고는 배에 타고 있는 사람들을 한쪽으로 내몰았다. 그리고 와들와들 떨고 있는 제니퍼에게 다가왔다.

"안돼!"

제니퍼가 저항했지만, 소용이 없었다. 무장 괴한은 바둥대는 제니퍼를 끌고 모터보트로 갔고, 다른 한 명은 일행에게 자동소총을 겨누었다.

"이봐, 나도 데리고 가야지! 돈은 준비해 놨겠지?"

남자가 허겁지겁 무장 괴한에게 다가갔다. 그렇지만 무장 괴한이 자동소총을 겨누자 얼어붙은 듯 그 자리에 멈추어 섰다.

"빨리 타!"

모터보트를 운전하는 자가 소리치자 일행을 위협하고 있던 무장 괴한이 몸을 날리며 모터보트로 옮겨탔고, 모터보트는 전속력으로 파도를 가르며 수평선 쪽으로 사라졌다.

* * *

그예 일이 터지고 말았다. 동승한 남자가 범죄조직과 손이 닿았을 수도 있다는 생각을 왜 못했을까. 후회가 막급했다. 전속력으로 내달린 차는 헬기장에 이르러 급정거를 했다.

"여기에요!"

먼저 와서 기다리고 있던 안젤라가 손을 흔들었다. 급히 회항해서 한태형에게 연락을 한 것이다. 두 사람은 로터가 회전하고 있는 헬기를 향해 고개를 숙인 채 달려갔고, 이들을 태운 헬기는 곧 이륙했다. 빨리 쫓아가서 제니퍼를 구해야 한다. 허를 찔렸지만 그나마 다행인 것은 납치로부터 1시간밖에 흐르지 않았다는 사실이다. 비교적 가까운 바다에서 일이 벌어진 데다, 헬기장은 별장에서 그리 멀지 않은 곳에 있었다. 무장 괴한들이 요트의 무선설비를 파괴하지 않은 것도 불행 중 다행이었다. 와중에서 안젤라의 침착한 대응은 높이 평가할 만했다.

"신호가 잡혀요!"

위치추적기 모니터를 열심히 들여다보고 있던 안젤라의 얼굴이 환해졌다. 헬기는 전속력으로 모니터가 가리키는 방향으로 날았다. 심문을 한 결과, 남자는 제니퍼가 클럽에서 만난 자로 납치범에 대해서는 별로 아는 바가 없는 것 같았다. 그저 큰돈을 주겠다고 하니까 그들 말을 따랐던 것 같았다.

시간이 그리 많이 흐르지 않았기에 전속력으로 쫓아가면 곧 육안으로 식별할 수 있을 것이다. 한태형은 제니퍼에게 아무 일이 생기지 않기를 빌며 부지런히 수면을 살폈다.

"신호가 끊겼어요!"

안젤라가 다급한 목소리로 한태형을 불렀다. 무장 괴한들이 위치추적기를 발견한 모양이다. 아직 모터보트는 눈에 들어오지 않았다. 그럼 이제 어떻게 해야 하나. 안젤라가 사색이 되어 한태형을 쳐다봤다.

"해안을 따라서 니스로 갑시다!"

모터보트로는 지중해를 건널 수 없다. 결국 가까운 곳에 대어야 할 텐데 샅샅이 살피면 모터보트를 찾을 수 있을지 모른다. 한태형은 그렇게 판단했다. 헬기 조종사가 무슨 뜻인지 알았다는 듯 엄지를 치켜세우더니 낮게 날면서 해안을 훑기 시작했다.

"니스 경찰에 연락해서 외곽도로 검문을 강화해 달라고 해. 제니퍼 인상착의를 소상하게 알려주고."

"알겠어요."

안젤라가 얼른 무전기를 들었다. 헬기는 전속력으로 날았고, 얼마 후에 니스에 도달했다. 계류장에는 고가의 요트들이 즐비했다. 백사장 해변에서 수영을 즐기던 사람들은 헬기가 지면에 닿을 듯 낮게 날자 놀라며 쳐다보았다.

"시내로!"

항구마다 소형 모터보트가 늘어서 있었다. 그들 중에서 제니퍼를 납치한 모터보트를, 그것도 헬기를 타고서 찾는 것은 아무래도 무리 같았다. 납치범들도 우리가 추격하는 것을 알고 있다. 니스로 왔을 텐데 검문이 강화되었기에 미리 마련해 놓은 아지트에서 숨어 지내면서 빠져나갈 기회를 엿보려 할 것이다. 그래서 한태형은 아지트로 의심이 되는 곳을 찾기로 했다.

빨리 구출하지 못하면 제니퍼가 위험하다. 시간으로 봐서 멀리 가지는 못했을 것이다. 한태형은 해안을 중심으로 일대를 훑기로 했다. 유명 휴양도시답게 거리는 고가의 승용차와 스포츠카들이 곳곳에 주차되어 있었고 호화 호텔과 고급 휴양시설이 즐비했다. 그렇지만 뒷골목은 전혀 다른 풍경이 펼쳐지고 있었다. 금세 무너질 것 같은 허름한 건물과 지저분한 거리. 헬기에서 내려다보는 고급 휴양도시의 속살은 사람 사는 곳에는 큰 차이가 없음을 여실히 말해주고 있었다.

"저 2층 건물이 수상해요."

안젤라가 허름한 건물을 가리켰다. 외진 곳에 위치한 것도, 부근에 주차된 대형 왜건도 눈길을 끌었다. 더불어 요트 계류장의 창고로 보이는 건물도 관심을 끌었다. 해안에서 가까운 데다 사람들이 별로 출입할 일이 없는 곳이다. 더 지체할 수 없다. 한태형이 고개를 끄덕이자 헬기 조종사는 미리 봐둔 해안가 인근의 공터에 헬기를 착륙시켰다. 요란한 소리와 함께 사방에서 먼지가 일자 사람들이 놀라서 쳐다봤지만 해명할 시간이 없다. 한태형과 안젤라는 헬기 조종사에게 고맙다는 말을 남기고는 목표로 정한 건물을 향해 내달렸다.

"내가 저 건물을 맡을 테니 안젤라는 해안가 창고를 뒤지시오."

한태형은 상대적으로 더 유력해 보이는 건물을 맡기로 했다.

"경호와 군사작전은 달라요. 내가 저기로 가겠어요."

안젤라가 고집을 부렸다. 지금 그런 일로 다툴 때가 아니다.

"행여 납치범들을 발견하더라고 섣불리 행동하지 말고 내가 갈 때까지 기다려."

한태형은 그 말을 남기고 창고로 달려갔다.

제니퍼는 무사할까. 안젤라는 차라리 납치범들이 프로이기를 빌었다. 아마추어들은 막상 일을 저지르고는 겁이 나자 인질을 죽이는 수가 있다. 안젤라는 소리를 죽이며 이층 건물로 다가갔다. 이층 건물은 폐건물 같았는데 일대는 과연 여기가 고급 휴양도시일까 싶을 정도로 해안가와는 전혀 딴판이었다.

창고에 다다른 안젤라는 잠시 주변을 살피고서 조심스럽게 건물로 들어갔다. 재건축을 하려는 걸까. 안으로 들어서자 철근이며 시멘트 등의 자재가 쌓여 있었다. 제니퍼는 어디에 있을까.

"……!"

조심스럽게 주위를 살피던 안젤라는 목뒤가 서늘해졌다. 고개를 돌리니 납치범이 총구를 겨누고 있었다.

창고에 다다른 한태형은 긴장하며 문을 열고 들어섰다. 밖에서 보던 것보다 훨씬 넓었는데 이층으로 되어 있었다. 일층에는 부서진 요트들이 방치되어 있는데 사람은 보이지 않았다. 피스톨을 뽑아 들고 계단을 오르던 한태형이 멈칫했다. 사람들 소리가 들렸는데 여자 목소리가 섞여 있었다. 그럼 제니퍼가 여기에……

"엇! 당신 뭐야?"

일층으로 내려오던 남자가 한태형을 보고 눈을 휘둥그레 떴다.

"조용히 해!"

한태형이 피스톨을 겨누자 남자는 사색이 되어 손을 번쩍 들었다. 그런데 복장이 이상했다. 마치 배우가 분장을 한 것처럼 짙게 화장을 한 데다 옷도 우스꽝스러웠다.

한태형이 덜덜 떠는 남자를 앞세우고 나타나자 모여 앉아서 책을 읽고 있던 사람들이 일제히 화들짝 놀라며 일어섰다. 무엇을 하는 사람들일까. 제니퍼는 보이지 않았다.

"우리는 연극제에 출전하려고 연습하고 있는 중이오. 그리고 보다시피 여기는 가져갈 깃이 아무것도 없소."

대표로 보이는 사람이 덜덜 떨며 간신히 말을 마쳤다. 내가 폐건물로 갔어야 했는데. 막급한 후회가 밀려왔다. 제니퍼와 안젤라가 위험하다. 한태형은 더 생각하지 않고 몸을 날렸다.

폐건물도 이층구조인데 면밀히 살피니 사람들이 출입한 흔적이 엿보였다. 대형 왜건에는 주차하면서 생긴 타이어 자국이 생생했다. 조용한 것으로 봐서 안젤라도 저들에게 잡힌 것 같았다. 이 상황에서 경찰에 도움을 요청했다가는 제니퍼와 안젤라가 위험할 수 있다. 틀림없이 입구를 경비하고 있을 것이다. 한태형은 폐건물 뒤로 돌아가서 배수구를 타고 이층으로 올라갔다.

살그머니 창문을 열고 안으로 들어가니 건축자재가 쌓여 있는 구석에서 사람 소리가 들렸다. 조심해서 접근하니 제니퍼와 안젤라가 입에 재갈이 물린 채 결박되어 있었고 납치범 4명이 대책을 상의하고 있었다. 그렇다면 일층에서 경계하는 자까지 합치면 전부 5명이다.

"시간을 끌수록 위험해. 빨리 여기를 벗어나야 해."

그들 중에 제일 나이가 들어 보이는 자가 입을 열었다.

"시끄러워! 일을 그따위로 처리하다니! 몸수색부터 했어야지!"

두목으로 보이는 자가 눈을 부라렸다.

"몸수색을 늦게 한 건 불찰이야. 그리고 요트 무전을 부수지 않은 것도 잘못이고. 그렇지만 알베르 말대로 빨리 여기를 빠져나가야 해."

흑인이 나이 든 남자를 옹호하고 나섰다.

"나도 일단 피하는 게 좋을 것 같아. 시간을 끌면 경찰에서 여기를 수색할지 몰라."

체격이 다부진 남자가 안젤라를 쏘아보며 말했다. 그는 직접 요트에 올라서 제니퍼를 데리고 간 자다.

"그래서 어쩌자는 거야?"

두목은 체격이 다부진 자를 흘겨보았다.

"보디가드는 처치하고 인질은 여기에 가둬두고서 일단 우리만 빠져나가는 게 좋겠어."

"그럼 네가 처리해!"

두목이 신경질을 부렸지만, 체격이 다부진 자는 제 잘못도 있는지라 반박을 하지 못했다. 체격이 다부진 자가 짧은 칼을 꺼내 들더니 안젤라에게 다가갔다. 안젤라는 몸부림을 쳤지만, 결박은 풀리지 않았다. 제니퍼는 공포에 질려서 발버둥을 쳤다.

"탕!"

총소리와 함께 안젤라에게 다가가던 자가 비명을 지르며 쓰러졌다. 한태형이 발사한 총에 맞은 것이다.

"뭐야! 피해!"

두목이 얼른 기둥 뒤로 피신을 했고, 조금 떨어진 곳에서 따분한 표정으로 지켜보고 있던 왜건 운전자는 재빨리 드럼통 뒤로 몸을 숨겼다. 탁자 위에 자동소총과 피스톨이 놓여 있는 것으로 봐서 왜건 운전자와 흑인은 비무장일 것이다. 그렇다면 자동소총만 손에 넣으면 저들을 충분히 제압할 수 있을 것이다.

그렇지만 안젤라와 제니퍼를 안전한 곳으로 옮기는 게 선무다. 총격이 벌어지면 둘이 다칠 것이다. 한태형은 기둥을 향해 연속 발포를 하면서 안젤라에게 다가갔다. 그리고 서둘러 결박을 풀었다.

"빨리!"

제니퍼가 빨리 풀어달라고 발버둥 쳤지만, 안젤라가 먼저다. 납치범들은 한태형이 피스톨을 겨누고 있자 선불리 움직이지 못했다.

"어서!"

결박이 풀린 안젤라가 서둘러 제니퍼의 결박을 풀었고, 한태형은 안젤라가 제니퍼를 데리고 기둥 뒤로 피신하는 것을 보고 탁자로 달려갔다. 자동소총을 손에 넣으면 상황이 결정적으로 유리할 것이다.

"탓탓탓!"

총성이 연속으로 일면서 파편이 튀었다. 일층에서 문을 경계하고 있던 자가 계단을 뛰어오르며 자동소총을 발사한 것이다. 한태형은 몸을 날리며 시멘트 포대 뒤로 몸을 숨겼지만, 그사이에 두목이 자동소총을 집어 들면서 상황이 역전되었다. 두목은 군경력이 있는 자인지 재빠른 포복으로 건자재 사이를 빠져나갔다. 한태형은 협공을 당하게 되었다.

일층에서 올라온 자의 자동소총이 다시 불을 뿜으면서 기둥 파편이 사방으로 튀었다. 제니퍼는 겁에 질려 울부짖었다. 이대로 가면 안젤라와 제니퍼는 두목의 조준에 노출될 것이다. 그렇다고 섣불리 움직였다가는 일층에서 온 자에게 탄환 세례를 받게 될 것이다. 그러는 동안에 몸을 피했던 흑인과 왜건 운전자도 가세를 해서 한태형을 향해 피스톨을 발사하기 시작했다. 진퇴양난. 절체절명의 위기다.

이대로 끝인가…… 그때 요란한 사이렌 소리와 함께 한 무리의 병력이 이층으로 올라오는 소리가 들렸다. 니스의 경찰특공대가 출동한 것이다.

홍콩

"좋아. 관계부처와 긴밀히 협조해서 물 샐 틈 없도록 해."

안기부장이 장재원이 올린 대통령 경호기획안을 꼼꼼히 살피더니 펜을 들었다.

"추후의 빈틈도 없도록 하겠습니다."

장재원은 자신만만했다. 사전 점검을 마치고 돌아온 마당이다.

"남과 북이 첨예하게 대립하고 있는 현실에서 대한민국 대통령 경호는 단순한 신변경호가 아니고 군사작전의 일부라는 사실을 잊어서는 안 돼."

"명심하겠습니다."

"보고서에는 북에서 직접 각하에게 위해를 가하지는 않을 거라 했는데 그래도 모르는 일이니까 긴장을 늦추지 말도록. 미국에서는 뭐래?"

"미국 정보기관도 같은 의견입니다. 아무리 북한이라고 해도 그렇게 무모한 짓을 벌이지는 않을 거라 판단하고 있습니다."

"하긴 일정상 크게 위험에 노출될 일은 없는 것 같지만. 그렇지만 또 알아? 웬 미친놈이 엉뚱한 짓을 벌일지. 필리핀은 총기 규제가 허술하다고 하니 이중삼중으로 체크하도록."

"알겠습니다. 총을 쉽게 구할 수 있다고 하지만 기껏해야 미군부대에서 흘러나온 피스톨에 불과합니다. 고성능 저격용 라이플은 필리핀에서도 구경하기 힘들다고 합니다."

경호 일정은 필리핀 경찰과 충분히 상의했고, 에롤르데 총경은 신뢰가 가는 사람이다. 문제는 푸에르토 아줄에서의 골프인데 경호인력을 보강하면 큰 문제는 없을 것이다.

장재원은 뉴욕에서의 일은 아무에게도 발설하지 않고 있었다. 모자를 쓴 자가 저격을 목적으로 대통령에게 접근했을 거란 명확한 증거가 없는 마당에 경호 문제로 모처럼 밀월에 들어선 한미관계를 냉각시킬 이유가 없었다. 그런데 그자가 한태형이었을까. 설마 하면서도 의혹이 마음 한구석에 남아 있던 차였다.

그런데 한태형은 이제 이 세상에 없다. 그렇다면 그 일은 더 신경 쓸 필요가 없을 것이다. 방으로 돌아온 장재원은 서둘러 외출 채비를 했다. 우나연과 저녁 약속을 한 터였다.

시내 야경이 일품인 남산호텔은 이전에도 우나연과 함께 왔던 적이 있다. 그때나 지금이나 우나연을 향한 장재원의 마음은 하나지만 입장은 달라졌다. 이제는 한 발짝 떨어져서 우나연을 바라볼 이유가 없어진 것이다. 장재원은 품 안을 확인하고서 차에서 내렸다. 보고가 예정보다 길어지는 바람에 어쩌면 우나연이 먼저 와서 기다리고 있을지 모른다.

스카이라운지에 이르자 우나연이 창가에 우두커니 앉아서 시내 야경을 내려다보고 있었다. 청초한, 그래서 섣불리 접근하기 힘든 고고함이 깃들어 있지만 속내는 여린 여인이다.

"많이 기다렸소? 보고가 길어지는 바람에…… 서둘렀는데도 그만 늦었소."

장재원이 얼른 자리에 앉았다.

"필리핀 순방 일로 많이 바쁘신 거 잘 알고 있어요."

우나연이 괘념치 말라는 듯 미소를 지어 보였다.

"이것저것 신경 쓸 일이 자꾸 생기지만 그래도 나연 씨와 다시 푸에르토 아줄의 파란 바다를 볼 수 있게 되어 기쁩니다."

무대에서 여가수가 정감 가득한 목소리로 '쉘부르의 우산'의 주제곡 'I will wait for you'를 부르고 있었다. 우나연은 문득 전에 왔을 때는 'Killing me softly with his song'을 연주했었다는 기억이 떠올랐다. 그때는 다른 사람을 가슴에 담고 있었는데…… 하지만 그 사람은 이제 더 이상 이 세상에, 그리고 내 가슴 속에 없다.

"마음에 들었으면 좋겠소."

장재원이 얼른 품에서 예쁘게 포장된 작은 박스를 꺼냈다. 우나연은 잠시 주춤했지만 정색을 하고 조심스럽게 박스를 열었다. 박스를 열자 목걸이가 나왔다.

"예쁘네요!"

우나연의 얼굴이 환해졌다.

"나연 씨, 나와 결혼해 주시오."

장재원이 떨리는 목소리로 청혼을 했다. 우나연은 장재원을 똑바로 바라보고는 가만히 고개를 끄덕였다. 예상했던 일이고, 자리다.

"고맙소. 나연 씨가 거절하리라고는 생각하지 않았지만 그래도 무척 떨렸는데."

장재원은 세상을 다 가진 것 같은 기분이었다.

"실은 부모님께 나연 씨 얘기를 했소. 부모님은 반색을 하시며 당장 데려오라고 하셨지요. 일을 마치고 돌아오면 부모님께 나연 씨를 소개시켜 드리고 싶소. 그리고 여건이 되는대로 뉴욕의 양부모님을 찾아뵙고 인사드리겠소."

장재원이 단숨에 말해버렸다. 그리고 생각났다는 듯이 몸을 일으켰다.

"이럴 때는 남자가 목걸이를 걸어주는 거라고 하던데 해 본 적이 없어서 잘 될지 모르겠소."

장재원이 우나연의 뒤로 가더니 목걸이를 채워주었다. 긴장했는지 손이 떨렸다. 우나연은 가만히 눈을 감았다. 여가수의 호소력 짙은 목소리는 사랑하는 남자를 잃고 실의에 젖어 지내던 중에 좋은 남자를 만나서 새로운 삶을 찾기로 한 '쉘부르의 우산'의 여주인공 쥬느비에브의 심경을 생생하게 전하고 있었다.

그렇지 않아도 흰 우나연의 목이 오늘따라 더 하얗게 느껴졌다. 처음 해보는 일에 조금 허둥댔지만, 장재원은 곧 목걸이 고리를 찾아서 채웠다. 달깍 하는 느낌이 전해지는 순간 우나연이 뒤를 돌아보았다. 그리고 장재원을 쳐다보며 미소를 지었다. 장재원은 그대로 끌어안고 싶은 충동을 간신히 참으며 자리로 돌아왔다. 살아오면서 이렇게 행복하다고 느껴보기는 처음이었다.

* * *

오늘도 한태형은 벤치에 앉아서 바다를 물끄러미 바라보며 밀려오는 그리움과 망향의 정을 달래고 있었다.

제니퍼는 무사히 LA로 돌아왔고 허드카 회장은 크게 기뻐하면서 한태형을 적극 도와주겠다고 했다. 그렇다면 이제 어머니와 동생을 미국으로 부를 수 있는 건가. 하지만 그 전에 소재를 파악하려면 아무래도 한국에 가야 할 것 같았다. 우나연도 만났으면 좋겠는데 내가 살아 있다는 것을 알게 되면 어떤 반응을 보일까. 이미 마음을 정리했다면 이중으로 고통을 주는 건 아닐까.

한태형은 번민을 떨쳐버리기라도 하듯 머리를 좌우로 흔들었다. 그 어떤 두려움 없이, 아무런 원망도 없이 현실을 받아들이기로 마음을 정했다. 그런데 언제 한국에 갈 수 있을까. 캠벨이 LA에 들를 거라 했으니 그때 상의하면 될 것이다.

"여기 있었군요."

안젤라가 저쪽에서 걸어왔다. 모나코에서 돌아온 후 안젤라는 한태형과 같이 지내고 있었다. 한태형으로서는 좋은 동료와 말벗을 얻은 셈이다.

"고향 생각을 하고 있나요, 캡틴?"

안젤라가 한태형 옆에 나란히 앉았다. 안젤라는 한태형을 캡틴이라고 불렀다.

"허드카 회장은 미국 정부에 막강한 영향력을 행사하는 사람이에요. 허드카 회장이 도와준다고 했으니까 걱정하지 않아도 돼요."

안젤라가 살며시 한태형의 어깨에 기댔다. 매사에 당차고 겁이 없는 여인이지만 이럴 때는 영락없는 소녀였다.

"집에 가보지 않아도 괜찮아?"

안젤라의 집은 샌프란시스코에서 세탁소를 한다고 했다.

"아버지는 미국에 온 이상 미국식 삶을 익혀야 한다고 하셨어요. 다 큰 자식은 집을 떠나는 게 미국에서는 당연한 일이지요. 그런데 이럴 때는 꼭 캡틴이 오빠 같아요."

한태형은 미소를 지었다. 여동생은 이런 건가. 남매 없이 자란 한태형은 그 이상 알 길이 없었지만, 아무튼 안젤라와 함께 있어서 좋았다.

안젤라는 한태형에게 같이 요원 경호를 하자고 했지만, 한태형은 아직 대답하지 않았다. 돈을 목적으로 사람을 죽이는 용병보다는 낫지만 그래도 제니퍼 일을 떠올리니 그것도 끔찍했던 것이다. 그렇지만 마냥 아무 일도 하지 않고 지낼 수는 없을 것이다.

"한국에 가보고 싶지 않아?"

"나도 데려가 주실래요?"

"그래, 우리는 생사의 고비를 함께 넘은 동지잖아."

한태형이 웃으며 대답했다. 지낼수록 정이 가는 여인이다.

"우나연 씨는 어떤 사람인가요?"

돌연 안젤라가 화제를 바꿨다.

"좋은 사람이지. 심성 착하고 자기 주관 확실하고."

"그게 다 인가요?"

한태형이 적당히 얼버무리려 하는데 안젤라가 집요하게 물고 늘어졌다.

"미인인가요?"

이뻤지. 내가 본 여인 중에서 최고로…… 라는 말이 한태형의 입가에 맴돌았다.

"우나연 씨는 캡틴이 죽은 줄 알고 있겠군요."

한태형이 말없이 고개를 끄덕였다.

"미안해요. 괜한 걸 물었군요."

안젤라가 한태형의 표정을 살피며 사과의 말을 전했다. 그때 파출부가 손님이 찾아왔음을 알렸다. 멕시코 여인치고는 과묵하고 음식 솜씨도 그런대로 괜찮은 사람이다. 캠벨과 만나기로 약속한 날은 아직 남았다. 그럼 누가 나를 찾아왔단 말인가. 한태형은 의아해하면서 거실로 향했다.

저 사람이 왜 여기에⋯⋯? 거실로 들어서던 한태형은 빙글빙글 웃으며 손을 내미는 채인욱을 보고 깜짝 놀랐다.

"오랜만이오. 뉴욕에 있을 때와는 딴판이군. 이만한 집이면 백만 불은 훌쩍 넘겠는걸. 아프리카에서 돈을 많이 번 모양이오."

채인욱은 여전히 유들유들했다.

"당신이 무슨 일로 나를 찾아왔소?"

한태형이 불쾌한 감정을 감추지 않았다.

"우리는 대사를 함께 도모했던 동지 아니오. 당연히 당신의 동정에 신경을 써야지."

채인욱은 안젤라에 대해서도 알아봤는지 누구냐고 묻지 않았다. 동지라는 말에 거부감이 일었지만 함께 일을 도모했던 것은 사실이다.

"남자가 칼을 뽑았으면 썩은 무라도 베어야 하지 않겠소?"

채인욱이 정색을 하고 찾아온 이유를 밝혔다. 그렇다면 또다시 전두환 저격을⋯⋯ 한태형은 당혹스러웠다. 분명히 채인욱과 저격을 공모했던 적이 있었다. 그리고 그동안 잊고 지내고 있었다.

"요인저격이라는 게 그렇게 간단한 일이 아니오. 고성능 저격 총이 필요하고, 무엇보다도 정확한 정보가 있어야 가능하오."

아마추어를 상대하는 것은 한 번으로 족하다. 한태형은 거절의 뜻을 밝혔다.

"그때는 모든 게 엉성했다는 사실은 인정하겠소. 그렇지만 이 번에는 다를 것이오. 프로가 나설 것이니까. 그리고 무대도 미국 이 아닌 필리핀이고."

채인욱은 한태형이 당혹스러워하는 표정을 제멋대로 해석했다. 그런데 말투가 어째 이상했다. 마치 청부업자를 따로 고용했다는 말로 들렸다.

"프로라면……?"

"그렇소. 일급 프로페셔널 킬러를 고용했소. 하지만 일이 일이 니 만치 당신도 합류하기를 바라는 것이오. 어쨌거나 대한민국 대 통령인데 살인청부업자의 총에 피살되는 것보다 민주투사의 손 에 응징되는 스토리가 더 그럴듯하지 않겠소. 그래야 향후 투쟁에 도 도움이 될 테고."

채인욱은 여전히 안하무인이었다. 제멋대로 지껄인 말이지만 대한민국 대통령이 살인청부업자의 총에 피격당하는 것은 바람 직하지 않은 게 사실이다.

"그리고 저격총을 구하는 일과 정보는 걱정하지 않아도 될 것 이오. 든든한 스폰서가 있으니까."

채인욱이 자신만만한 투로 대답했다. 든든한 스폰서? 하면 누 가 또 이 일에 가담했단 말인가.

"스폰서라니? 누군지 알고 싶소."

"그것은 당신이 승낙을 하거든 말해 주겠소."

채인욱이 잘라 말하고는 몸을 일으켰다.

"대답은 일주일 후에 듣기로 하겠소. 당신이 안 한다고 해도 어차피 일은 추진될 것이고, 한국 대통령은 저격을 당할 것이오. 그럴 바에는 당신 손으로 마무리를 하는 게 좋을 것 같아서 여기까지 찾아온 것이오. 이토 히로부미가 안중근 의사가 아닌 중국인이나 러시아인의 총에 맞았다면 좀 맥 빠지는 일 아니겠소? 나는 당신이 뉴욕에서 단지 돈이 궁해서 나를 찾아왔다고 생각하지 않고 있소."

채인욱은 제 할 말을 다 했다는 듯 자리에서 일어났다.

"기분이 나쁜 사람이군요. 왠지 위험이 느껴져요."

안젤라가 걱정 가득한 얼굴로 한태형에게 다가왔다. 기분이 묘했다. 채인욱은 대할수록 기분이 나쁜 자였지만 딴에 맞는 말도 있었다. 이미 뉴욕에서 칼을 빼든 마당이다. 그리고 전두환을 처단하는 일이라면 내 손으로 끝내고 싶었다. 동시에 저격이 과연 옳은 응징일까 하는 생각이 떠나지 않았다.

"어떻게 할 건가요?"

안젤라가 물었다. 한태형은 퍼뜩 석 사령관이 떠올랐다. 그러면 어떤 지시를 내릴까.

"캡틴이 어떤 결정을 내리건 캡틴 곁에 있을 거예요."

안젤라가 돌연 한태형의 품을 파고들었다.

* * *

"휙!"

하이하우스에서 클레이피전이 사출되었다. 한태형은 호흡을 조절하면서 클레이피전을 겨냥했고, 사격이 한 동작으로 이루어졌다. 숨을 돌릴 틈도 없이 이번에는 로우하우스에서 클레이피전이 튀쳐나왔다. 한태형은 얼른 총구를 돌렸고, 본능적으로 방아쇠를 당겼다. 계속 명중이었다.

"아예 사격선수로 나서면 어떻겠나?"

옆자리의 캠벨이 농담을 던졌다. 클레이 사격장 사람들 모두 눈을 휘둥그레 뜨고 한태형을 쳐다봤다. 스키트 사격을 저렇게 잘 쏘는 사람을 본 적이 없었던 것이다.

"산탄총은 내 구미에 맞지 않아요."

한태형은 사대에서 내려오면서 손을 내저었다. 클럽하우스로 돌아오자 무료한 표정으로 앉아 있던 안젤라가 손을 흔들었다.

"그래, 어떻게 할 셈인가?"

자리를 잡자 캠벨이 한태형에게 물었다.

"아직 결정을 내리지 않았지만, 어차피 저격을 하는 거라면 남의 손에 맡기고 싶지 않아요."

한태형이 솔직한 심정을 전했다.

"그렇겠지. 당신 심정은 충분히 이해해. 그런데 아무리 필리핀의 경호수준이 미국에 비해서 떨어진다고 하지만 국가원수 저격은 쉬운 일이 아니야. 최고의 저격수를 고용하고 고가의 전문 스나이퍼 라이플을 조달하려면 돈이 많이 들지. 그리고 무기를 반입하고 또 무사히 탈출하려면 사전에 손을 써야 할 게 하나둘이 아니야. 든든한 스폰서가 있다고 했는데 짐작 가는 바는 없나?"

"일본에 있는 반한단체 일거라 추측하고 있습니다."

한태형은 조총련 일거라 예상하고 있었다. 그들은 상당한 재력을 지녔음은 물론, 과거에 박정희 대통령 암살을 시도했던 적도 있었다. 캠벨은 일리가 있다는 듯 고개를 끄덕였다.

"홍콩에서 스폰서를 만날 예정입니다. 그래서 믿을 만한 상대라는 판단이 들거든 제안을 수락하겠습니다."

"안젤라도 같이 갈 건가?"

캠벨이 안젤라에게 시선을 돌렸다.

"저격은 2인 1조가 원칙이죠. 캡틴에게는 유능한 관측병이 필요해요."

안젤라가 주저 없이 대답했다. 말린다고 들을 사람이 아니다. 한태형은 따로 의견을 내지 않았고, 캠벨은 빙글빙글 웃었다.

"킬러도 홍콩에서 만나기로 했나?"

캠벨이 정색을 했다.

"그렇습니다."

"신원이 파악되거든 내게 연락하게. 어떤 인물인지 알아볼 테니. 저쪽에서 이미 계약을 했다면 어쩔 수 없겠지만 저격수가 두 명인 게 꼭 유리하지도 않아. 더구나 일면식도 없는 사이라면 자칫 일이 꼬일 수가 있어."

캠벨이 걱정을 했다. 일리가 있는 지적이다.

"나는 솔직히 권하고 싶지 않아. 하지만 결정은 당신 몫이야. 명심하게. 이쪽 세계에서는 아무도 믿지 말라는 말을. 어쩌면 마닐라 공항이 폐쇄될지도 몰라. 그러면 클라크 공군기지로 가게. 군용기를 타고 필리핀을 빠져나올 수 있도록 허드카 회장에게 부탁해 놓겠네.”

“정말 고마워요. 당신의 충고를 잊지 않겠어요.”

한태형이 캠벨의 손을 꼭 잡았다.

* * *

한태형이 노크를 하자 얼른 문이 열렸고, 채인욱이 환한 얼굴로 한태형을 맞았다.

“안젤라 양도 함께 올 줄 알았소.”

채인욱이 두 사람에게 앉을 것을 권했다. 침사추이의 호텔은 홍콩에서도 첫손가락으로 꼽히는 고급 호텔인데 스위트룸은 웬만한 아파트보다 넓어 보였다. 누구와 손을 잡고 있는지 몰라도 뉴욕에서 달랑 38구경을 건네주던 때와는 사정이 많이 다른 것 같았다.

“여행은 즐거웠소? 안젤라 양이 있으니 적적하지는 않았겠지만.”

홈바에서 위스키를 들고 온 채인욱이 키득거리며 한태형에게 술잔을 내밀었다.

“아직 대답하지 않았소. 술은 한편이 된 다음으로 미루겠소.”

한태형이 손을 내젓는데 문이 열리면서 체격이 장대한 백인 남자가 들어섰다. 아마도 채인욱이 장담했던 전문 킬러일 것이다.

“마크 클라크는 최고의 저격수지요.”

채인욱이 한태형에게 고용한 저격수를 소개했다. 클라크는 안젤라에게 윙크를 보내고는 맞은편에 자리했다.

“한국 특수부대 출신이라고 들었소. 그런데 요인 암살은 군사

작전과는 달라. 물론 폭력단 두목을 쏘는 것과도 차원이 다르지만."

클라크가 거만한 자세로 악수를 청했다.

"베트남에서, 그리고 그 후에 용병으로 활약하면서 내 총에 목숨이 날아간 사람들이 줄잡아 일개 소대는 될 거야. 지금은 나이가 들고 몸이 불어서 정글을 헤매는 일은 사양하고 있지만."

미 해병대 저격수 출신으로 베트남 전쟁에 참전했고, 제대 후에는 용병으로 활약하고 있다는 클라크는 자신만만했다.

"당신은 나를 보조하기만 하면 돼. 그러니 너무 겁을 먹을 필요 없어."

클라크가 계속 허세를 부렸다. 그러면서 눈길은 안젤라에게서 떨어지지 않았다.

"그래 저격총은 어떤 걸 쓸 생각인데?"

클라크가 테스트라도 하려는 듯 한태형에게 물었다.

"맥밀란 사의 M87 50구경 라이플을 원하지만, 아직 제안을 승낙한 것은 아니오."

한태형이 명료하게 대답했다. 채인욱이 허풍을 떤 게 아닌 것은 분명하다. 그렇지만 아직 스폰서가 누군지 확인되지 않았다. 그리고 클라크도 없는 말을 꾸며서 하는 것 같지는 않지만, 아직 신뢰하기는 이르다. 한태형은 끝까지 신중하기로 했다.

"맥밀란 M87을 다룰 줄 안다고? 이거, 실력이 궁금해지는데."

클라크가 제법인데 하는 표정으로 말을 받았다.

"나는 이제는 구식이 됐지만 그래도 M21을 택하겠어. 내게는 분신과도 같은 총이거든. 물론 스코프는 최신형을 쓰겠지만."

클라크가 과장된 몸짓으로 호들갑을 떠는데 문이 열리면서 동양인 남자 두 사람이 안으로 들어섰다.

"소개하겠소. 이번 일을 적극 지원하고 있는 분들이지요."

"……!"

인사를 하기 위해 고개를 돌리던 한태형은 깜짝 놀랐다. 주진철 소좌가 웃으며 손을 내민 것이다. 하면 스폰서가 북한이었단 말인가. 예상치 못했던 상황에 한태형은 얼굴이 창백해졌다.

"평양에서 오신 대외조사부 부부장과 정찰국 소속 주진철 소좌를 소개하겠소. 자금지원과 정보제공, 그리고 무기조달을 적극적으로 도와주기로 했지요."

"또 만나게 되었군. 아무튼 반갑소."

주진철 소좌가 웃으며 손을 내밀었다. 두 사람의 관계를 잘 아는 채인욱과 부부장은 입가에 웃음을 띠었고 영문을 몰라 하던 클라크는 채인욱의 설명을 듣고는 씩 웃었다.

"사실 이 일은 우리가 직접 나서려고 했소. 상부에서도 긍정적으로 검토했고. 그런데 한태형 동무가 나선다는 말을 듣고 우리는 뒤로 물러서기로 했소. 한태형 동무의 실력을 잘 아는 데다 이 일은 우리가 나서는 것보다는 남조선 사람이 해결하는 게 좋을 것이란 생각이 들어서였소. 이 일을 맡아주겠소?"

대외조사부 부부장이 한태형을 똑바로 쳐다보며 물었다. 한태형은 긴장이 되었다. 클라크는 아직 실력을 믿지 못하겠지만 주진철 소좌라면 틀림없이 저격에 성공할 것이다. 주진철이 드라구노프 저격총을 능수능란하게 다루던 모습이 생생하게 떠올랐다.

"하겠소."

한태형은 즉각 수락했다. 대한민국 대통령이 북한군에 의해 피격되는 것은 막아야 한다는 군인으로서의 본능과 그렇게 되면 전두환의 죄상을 물을 길이 없게 된다는 판단이 동시에 선 것이다.

"좋소. 한 동무라면 반드시 성공할 것이오."

주진철 소좌가 흡족한 표정을 지었다.

"그럼 구체적인 계획을 들어봅시다."

부부장이 물었다. 채인욱이 우물쭈물하자 한태형이 대신 나섰다.

"푸에르토 아줄 코스를 직접 답사하고 상세한 저격 계획을 마련하겠습니다."

도면만으로는 부족하다. 현지 사정을 꼼꼼히 살펴서 실패하는 일이 없도록 해야 한다.

"좋소. 그렇게 하시오. 이후의 구체적인 진행은 한태형 동무에게 일임하겠소."

주진철 소좌가 한태형에게 전권을 위임했다. 클라크가 상을 찡그렸지만, 주진철 소좌는 묵살해 버렸다.

"하면 얘기는 끝났군. 필요한 장비는 최대한 지원하겠소. 그리고 남조선 대통령의 필리핀 방문과 관련된 정보가 입수 되는대로 전달하겠소."

부부장이 들고 온 가방을 테이블에 올려놓자 채인욱이 얼른 받아들고 열었다.

"호!"

고액 달러가 가득한 것을 확인한 채인욱과 클라크의 얼굴이 환해졌다. 한태형은 착잡한 심정을 누르며 자기 방으로 향했다. 안젤라는 내내 말이 없었다.

결국 일을 맡고 말았다. 잘한 결정일까. 잘하고 못하고를 떠나서 피할 수 없는 상황인 것 같았다.

"심란한가요?"

홍콩의 야경을 내려다보고 있는데 안젤라가 뒤에서 껴안았다. 안젤라는 어느새 한태형의 마음속을 들여다보고 있었다.

"마음이 복잡한 것은 사실이지만 후회하지는 않아."

그게 솔직한 심정일 것이다. 한태형은 시계를 힐끗 보고는 수화기를 들었다. 지금 뉴욕은 몇 시일까. 캠벨이 전화를 받을까.

"그래, 어떻게 하기로 했어?"

다행히 캠벨이 전화를 받았다. 한태형은 여태까지의 일을 간략하게 설명했다.

"결국 그렇게 되었군. 그런데 스폰서가 북한이라니 뜻밖이군. 클라크는 나도 아는 자야. 이쪽 세계에서 실력은 그런대로 인정을 받고 있지. 그렇지만 전에 했던 말을 잊어서는 안 되네. 아무도 믿지 마! 그리고 마닐라에 가거든 만자나레스라는 친구를 찾아가. 그래서 필요한 것이 있으면 그자에게 부탁해. 내 이름을 대면 모른 체하지 않을 거야."

"정말 고마워요, 캠벨. 신세를 어떻게 갚아야 할지 모르겠어요."

"무사히 돌아오는 게 신세를 갚는 길이야."

캠벨이 웃으며 국제통화를 끊었다.

"이게 필요할 것 같군요."

안젤라가 웃으면서 위스키병을 들어 보였다. 그럴 것 같았다. 한태형이 자리에 앉는데 노크 소리가 들렸다. 누가 찾아왔을까.

안젤라가 고개를 갸우뚱하더니 문으로 향했다. 문을 여니 주진철 소좌가 서 있었다.

"조선사람이라고 하던데 그럼 조선말을 알아듣겠지요?"

안젤라가 고개를 끄덕이자 주진철 소좌가 정중한 어조로 말을 이었다.

"한태형 동무하고 따로 할 말이 있는데 잠시 빌려 가도 되겠소?"

따로 하고픈 말이 뭘까. 안젤라는 고개를 끄덕였고, 한태형은 주진철 소좌를 따라나섰다.

"여성 동무와는 어떤 사이요? 내 눈에는 단순한 조수로 보이지 않는데."

주진철 소좌가 엘리베이터에 오르면서 빙글빙글 웃었다.

"경호 일로 알게 된 여인입니다."

"이인애 상위가 가끔 한 동무 얘기를 하던데 한 동무가 저렇게 고운 여성 동무랑 같이 다니는 걸 알면 섭섭해하겠소."

주진철 소좌의 악의 없는 농담에 한태형은 웃음으로 대답을 대신했다. 두 사람은 지하의 레스토랑으로 들어섰고, 조용한 구석자리에 앉았다. 레스토랑은 데이트하는 남녀보다는 상담하는 비즈니스맨에게 어울리는 곳이어서 건장한 사내 둘이서 마주 앉아 있어도 전혀 어색한 분위기가 나지 않았다.

"말하지 않아도 한 동무의 마음을 충분히 이해할 수 있소. 갈등이 심할 것이오. 차라리 우리가 하겠다고 적극 주장할 걸 그랬나 하는 생각이 드는군."

주진철 소좌가 한태형의 얼굴을 살피며 입을 열었다.

"이런 일로 다시 만나게 될 줄은 몰랐지만, 애초부터 내 일이었습니다."

심사가 복잡했지만 그래도 상대가 주진철이어서 한태형은 다소 마음 편하게 심정을 토로할 수 있었다.

"어쨌거나 조심하시오. 클라크야 돈을 보고 이 일에 뛰어들었으니 더 말할 것도 없지만 솔직히 나는 채인욱 동무도 별로 마음에 들지 않소. 사상보다는 제 이익을 챙기려 공화국을 들락거리고 있는 자니까. 한마디로 박쥐 같은 인간이지."

주진철 소좌가 못마땅한 표정을 지었다. 한태형은 진심으로 자기를 걱정하는 주진철 소좌를 보며 문득 형이 있다면 이럴 것 같다는 생각이 들었다.

"그런데 미국 해병대에서 쓰는 맥밀란 M87 저격총을 요구했던데 다뤄본 적이 있소?"

"군에 있을 때 줄곧 쓰던 화기입니다."

"그렇다면 실수 없이 잘 다루겠군. 그런데 시일이 촉박한 데다 쉽게 구할 수 없는 총이다 보니 혹시나 해서 하는 말인데."

무슨 말을 하려는 걸까. 주진철 소좌의 표정이 더없이 진지했다.

"드라구노프 소총은 어떻소? 한 동무만 좋다면 내 총을 빌려주겠소. 내게는 여편네 같은 존재지만."

주진철의 말이 아니더라도 총은 저격수에게 분신이다. 드라구노프 총을 빌려주겠다는 말에 한태형은 진심으로 고마움을 느꼈다.

"고맙지만 사양하겠습니다. 현지에서 끝내 구하지 못하면 그때는 다른 총을 알아보지요."

"하긴 총이 손에 익어야 할 테니."

한태형이 사양하자 주진철 소좌는 더 이상 권하지 않았다.

"전에 한 번 했던 얘기인데…… 일을 마치면 나랑 같이 평양으로 가는 건 어떻소?"

주진철 소좌가 한태형에게 다시 북한행을 권했다.

"찾아야 할 사람들이 있습니다."

한태형은 그때와 같은 대답을 했다.

"알겠소. 그럼 성공을 빌겠소."

주진철 소좌가 일어서며 손을 내밀었다.

도대체 무슨 말을 하려고 한태형을 불러낸 걸까. 안젤라가 궁금해하는데 노크 소리가 들렸다.

"당신이 무슨 일로……?"

한태형이 돌아온 줄 알고 얼른 문을 연 안젤라는 클라크가 버티고 서있자 주춤했다.

"이제 우리는 같은 배를 타게 되었으니 당연히 상의할 게 많을 것 아닌가."

클라크가 성큼 방안으로 들어서더니 한태형을 없는 것을 확인하고는 야릇한 미소를 지었다.

"당신 파트너는 어디서 홍콩 여인이라도 만나고 있는 모양이군. 그렇다면 당신은 내가 상대해줄까?"

클라크가 키득거렸다.

"쓸데없는 소리를 할 거면 빨리 여기서 나가요!"

안젤라가 언성을 높였지만, 클라크는 전혀 개의치 않았고, 음흉한 웃음을 날리며 안젤라에게 접근했다. 안젤라는 클라크를 향해 주먹을 날렸지만, 소용이 없었다. 클라크는 안젤라의 팔을 비틀더니 그대로 침대로 내동댕이쳤다. 그리고 겁에 질린 안젤라를 향해 달려들었다.

"무슨 짓인가!"

그때 한태형이 안으로 들어서며 호통을 쳤다.

"이제 왔나? 당신 파트너 실력을 테스트하고 있던 중이야."

클라크가 빈정거리더니 그대로 휑하니 방을 나갔다.

"따라가지 말아요!"

안젤라가 쫓아가려는 한태형을 제지했다. 어쩌다 저따위 인간이랑 한편이 되었단 말인가. 기가 찼지만, 안젤라의 말대로 일을 마칠 때까지는 참고 지내는 게 좋을 것이다.

필리핀

저따위 인간과 같은 공간에 있는 것조차 불쾌했지만 그래도 같이 일하기로 했으니 일을 마칠 때까지는 참고 지내야 한다. 클라크는 실실 웃으며 안젤라를 위아래로 훑었지만, 한태형은 애써 못 본 체했다. 안젤라는 시선이 마주치는 것조차 싫다는 듯 창가에서 꼼짝도 하지 않고 있었다.

필리핀에 도착한 지 3일이 지났다. 부부로 위장한 한태형과 안젤라는 마닐라 시내의 고급 호텔에 묵으면서 D-DAY에 대비했고, 클라크는 그들보다 하루 먼저 입국해서 빈둥대고 있었다. 내일 전두환 대통령이 필리핀을 방문한다. 그리고 그다음 날 푸에르토 아줄에서 골프가 예정되어 있다. 내일부터 경계가 강화될 것이니 오늘 최종 점검을 마쳐야 한다. 그리고 그 전에 총과 장비를 인수해야 한다. 한태형이 시계를 들여다봤다. 올 때가 된 것이다.

노크 소리가 나자 안젤라가 조심스럽게 문을 열었다. 그러자 공항에서 한 차례 만났던 현지인 라모스가 양손에 큰 가방 두 개를 들고 들어섰다. 채인욱이 필리핀 폭력단에게 무기를 공급하는 일을 하고 있는 그에게 저격에 필요한 장비를 부탁했다.

"확인해 보시오. 특수한 총들이라 구하느라 애를 먹었소."

라모스가 가방을 열자 분해된 M87과 M21이 모습을 드러냈다. 그 외에 위장용 길리슈트 3벌과 호신용 글락 권총 3정, 그리고 10배율 스코프와 관측용 쌍안경이 들어 있었다. 한태형과 클라크는 익숙한 솜씨로 각자의 저격총인 M87과 M21을 결합했다. 못 구하면 어떻게 하나 했는데 용케도 라모스가 M87을 가지고 온 것이다.

"손에 넣기 힘든 총인데 어떻게 구했소?"

"미군 병기창에서 빼냈지요. 한 달 후에나 재고조사가 있을 테니 그 전에 채워 넣으면 문제없을 거요."

라모스가 싱글거렸다. 마닐라 거리는 10년 전의 서울을 연상시켰는데 그런대로 영어가 통해서 편했다. 장비를 다 살핀 한태형은 수화기를 들고 채인욱에게 제대로 인수 받았음을 통보했다.

"그럼 이제 결행만 남았군. 저쪽에서 현장 일은 한 선생에게 일임한다고 했으니 더 상관하지 않겠지만 그래도 클라크는 그쪽 일의 전문가니 그의 조언을 듣는 게 좋을 거요."

채인욱은 그 말을 남기고 전화를 끊었다. 돈을 받은 마당에 더 이상 필리핀에 남아 있을 이유가 없었다.

"그럼 이제 구체적인 계획을 의논할 차례군."

라모스가 돌아가자 클라크가 푸에르토 아줄 클럽의 상세지도를 펼쳤다. 지도에는 코스별 위치와 거리, 그리고 주변 지형이 상세히 표시되어 있었다.

"여기가 제일 좋겠군."

클라크가 아웃코스 7번 홀을 가리켰다. 한태형이 보기에도 저격에 제일 적합한 장소 같았다.

"정글로부터 직선거리가 1km는 될 것 같은데 괜찮겠소?"

한태형이 클라크를 쳐다보며 물었다.

"나는 여기서 쏠 테니까 당신은 알아서 위치를 잡아! 너무 멀면 여기로 하고 겁이 나면 여기로 하고."

클라크가 키득거리면서 지도를 차례로 짚었다. 먼저 짚은 곳은 정글에서 돌출된 수목 지대로 7번 홀 티잉 그라운드로부터 직선거리가 700m 정도 되었고, 나중에 짚은 곳은 정글 한복판의 고지대로 직선거리가 적어도 2km는 될 것 같았다.

"지금 무슨 소리를 하는 거예요! 이곳은 탈출로를 확보하기 힘들고, 저곳은 저격이 불가능한 곳이란 건 당신도 잘 알 텐데!"

안젤라가 언성을 높였다.

"이봐, 나는 당신들을 생각해서 하는 말이야. 어디를 정하건 어차피 저격은 내가 할 거야. 그러니 몸을 사리고 싶으면 뒤로 가고, 명중시킬 자신이 없으면 앞에 매복하란 말이야. 어느 쪽을 택하건 난 상관이 없으니까!"

클라크가 빈정거렸다. 한태형은 반드시 한국 대통령을 저격하려 할 것이며 잡히는 것도 개의치 않을 자라고 했다. 그렇다면 앞쪽을 택할 것이고, 현장에서 체포될 것이다. 나는 그사이에 도주하면 된다. 클라크는 그렇게 생각하고 있었다.

"나는 현장을 직접 살펴보고서 매복 장소를 정하겠소."

한태형이 즉답을 피했다.

"좋을 대로. 그런데 당신 저 총 가지고 되겠어?"

클라크가 생각났다는 듯이 물었다. M87은 유효사거리가 2km에 이르지만 싱글볼트 액션 방식이라 첫발이 실패하면 재사격이 불가능하다.

"스나이퍼(Sniper)는 원샷(One Shot) 원킬(One Kill)이 원칙이오!"

한태형은 짧게 대답하고 몸을 일으켰다. 현장을 답사하려면 서둘러야 한다. 한태형은 H-HOUR 24시간 전부터 현장이 통제될 거라 예상하고 있었다. 클라크는 필리핀의 경호 수준을 대수롭지 않게 여기고 있지만 한태형은 생각이 달랐다. 물론 현지 경호는 필리핀에서 담당할 것이고, 그 수준이 미국에는 한참 미치지 못하겠지만 한국 안기부에서 어떤 식으로든 관여를 할 것이다. 이번에도 재원이가 현장에 출동할까. 한태형은 왠지 그럴 것만 같은 예감에 휩싸였다.

*　*　*

이미 한 차례 방문했던 적이 있기에 장재원은 푸에르토 아줄 클럽이 낯설지 않았다. 아직 통제를 하지 않고 있어서 클럽하우스는 골퍼들로 붐볐다.

"H-HOUR 24시간 전부터 통제를 할 겁니다."

에롤르데 총경이 요청대로 경호를 보강했음을 전했다. 엘리트 경찰답게 일을 처리하는 게 깔끔했다.

"경비병력을 배로 늘린 데다 24시간 전부터 클럽 출입을 통제하면 한국에서 우려하는 상황이 발생하지 않을 겁니다."

이미 사전답사로 주변을 살핀 데다 필리핀 경찰이 적극 협조하고 있는 마당이다. 그리고 대통령의 일정은 당일 오전에 공표된다. 그러니 24시간 전에 통제를 하면 저격수가 매복할 틈이 없을 것이다. 에롤르데 총경은 믿을 만한 사람이고 북한이 나서지 않을 거란 사실은 미국 정보당국에서 확인해 준 바 있다.

　그럼에도 장재원은 대통령이 필리핀을 떠날 때까지 마음을 놓을 수 없었다. 장재원은 최종적으로 살피기로 하고 아웃코스로 걸음을 옮겼다.

　그때도 마음에 걸렸었는데 역시 7번 홀이 문제였다. 아웃코스 중 유일하게 티잉 그라운드가 정글에서 노출된 곳이다. 마침 티잉 그라운드가 비어 있었다. 장재원은 7번 홀 티잉 그라운드에 올라가서 주변을 면밀히 살폈다. 정글까지의 거리는 줄잡아 1km는 될 듯했다. 그렇다면 저격하기에는 상당히 먼 거리다. 페어웨이 쪽으로 돌출된 수목 지대는 전에도 관심을 두었던 곳이다. 그렇지만 장재원은 프로 킬러라면 절대 택하지 않을 장소라고 판단하고 있었다. 거리는 700m쯤 떨어진 곳이어서 유능한 킬러라면 저격을 시도해볼 만도 하겠지만 탈출로가 전혀 확보되지 않기 때문이다.

　"행사 직전에 일대를 다시 수색할 계획입니다."

　에롤르데 총경은 장재원이 관심을 두었던 돌출부를 가리키며 말했다. 그렇다면 그쪽은 더 걱정하지 않아도 될 것이다.

　"얼핏 봐도 1km는 넘을 텐데 너무 먼 거리 아닙니까. 조준경에 들어오는 시간이 길어야 3~4초일 텐데."

　장재원이 티잉 그라운드가 노출되는 정글에서 눈을 떼지 않자 에롤르데 총경이 고개를 갸우뚱했다. 필리핀은 총기 규제가 허술하다고 하지만 대부분 권총이나 기껏해야 오래전 군에서 폐기된 구형 자동소총에 불과하다. 그렇다면 1km는 너무 먼 거리다.

"하면 그쪽도 행사 직전에 경비 인력을 투입하겠습니다."

장재원이 굳은 표정을 풀지 않자 에롤르데 총경은 입장을 바꿨다.

"부탁하겠습니다. 아시겠지만 대한민국 대통령 경호는 특수한 상황을 가정할 수밖에 없으니까요."

장재원은 협조를 아끼지 않는 에롤르데 총경에게 고마운 마음을 전했다.

"무기 밀매상들과 연결이 되는 자를 만났으면 합니다."

혹시라도 고성능 저격 라이플이 동원된다면 미군 부대에서 유출되었을 것이다. 장재원은 마지막으로 그쪽을 체크하기로 했다.

"무슨 뜻인지 알겠습니다. 즉시 알아보겠습니다."

에롤르데 총경이 즉각 요청을 받아들였다. 그 사이에 두 사람은 인코스에 이르렀다. 인코스는 저격을 신경 쓰지 않아도 좋을 것이다. 밀려오는 파도와 파란 하늘. 전에는 우나연과 함께였지만, 오늘은 바쁜 일정 때문에 혼자 왔다. 그리고 그때는 먼발치에서 바라보고 있었지만, 지금은 장래를 약속한 사이다.

"그때 같이 온 여자 수행원은 이번에는 오지 않았습니까?"

에롤르데 총경이 미소를 지으며 물었다.

"지금 다른 일 때문에 여기 못 왔지만, 골프 행사에는 수행할 겁니다."

장재원은 얼른 대답하고 클럽하우스로 발길을 돌렸다. 북적이는 클럽하우스도 내일이면 정적이 감돌 것이다. 표정을 보니 클럽하우스 관계자들도 내일 새벽부터 클럽이 폐쇄된다는 사실을 모르고 있는 것 같았다. 장재원은 만족을 표하며 차에 올랐다.

"내일도 행사가 하루종일 이어지던데 마닐라로 돌아가는 동안에라도 차에서 잠깐 눈을 붙이시지요."

에롤르데 총경이 차를 빼며 말했다. 그래야 할 것 같았다. 장재원은 편안한 자세로 몸을 뉘었다. 차가 클럽을 빠져나가는데 맞은편에서 검은색 포드 중형 밴이 스치듯 클럽으로 들어섰다. 운이 좋은 사람들이군. 하루 늦게 부킹했다면 허탕을 치고 돌아갔을 텐데. 그런 생각을 하면서 장재원은 눈을 감았다.

포드 중형 밴의 문이 열리면서 한태형과 안젤라, 클라크가 차례로 차에서 내렸다. 라운딩을 가장해서 현지 지형을 살피러 온 길이다.

"골프가 일의 시작이라니. 대개는 일을 마치고 클럽으로 향했는데."

클라크가 별 우습지도 않은 조크를 던지고는 티잉 그라운드로 향했다. 채인욱이 부킹을 해 놓았기에 세 사람은 기다리지 않고 티업을 할 수 있었다. 클라크는 싱글 수준의 골프 실력을 보였고, 안젤라도 보기 플레이어 수준은 되는 것 같았다. 골프 실력은 경력이 짧은 한태형이 제일 처졌다. 그렇지만 지금 중요한 것은 골프 스코어가 아니다. 한태형은 두 사람을 쫓아가면서 부지런히 주변을 살폈다. 실제 지형은 지도와 크게 다르지 않았다. 주변 지형을 틈틈이 살피기는 클라크나 안젤라도 마찬가지였다.

"어때? 정했어?"

먼저 7번 홀 티잉 그라운드에 올라선 클라크가 뒤를 돌아보며 히쭉 웃었다. 그렇지만 한태형은 여전히 대답하지 않았다. 속으로 정한 매복 장소가 따로 있었던 것이다. 클라크는 한태형이 아무런 말이 없자 겁을 먹은 것으로 지레짐작하고는 성큼성큼 공을 향해 걸어갔다. 당신 따위는 없어도 상관없다는 태도다.

"저기에 매복하면 탈출이 불가능해요."

안젤라가 돌출지를 가리키며 걱정을 했다.

"아무래도 이번 일은 함정 같아요. 자꾸 우리는 미끼라는 느낌이 들어요."

안젤라는 한태형이 저격만 성공한다면 체포되는 것은 크게 상관하지 않을 거란 사실을 잘 알고 있었다. 그렇다면 함정을 마다하지 않을 것이다.

"안젤라가 무슨 걱정을 하고 있는지 잘 알아. 하지만 염려할 것 없어."

한태형이 작은 소리로 말하고 힘차게 스윙을 했다.

아웃코스를 마친 세 사람은 인코스로 들어섰다. 해안에 접한 인코스는 정글로 이어지는 아웃코스와는 또 다른 정취를 자아내고 있었다. 드넓은 바다와 밀려오는 파도. 한태형과 안젤라는 임무를 잠시 내려놓고 나란히 서서 멀리 수평선을 바라보았다. 앞선 클라크는 인상을 쓰며 두 사람을 쳐다보았다. 도대체 어디에 매복을 하겠다는 거야. 겁을 먹은 거라면 빨리 도망가던가.

11번 홀에 이르자 한태형은 해안 쪽의 낮은 언덕으로 눈길을 돌렸다. 진작에 점 찍어 두었던 곳이다. 다행히 실제 지형이 지도와 크게 다르지 않았다. 그런대로 은폐가 되는 데다 티잉 그라운드도 제대로 관측이 되었다. 문제는 거리가 1.5km는 돼서 특급저격수도 명중을 장담하기 힘들다는 사실인데……

성공할 수 있을까. 한태형은 문득 주진철 소좌라면 주저하지 않고 저격을 시도할 거란 생각이 들었다. 그렇다면 내가 못 할 리 없다.

"나는 저기에서 저격하겠소."

뭐야 하는 표정으로 한태형이 가리키는 곳을 본 클라크가 기겁을 했다.

"당신 미쳤어! 저렇게 먼 데서 어떻게 저격을 해!"

"할 수 있소."

한태형이 언덕에서 눈을 떼지 않으며 대답했다.

"당신 겁을 먹었군. 좋아, 마음대로 해. 내가 먼저 끝낼 테니까. 괜히 나중에 보수를 나누자는 소리 하지 말아!"

클라크는 한태형을 사납게 노려보더니 성큼성큼 앞으로 걸어갔다.

"무리에요. 거리도 멀지만, 탈출이 불가능해요."

안젤라도 반대를 했다. 인코스는 바다로 뛰어들기 전에는 탈출이 불가능하다.

"캡틴이 왜 이 일을 맡았는지 잘 알지만 말리고 싶어요."

안젤라가 간절한 눈빛으로 애원을 했다.

"염려하지 말라고 했잖아. 내게 다 생각이 있으니까. 반드시 저격에 성공할 것이고, 절대로 체포되지 않을 테니까."

한태형이 불안해하는 안젤라를 안심시켰다.

"다행히 나를 도와주는 사람들이 있어. 물론 제일 큰 힘이 되어주는 사람은 안젤라 바로 당신이지만."

한태형이 안젤라를 포옹하자 안젤라는 얼른 한태형의 품에 안겼다.

"언제나 캡틴 곁에 있겠어요."

안젤라의 가슴이 두근거리는 게 생생하게 전해졌다.

"일을 마치고 미국으로 돌아가거든 여행도 하고, 취미 생활도 하면서 남 부럽지 않게 살고 싶어."

"기대할게요."

안젤라가 아이처럼 좋아했다.

"어쩌면 내가 잘 아는 사람이 이 일에 관여했을지 몰라. 예상보다 경호가 삼엄할 거야. 그렇다면 만나야 할 사람이 있으니 서둘러 마닐라로 돌아가야 해."

한태형이 살며시 안젤라를 떼어놓았다. 안젤라는 아무 말 없이 고개만 끄덕였다.

* * *

"미안해요. 여기저기 들러서 확인할 데가 많아서."

장재원이 허둥대며 방으로 들어섰다. 우나연과 저녁을 같이하기로 약속을 했는데 그만 늦은 것이다. 푸에르토 아줄 클럽에서 돌아오고서도 이것저것 확인할 일이 많았던 것이다. 실은 저녁 행사도 간신히 빠져나온 터였다.

"푸에르토 아줄은 여전히 아름답겠지요?"

우나연이 물었다. 푸에르토 아줄은 지난 세월을 보내고 새로운 출발을 한 곳이다. 절대로 잊을 수 없는 곳이다.

"그렇기는 하지만 경호를 챙기느라 경치를 감상할 여유를 갖지 못했어. 나연 씨가 없으니 그때의 감흥도 느껴지지 않았고."

장재원은 적당히 얼버무렸다.

"그리고."

장재원은 화제를 바꿀 필요가 있다고 생각했다.

"어제 어머니와 통화를 했는데 부모님이 우리 뜻을 따라주시기로 했어. 처음에는 많이 섭섭해하셨지만, 나연 씨 입장을 이해해 주셨어."

"고마워요. 쉽지 않은 결정이었을 텐데."

장재원은 고아나 다름이 없는 우나연의 입장을 고려해서 부모 형제만 참석하는 조촐한 결혼식을 올리기로 했다. 당연히 부모님은 '네 형들도 다 제대로 결혼했는데……' 하시면서 반대하셨지만 자식 이기는 부모 없다고 결국 장재원의 뜻을 따르기로 한 것이다. 장재원은 안기부 실세 보좌관이다. 부탁하면 안기부장이 주례를 서줄 것이고 관계기관은 물론 정계, 재계의 요인들이 대거 결혼식에 참석할 것이다. 그렇지만 장재원은 그런 것보다 우나연의 마음이 편한 쪽을 택하기로 했다.

"양부모님들은 꼭 초청하겠어. 미리 찾아뵙고 인사를 드리는 것이 예의지만 이해해 주시리라 믿어."

"재원 씨의 배려를 크게 고마워하실 거예요. 정말 고마워요."

우나연이 장재원의 품에 안겼다. 참으로 배려심 깊은 남자다.

"그럼."

장재원이 방문을 열려고 하는데 전화벨이 울렸다. 누굴까. 의아해하며 수화기를 든 장재원의 표정이 금세 심각해졌다.

"알겠습니다. 내가 곧 가지요."

"일이 생겼나요?"

"정말 미안하게 되었군. 약속을 미뤄야 할 것 같아. 긴급상황이 발생했어."

장재원은 걱정하는 우나연을 남겨두고 황급히 호텔방을 나섰다. 전화의 주인공은 에롤르데 총경인데 무기상을 수배했다는 것이었다. 호텔을 나서며 장재원은 힐끗 시계를 들여다보았다. 그렇다면 대통령 골프 행사는 35시간 남짓 남았다. 7~8시간 후면 푸에르토 아줄 클럽은 출입이 통제될 것이고 일대는 삼엄한 경계가 펼쳐질 것이다. 장재원은 마지막으로 찜찜한 구석을 털어버리기로 하고 에롤르데 총경에게 달려갔다.

마닐라 경찰서에 이르자 대기하고 있던 경찰관이 장재원을 취조실로 안내했다. 취조실로 들어서자 에롤르데 총경과 관계자들이 모니터로 옆방에서 진행되고 있는 취조를 지켜보고 있었다.

"무기 밀거래를 제법 크게 하는 자인데 자기는 피스톨만 취급한다며 버티고 있습니다."

에롤르데 총경이 여태까지의 진행 사항을 얘기했다.

"내가 보기에 거짓말을 하고 있는 것 같지는 않습니다. 그리고 강도나 암흑가 폭력배들에게 고성능 저격총이 필요한지도 의문이고."

에롤르데 총경이 회의적인 표정을 지었다. 일리가 있는 말이지만 여기까지 온 마당에 확실하게 마무리를 지어야 한다.

"취조관과 직접 얘기하고 싶습니다."

에롤르데 총경이 고개를 끄덕이더니 스피커폰 스위치를 올리고 취조관을 불렀다. 곧 문이 열리면서 다부진 체격의 취조관이 들어섰다.

"당신 의견은 어떻소? 저자의 말이 맞다고 보시오?"

취조관이 에롤르데 총경을 쳐다보았고, 에롤르데 총경이 고개를 끄덕였다.

"그렇습니다. 저자는 내 손에 여러 번 붙잡혔던 자인데 전부 미군 부대에서 빼돌린 피스톨이나 조악한 사제총을 거래하다 잡혔습니다. 고성능 저격총은 구경도 못 해본 자일 겁니다."

"저자와 거래를 하고 싶은데 가능합니까? 필요하다면 상부에 협조를 요청할 수도 있습니다."

장재원이 에롤르데 총경에게 물었다.

"무슨 내용인지 몰라도 경호와 관련된 것이라면 내가 결정하겠소. 말해 보시오."

에롤르데 총경이 즉시 대답했다.

"무기 밀거래를 하는 자 중에서 최근에 여기저기 돈을 쓰고 다니는 자가 있는지 알아봐 주시오."

밀고는 까딱하면 목숨을 잃을 수 있는 위험한 일이다. 그러니 입을 열게 하려면 그에 부합할 만한 조건을 제시해야 할 것이다. 에롤르데 총경이 취조관을 쳐다봤다.

"저자 두목이 며칠 후에 재판을 받습니다. 유죄판결을 받으면 적어도 10년은 수감될 겁니다. 우리는 유죄판결을 얻어낼 수 있는 결정적인 증거를 가지고 있습니다."

취조관이 머뭇거리더니 대답했다.

"협상해!"

에롤르데 총경이 승낙하자 취조관은 즉시 옆방으로 향했다.

"고맙습니다. 한국 정부를 대신해서 진심으로 감사의 말을 전하겠습니다."

장재원이 환해진 얼굴로 에롤르데 총경에게 고마움을 전했다.

"협조하기로 했으니 요청을 받아들이기는 했지만, 꼭 그렇게까지 할 필요가 있는지 모르겠습니다."

에롤르데 총경이 떨떠름한 표정으로 대답하는데 취조관이 다시 들어섰다.

"라모스라는 자가 최근에 어디서 큰돈이 생겼는지 돈을 마구 뿌리고 다닌다고 합니다."

"즉시 연행해!"

에롤르데 총경이 지시를 내렸다. 장재원은 다시 한번 에롤르데 총경에게 사의를 표하고 마닐라 경찰서를 나섰다. 밖은 이미 어둠이 깔려 있었다. 언제 어떻게 시간이 흘러갔는지 모를 만큼 정신없이 바쁜 하루였다. 에롤르데 총경의 말대로 너무 예민하게 반응하는 게 아닐까. 그런데 과민하다면 그 원인은 어디에 있을까. 알수 없지만 뭔가 분명하게 매듭이 지어지지 않은 일이 마음 깊은 곳에 도사리고 있는 기분이었다.

장재원은 저 어둠 속에서 누군가가 자기를 노려보고 있는 것 같은 기분 나쁜 느낌을 떨쳐 버리기라도 하듯 세차게 고개를 가로저었다.

＊＊＊

"저기에요."

만(灣)을 헤매던 끝에 마침내 안젤라가 클럽을 찾아냈다. 만자나레스와 약속을 한 클럽은 입구부터 험악한 분위기를 연출했다. 짐작은 했지만 험한 일을 하는 사람들이 드나드는 곳 같았다. 입구를 지키고 있는 덩치 큰 남자는 의외라는 표정으로 두 사람을 쳐다봤지만 막지는 않았다.

안으로 들어서자 건장한 남자들이 삼삼오오 모여서 왁자지껄 떠들고 있었다. 한쪽 구석에서 밴드에 맞춰 스트립걸이 요란하게 몸을 흔들어대고 있었다. 한태형은 주위를 둘러보고서 바텐더에게 향했다.

"만자나레스를 만나고 싶소."

당당한 체구의 바텐더는 한태형이 만자나레스를 찾자 경계심 가득한 눈길로 노려봤다. 바텐더가 눈짓을 보내자 곧 험상궂은 남자들이 한태형과 안젤라를 에워쌌다. 여차하면 폭력을 가할 기세였다.

"미인이군. 일본사람? 아니면 중국사람? 어째 우리와 어울리는게."

그들 중 한 명이 안젤라에게 실실 농담을 걸며 접근했다. 나머지 사람들은 사납게 한태형을 노려보았다. 이런 곳에서는 낯선 사람을 환영하지 않는다. 일전을 각오하거나 순순히 물러나야 한다. 한태형은 강하게 나가기로 하고 안젤라의 앞으로 나섰다. 그러자 다가오던 거한은 오히려 잘 됐다는 표정으로 한태형을 노려보았다. 여차하면 주먹을 날릴 기세였다. 저자 하나 상대하는 것은 크게 어려운 일이 아니다. 하지만 뒤에서 키득거리고 있는 패거리들은 칼, 어쩌면 총을 가지고 있을지 모른다. 그걸 모를 리 없는 안젤라는 겁에 질려 있었다. 무장을 하고 올 걸 그랬나. 하지만 그랬다가는 일이 더 커질 수 있다.

"뭣들 하는 거야! 내 손님에게!"

돌연 호통 소리가 들렸다.

"내 집에서 소란피우지 말라고 했지!"

클럽주인이 성큼성큼 걸어오더니 한태형 앞에 섰다. 그러자 한태형에게 달려들던 일당들이 군말 없이 뒤로 물러섰다. 클럽주인은 클럽을 드나드는 폭력배들을 완전히 장악하고 있는 듯했다.

"내 오랜 친구 캠벨에게서 당신 얘기를 들었소. 안으로 들어갑시다."

만자나레스가 웃으며 손을 내밀었다. 손아귀에서 억센 힘이 전해졌다.

"캠벨을 따라다니면서 도움을 많이 받았지. 캠벨의 친구면 곧 내 친구야. 그래 내가 뭘 도와주면 좋겠소?"

짐작대로 만자나레스는 용병 출신이었다. 캠벨과 함께 사선을 여러 차례 넘은 사람 같았다. 한태형은 새삼 캠벨에게 고마움을 느끼면서 찾아온 이유를 밝혔다.

"대단하군. 캠벨로부터 저격 얘기는 들었지만 타깃이 한국 대통령일 줄이야."

만자나레스가 놀랐다는 표정을 지었다.

"인코스에서 저격을 하고 바다로 빠져나가겠다…… 모터보트를 동원하면 불가능하지는 않겠지. 하지만 곧 공항에 비상이 걸릴 텐데 무슨 수로 필리핀을 빠져나가려고?"

"클라크 기지에서 미군기를 타고 빠져나갈 계획입니다."

"클라크 기지라. 그런 수가 있었군. 좋아, 도와주겠소. 오랜만에 용병 시절로 돌아가는 기분이군. 캠벨하고는 민다나오와 보르네오에서 어깨를 나란히 하고 싸웠지."

만자나레스가 웃으며 손을 내밀었다. 그리고 안젤라에게 고개를 돌렸다.

"아름다운 킬러께서는 내 친구와 무슨 관계요?"

"저격은 2인 1조가 기본이에요. 그리고 나는 캡틴이 가는 곳은 어디라도 따라가요."

안젤라가 야무지게 대답하자 만자나레스는 호탕하게 웃었다. 경계가 강화되기 전에 먼저 매복하려면 서둘러야 한다. 한태형은 만자나레스에게 고마움을 표하고서 몸을 일으켰다.

타깃

삼엄한 경계가 펼쳐진 가운데 대통령 전용차의 뒤를 이어서 필리핀 국회의장과 양국 외무장관, 그리고 주필리핀 한국대사를 비롯해서 행사 참가요인들을 태운 차량들이 차례로 푸에르토 아줄 클럽에 도착했다. 대통령차가 멈추자 경호원들이 신속한 동작으로 경호에 들어갔고, 클럽하우스에 긴장감이 흘렀다. 마침내 행사가 시작된 것이다.

"3번 홀 이상 없습니다."

워키토키를 통해 각 홀마다 배정된 경호 요원들로부터 이상이 없음이 보고되었다.

"상사에게 보고한 후에 다시 합류하겠습니다."

미리 도착해서 최종점검을 하던 장재원은 에롤르데 총경에게 만족을 표하고는 클럽하우스로 향했다. 이번 일은 안기부에서 파견된 필리핀 대사관 공사가 명목상으로 장재원의 상관이다.

"일정 발표와 동시에 클럽은 봉쇄되었고, 각 홀별로 경호 요원

배치를 완료했습니다."

장재원은 푸에르토 아줄 클럽이 폐쇄될 때부터 줄곧 현장에 머물며 경호업무를 수행하고 있었다.

"수고했소. 장 보좌관이 애쓴 덕분에 편하게 각하를 모시게 되었소."

공사는 실세 보좌관이 하는 일에 별반 간섭하려 하지 않았다. 보고를 마쳤으니 이제 우나연을 만나야 한다. 우나연은 대통령 일행과 함께 클럽에 도착했다.

"몹시 피곤해 보여요. 밤새 한숨도 못 잔 모양이군요."

우나연이 장재원을 보고 다가왔다. 장재원은 눈에 띌 정도로 후줄근했다.

"클럽하우스에서 틈틈이 눈을 붙였어."

장재원이 안쓰러워하는 우나연을 도리어 위로했다.

"곧 골프가 시작될 텐데 나는 각하보다 앞서서 홀을 돌아야 하니까 행사가 끝나거든 데리러 오겠어. 모처럼 푸에르토 아줄에 왔는데 그냥 돌아갈 수는 없지. 여기는 나와 당신에게는 특별한 곳이니까."

장재원은 그 말을 남기고 서둘러 클럽하우스를 빠져나갔다. 곧 티업이 시작될 텐데 아웃코스 9홀만 무사히 라운딩을 마치면 큰 문제는 없다.

"수색대가 5번 홀에 도착했다고 합니다."

기다리고 있던 에롤르데 총경이 상황을 전했다. 장재원은 고개를 끄덕이고는 카트에 올랐다. 수색현장을 직접 살필 생각이다. 페어웨이를 이동할 때나 그린에서는 저격에 노출되지 않게끔 근접 경호를 하고 있기에 피격될 가능성이 사실상 제로다. 역시 티 잉 그라운드가 문제인데 그중에서도 7번 홀이 제일 신경 쓰였다. 울창한 정글이 그린으로부터 길게 펼쳐져 있는데 비록 거리는 멀 지만 티잉 그라운드가 정면으로 노출되는 지점도 있다. 그렇지만 경호 인원을 대폭 보강해서 일대를 싹 뒤지기로 했으니 매복이 불가능할 것이다. 장재원은 제발 아무 일이 없기를 빌며 정글에 눈길을 주었다.

* * *

아무리 남국이라고 해도 바닷가에서 밤새 매복하고 있으려니 몸이 부들부들 떨렸다. 바닷바람과 쉴 새 없이 밀려오는 파도 소 리는 한기를 더해 주었다. 예상을 했기에 길리슈트 속에 얇은 옷 을 받쳐 입었지만 그래도 으스스 추운 게 빨리 밤이 지나고 해가 떠올랐으면 하는 바람이었다.

한태형이 힐끗 시계를 들여다보았다. 오전 5시. 곧 동이 틀 것 이다. 일찍 서둔 덕에 경계가 강화되기 전에 푸에르토 아줄 클럽 에 잠입했지만 30시간 가까이 꼼짝 않고 매복하고 있으려니 여간 힘든 게 아니다. 물론 군 작전 중에는 이보다 더 긴 시간을 매복했 던 적도 있지만 그래도 그때는 비트에 은신했었다.

한태형이 고개를 돌리자 옆에 매복하고 있던 안젤라가 염려 말 라는 듯 고개를 끄덕였다. 매복 경험이 없는 안젤라는 더 힘들 것 이다. 입술을 깨물며 추위를 참아내고 있는 안젤라를 보니 괜히 데리고 왔나 하는 후회조차 일었다. 그렇지만 아무리 말려도 안젤라는 따라왔을 것이다.

'때가 되면 내가 깨워줄 테니 잠시라도 눈을 붙여요.'

한태형의 눈은 그렇게 말했고 안젤라는 미소로 답했다. 한태형은 손을 내밀어서 안젤라의 손을 잡았다. 짐작대로 꽁꽁 얼어 있었다. 한태형은 온기를 전해주려는 듯 손에 힘을 주었고, 안젤라도 꼭 잡았다. 한태형은 해가 뜰 때까지 이렇게 손을 꼭 잡고 있기로 했다.

시간이 얼마나 흘렀을까. 차츰 주위가 환해지기 시작했다. 마침내 결전의 날이 밝은 것이다. 과연 1.5km 저격에 성공할 수 있을까. 군에 있을 때 여러 차례 원거리 저격을 해본 적이 있지만 그래도 1.5km는 처음이다. 베트남전 말기에 미군 저격수가 2km 저격에 성공했다는 말을 들었지만 1.5km는 일급 저격수에게도 여전히 먼 거리다.

거리도 거리지만 타깃이 조준경에 들어오는 시간이 예상보다 짧을까봐 걱정이다. 제대로 조준할 수 있을까. 아무튼 기회는 단한 번뿐이다. 한태형은 큰 숨을 몰아쉬며 '원샷 원킬'을 다짐했다.

긴장 속에서 시간은 꾸준히 흘러서 10시가 되었다. 마침내 D-DAY H-HOUR가 된 것이다.

"사람들이 나타났어요. 경호 인원 같은데 예상했던 것보다 많아요."

쌍안경으로 전면을 살피고 있던 안젤라가 작은 소리로 속삭였다. 곧 라운딩이 시작될 것이다. 클라크는 7번 홀에서 저격할까. 한태형은 그가 꼬리를 내리고 도망갈 거라 예상하고 있었다. 베트남에서 저격수로 활약했다고 하지만 베트콩 지휘관이나 정찰병을 저격했던 것과 엄중한 경호가 따르는 국가원수를 저격하는 것은 차원이 다르다. 국가원수 저격은 돈을 목적으로는 절대로 불가능한 일이다. 그렇다면 결국 내가 맡아야 할 것이다. 한태형은 숨을 가다듬으며 결전의 순간을 기다렸다.

안젤라는 쌍안경과 고배율 스코프를 번갈아 들여다보면서 주위를 살피고, 탄착점을 확인했다. 막상 상황이 닥치자 냉정을 되찾은 그녀를 보며 한태형은 마음이 든든했다.

"안심해요. 반드시 살아서 빠져나갈 테니."

한태형은 안젤라가 뭘 염려하고 있는지 잘 알고 있었다. 수평선 너머에 코레히돌 섬이 있다. 만자나레스의 모터보트를 타고 그리로 피신한 후에 페리선으로 갈아타고 섬을 빠져나오면 된다. 코레히돌은 스페인 어로 '집행자'라는 뜻이라고 하는데 그렇다면 오늘의 일과 썩 잘 어울리는 이름인 셈이다. 한태형은 그런 생각을 하면서 맥밀란 M87에 50밀리 탄환을 장전했다. 그리고 스코프를 들여다보며 탄착점을 재확인했다.

* * *

클라크는 아무리 돈을 많이 준다고 해도 앞으로 이렇게 춥고 배고픈 일은 절대로 맡지 않겠다고 다짐했다. 보수가 워낙 세서 일을 맡았지만, 정글에서 30시간 이상을 꼼짝 않고 지내려니 미칠지경이었다.

'쥐새끼 같은 놈!'

클라크는 짜증이 났다. 한태형이 인코스를 택하는 바람에 미끼로 쓰겠다는 계략은 수포로 돌아가고 말았다. 그렇지만 크게 상관 없다. 첫발에 명중시키고 신속히 여기를 빠져나가면 된다. 그러면 보수는 독차지하게 될 것이다. 클라크는 그렇게 위로하며 밀려오는 추위를 떨쳐 냈다.

길리슈트를 뒤집어쓴 채 이리 뒤척 저리 뒤척 하는 사이에 날이 밝았고, 주변이 소란스러워지기 시작했다. 마침내 행사가 시작된 것이다. 클라크는 숨을 죽이고 쌍안경을 집어 들었다.

"......!"

클라크는 가슴이 철렁 내려앉았다. 필리핀 경찰이 일대를 수색하고 있는 게 눈에 들어왔는데 줄잡아 100명은 넘는 것 같았다. 통제를 단행한 마당에 또 수색을 할 줄이야. 수색대는 티잉 그라운드가 정면으로 관측되는 지점을 목표로 정한 듯 클라크가 매복하고 있는 곳을 향해 다가왔다.

클라크는 간이 콩알만 해졌다. 저격은커녕 꼼짝없이 붙잡힐 판이다. 저격 예상지점이 여러 곳인 데다 정글이 깊어서 쉽게 발각되지 않겠지만 그래도 예상치 못했던 위기에 봉착한 것이다. 처음부터 이 일을 맡는 게 아니었는데. 후회가 밀려왔다. 클라크는 길리슈트를 뒤집어쓴 채 평소 믿지 않던 신을 수도 없이 찾았다.

* * *

"대통령 일행이 티샷을 마쳤다고 합니다."

장재원과 함께 한 발짝 앞서서 경호를 점검하고 있는 에롤르데 총경이 워키토키를 통해 대통령 일행이 7번 홀 티샷을 무사히 마쳤다는 보고를 전했다. 장재원은 비로소 안도의 숨을 내쉬었다. 위기를 넘긴 것이다. 8번 홀과 9번 홀은 정글로부터 노출이 되지 않는다.

"이제야 마음을 놓는 것 같군요."

에롤르데 총경이 웃으며 말을 건넸다.

"그렇습니다. 대한민국에서 대통령 경호는 군사작전의 일환이 니까요."

장재원이 협조를 아끼지 않은 에롤르데 총경에게 고마움을 표했다.

"인코스도 계속해서 점검할 겁니까?"

"그러지요."

여기까지 온 마당에 중단하기도 그랬다. 기왕 나선 김에 인코스도 점검하기로 하고 장재원이 13번 홀로 걸음을 옮기려는데 전동 카트가 이쪽으로 다가오고 있었다.

"바쁜데 방해하는 건 아닌가요?"

우나연이 전동카트에서 내렸다. 수행팀에서 빠져나오는 모양이다.

"아니, 그렇지 않아도 연락을 하려던 참이었어."

위기를 넘긴 마당이다. 그렇다면 우나연과 함께 있어도 큰 상관이 없을 것이다. 우나연과 안면이 있는 에롤르데 총경은 가벼운 목례를 보내더니 한 발 떨어져서 따라왔다.

"이제야 조금 여유가 생기는군. 실은 방금 전까지는 긴장을 풀지 못했어. 어쨌거나 나연 씨에게 소홀히 한 것 같아 미안해."

"충분히 이해하고 있어요. 나는 재원 씨가 일에 몰두해 있을 때가 제일 멋져 보여요.”

우나연이 장재원에게 마음 쓰지 말라고 했다. 해안이 눈에 들어왔다. 둘은 일전에도 밀려오는 파도 앞에 나란히 섰던 적이 있다. 하지만 두 사람은 그때와 처지가 다른 마당이다.

“필리핀 순방을 마치면 당분간은 바쁜 일이 없을 거야. 함께 집을 알아보러 다닙시다.”

“고마워요. 어려운 결정이었을 텐데.”

부모님은 들어와서 살 것을 원했지만 장재원은 미국에서 자란 우나연의 입장을 고려해서 따로 살림을 차리기로 했다. 그리고 우나연도 계속해서 안기부에서 일하기로 했다. 우나연은 그렇게까지 마음을 써주는 장재원이 진심으로 고마웠다.

“어지러운 세월이 아니었다면 나는 끝까지 군인의 길을 걸었을 거야. 그렇지만 후회는 없소. 내 일에 최선을 다하고 있고, 또 이렇게 나연 씨를 만났으니까.”

장재원의 얼굴에 자부심이 가득했다.

“그렇지만 우리 애들은 안정된 사회에서 풍족한 삶을 누리게 하고 싶어. 그래서 나중에 저들이 원하면 미국에 보내겠어. 엄마가 자란 땅에서 넓은 세상을 경험하는 것도 나쁘지 않을 테니.”

장재원이 우나연의 손을 잡았다. 결혼을 하더라도 현직에 있는 한 마음 편히 여행을 다닐 수 없을 것이다. 더구나 해외여행은. 그렇다면 지금 필리핀으로 신혼여행을 온 셈이다. 우나연은 말없이 행복한 표정을 지어 보였다.

그런데 무슨 일이 생긴 걸까. 조금 떨어져서 두 사람을 따라오던 에롤르데 총경이 심각한 표정으로 달려왔다.

"무슨 일이라도?"

장재원은 본능적으로 긴장이 되었다.

"라모스를 찾았다고 합니다. 그래서 취조를 했더니 미군 부대에서 맥밀란 사의 M87과 M21 저격총, 그리고 길리슈트를 빼냈다고 합니다. 둘 다 미 해병대에서 쓰는 저격총인데 혹시 이번 일과 관련이 있을까요?"

고성능 저격총이? 장재원의 얼굴빛이 일시에 변했다.

"하지만 아웃코스에서 아무 일 없지 않았습니까? 그리고 인코스는 저격도, 탈출도 불가능합니다."

에롤르데 총경은 설마 하는 표정이지만 장재원은 불길한 예감을 떨쳐버릴 수 없었다. 정말 인코스는 저격이 불가능할까. 장재원은 퍼뜩 11번 홀 티잉 그라운드에서 쳐다봤던 낮은 언덕이 떠올랐다. 직선거리로 1.5km 정도 떨어진 낮은 언덕은 티잉 그라운드가 정면으로 관측되는 곳이다. 거리가 먼 데다 7번 홀에 치중하느라 큰 신경 쓰지 않고 지나쳤던 것인데 M87은 베트남전에서 2km 저격에 성공했던 기록이 있다. 그리고 특전사의 정예요원 중에는 1.5km 거리의 타깃을 정확하게 명중시키는 명사수들도 있다. 장재원은 사색이 되었다. 허를 찔린 것이다.

"대통령 일행은 지금 어디에 있습니까?"

장재원이 급하게 물었다. 에롤르데 총경이 얼른 워키토키로 수행팀을 호출했다.

"곧 11번 홀에 도달할 거라고 합니다."

이럴 수가. 장재원은 숨이 막힐 것만 같았다.

"왜 그럽니까?"

"11번 홀 언덕에 저격수가 매복해 있을지 모릅니다. 빨리 대비해야 합니다."

"그곳이라면 아까 살피지 않았습니까? 저격하기에는 너무 거리가 멉니다."

"M87로 무장한 특급사수라면 가능할 수도 있습니다."

장재원의 손에 어느 틈에 피스톨이 들려 있었다.

비로소 상황은 파악한 에롤르데 총경도 얼굴이 사색이 되었다.

"재원 씨!"

우나연이 겁먹은 얼굴로 장재원을 쳐다봤다.

"긴급상황이 발생했어. 나연 씨는 빨리 김 공사에게 가서 왼편 언덕에서 저격수가 각하를 노리고 있을지 모르니 경호원들로 하여금 조준선을 차단시키라고 전해. 나는 에롤르데 총경과 함께 저격수를 체포하러 갈 테니."

"총격이 벌어지는가요?"

우나연이 하얗게 질렸다.

"알 수 없지만, 아무튼 빨리 김 공사에게 말을 전해. 시간이 없어."

장재원은 우나연의 등을 떠밀다시피 하고는 11번 홀로 내달렸다. 뒤를 따르는 에롤르데 총경의 손에도 어느 틈에 피스톨이 쥐어져 있었다.

* * *

"대통령 일행이 당도했어요."

쌍안경으로 전면을 살피고 있던 안젤라가 굳은 표정으로 상황을 전했다. 클라크는 짐작대로 저격을 포기하고 도망간 모양이다. 한태형은 눈이 스코프로 향했다. 티잉 그라운드가 조준환에 정확하게 들어왔다. 거리가 멀지만 타깃이 3초 이상 노출되면 명중시킬 수 있을 것이다. 드디어 응징을 하는 것인가. 가슴이 뛰기 시작했다. 하지만 저격 시 흥분은 금물이다. 한태형은 눈을 감고 호흡을 고르며 평정을 찾았다.

"경호원들이 예상보다 많은 것 같아요."

안젤라가 우려 섞인 목소리로 상황을 전했다. 육안으로 관측하기에도 경호인력을 합친 수행원은 20명도 더 되는 것 같았다. 사람이 많으면 타깃이 조준에 노출되는 시간이 짧아진다. 한태형은 좀 더 면밀히 살펴볼 요량으로 안젤라로부터 쌍안경을 건네받았다. 수행하고 있는 사람들 중에서 한국 수행원이 10여 명이고 나머지는 필리핀 경호원들로 파악이 되었다. 수행원들은 티잉 그라운드 밖에서 대기할 테니 문제 될 게 없다. 경호 요원들이 어떻게 위치를 잡느냐에 따라 조준 가능한 시간이 정해질 것이다.

드디어 전두환 대통령을 선두로 함께 라운딩을 하는 필리핀 국회의장과 양국 외무장관이 차례로 티잉 그라운드에 모습을 드러냈다. 좀처럼 웃지 않는 얼굴에 절도 있는 걸음걸이. 상대를 압도하면서도 나름 친화력이 있는 보스 기질의 소유자. 한태형이 알고 있던 예전 모습 그대로였다. 한태형은 시계가 가려지는 일이 없기를 빌면서 쌍안경에서 눈을 뗐다.

그런데 무슨 일이 생긴 걸까. 전동카트가 빠른 속도로 이쪽으로 다가오더니 웬 여인이 급하게 내렸다.

"……!"

무슨 일일까 해서 쌍안경으로 그쪽을 살피던 한태형은 눈을 의심했다. 우나연이었다. 우나연이 왜 여기에…… 안기부에 있는 줄은 알고 있지만 대통령을 수행할 줄은 꿈에도 예상하지 못했다.

"시작하려고 해요."

한태형으로부터 쌍안경을 받아든 안젤라가 한태형에게 서두를 것을 요구했다. 넋이 나간 듯 멍한 표정으로 전면을 주시하던 한태형은 그제서야 저격총 스코프에 눈을 가져갔다. 그렇지만 동요가 일면서 자꾸 타깃이 조준에서 벗어났다. 우나연을 여기서, 이런 식으로 보게 될 줄이야. 어쨌거나 나는 지금 대통령을 노리고 있고 그녀는 대통령을 지키는 쪽이다.

"왜 그래요?"

저격 타이밍을 놓치자 안젤라가 놀라서 한태형을 쳐다봤다. 한태형은 냉정해야 한다고 스스로에게 타이르면서 눈을 감고 호흡을 골랐다. 그리고 천천히 타깃을 조준했다. 곧 다시 전두환 대통령이 조준에 들어올 것이다.

"앗!"

안젤라가 다급하게 비명을 질렀다. 한태형이 숨을 고르며 발사 타임을 가늠하는데 갑자기 경호원들이 전두환 대통령을 에워싼 것이다. 이렇게 되면 저격이 불가능해진다. 갑자기 왜 밀집경호를…… 안젤라가 재빨리 쌍안경으로 현장을 살폈다. 그러자 현지 대사관 직원으로 보이는 남자가 다급한 표정으로 경호원들에게 위치를 정해주고 있었고 아까 카트에서 내린 여인이 긴장한 모습으로 그의 뒤를 따르고 있었다.

"우나연 씨로군요."

영리한 안젤라는 금세 그녀가 누군지 눈치챘다. 그리고 왜 한태형이 절호의 기회를 놓쳐버렸는지도.

"빨리 피해야 할 것 같군요."

저격이 실패했다면 빨리 피신해야 한다. 멍한 표정으로 전방을 바라보던 한태형은 그제서야 제정신이 든 듯 익숙한 솜씨로 저격총을 분해하기 시작했다. 저들의 움직임으로 봐서 여기서 노리고 있다는 것을 알아챈 듯했다. 어떻게 알았을까. 필리핀 경호능력을 과소평가한 게 아닐까. 하지만 빨리 벗어나면 빠져나갈 수 있을 것이다. 우나연과 여기서 이렇게 해후하게 될 줄이야. 만감이 교차했지만, 지금은 피하는 게 우선이다.

"반대쪽에서 사람들이 이리로 와요! 두 명이에요."

안젤라가 놀라서 한태형을 불렀다. 쌍안경을 건네받은 한태형은 가슴이 철렁 내려앉았다. 장재원이 피스톨을 뽑아 들고 달려오고 있었다. 함께 있는 사람은 필리핀 경호책임자일 것이다. 한태형은 시계를 들여다본 후에 얼른 길리슈트를 벗어 던졌다.

"해안 보드워크로 가면 친구가 우리를 데리러 올 거요."

한태형은 안젤라에게 빨리 뛰어가라고 하고는 저격총을 분해해서 넣은 가방을 챙겨 들고 뒤를 따랐다.

혹시 총성이 울리는 게 아닐까. 장재원은 걸음을 옮길 때마다 조마조마했다. 이렇게 허를 찔릴 줄이야. 그저 제발 저격이 이루어지기 전에 우나연이 먼저 김 공사에게 상황을 전해야 할 텐데. 숨이 턱까지 차올랐지만, 장재원은 달리기를 멈추지 않았다. 다행히 언덕에 오를 때까지 총성은 울리지 않았다.

"저기!"

에롤르데 총경이 해안을 내달리고 있는 두 사람을 발견했다. 200m쯤 떨어진 곳에서 두 사람이 부지런히 내달리고 있는데 둘 중 한 명은 여자 같았다.

저들이 대통령을 노린 저격수일까. 그런데 왜 저격을 하지 않았을까. 체포해서 조사하면 알 것이다. 장재원와 에롤르데 총경은 서로를 쳐다본 후에 전력을 다해 쫓아갔다. 거리는 제법 떨어졌지만 앞은 바다다. 절대로 빠져나갈 수 없을 것이다.

뒤를 돌아보니 장재원이 저 멀리서 쫓아오고 있었다. 무거운 가방을 든 데다 발이 모래에 푹푹 빠지면서 달리기가 힘들었다. 안젤라는 벌써 숨이 가쁜지 헐떡이고 있었다. 얼마 못 가서 뒤를 잡힐 것 같았다.

"저기까지만 가면 되니 힘을 내요."

한태형이 백 미터 남짓 떨어진 곳에 있는 보드워크를 가리키며 얼굴이 창백해진 안젤라의 손을 잡아끌었다. 안젤라는 숨이 턱 끝까지 차올랐을 텐데도 미소를 지어 보이고는 부지런히 한태형의 뒤를 따랐다. 뒤를 돌아보니 거리가 많이 좁혀졌다. 서두르지 않으면 탄환이 날아올 것이다.

도대체 뭘 어쩌자는 걸까. 설마 바다로 뛰어들려는 것은 아니겠지. 장재원은 보드워크로 달려가는 두 남녀를 보며 이상한 생각이 들었다. 남녀는 백인은 아닌데 그렇다고 필리핀 사람 같지도 않았다. 그렇다면 북에서 보낸 자들일까. 하면 왜 저격을 하지 않고 그냥 도주하는 걸까.

"엇!"

에롤르데 총경이 비명을 질렀다. 절벽으로 이어진 만(灣)의 반대편에서 갑자기 모터보트가 빠른 속도로 보드워크로 다가오고 있었다.

모터보트는 보드워크에 정지했고, 두 남녀를 태우고는 전속력으로 먼바다를 향해 물살을 갈랐다. 이럴 수가. 닭 쫓던 개 꼴이 된 장재원은 멀어져 가는 모터보트를 향해 피스톨을 겨누었다.

"소용없습니다."

에롤르데 총경이 제지했다.

"괜히 국가원수 행사에 소란을 피울 뿐입니다."

에롤르데 총경이 뒤통수를 얻어맞고 얼굴이 벌게진 장재원을 만류하더니 워키토키에다 대고 뭐라 빠르게 지시를 내렸다.

"방향으로 봐서 코레히돌 섬으로 가는 것 같군요. 승객들 틈에 섞여서 페리선을 타고 섬을 나갈 속셈인 모양입니다. 코레히돌 수상경찰에게 연락을 했으니 도착하는 대로 체포될 겁니다."

에롤르데 총경은 엘리트 경찰답게 신속하게 후속 조치를 마련했다. 도주로를 차단했지만 그렇다고 해서 체포한 것은 아니다.

"하지만 섬이 아니고 다른 곳으로 빠져나갈 수도 있지 않습니까."

"모터보트를 호출했으니 곧 도착할 겁니다."

분통을 터뜨리는 장재원에게 에롤르데 총경이 대책을 세웠음을 전했다.

이러다 뒤집히는 게 아닐까. 모터보트가 심하게 요동을 쳤는데 마치 하늘을 나는 기분이었다.

"이제 두려워하지 않아도 돼. 무사히 빠져나왔으니까."

한태형이 안젤라를 꼭 껴안아 주었다. 요인 경호가 전문인 안젤라에게 군사작전을 방불케 하는 이번 일은 애초부터 무리였다.

"보아하니 저격에 실패한 것 같은데 그렇다면 쫓길 이유가 없어야 하는 것 아닌가?"

사격에 대비해서 보트를 이리저리 틀며 대피기동을 하던 만자나레스가 사거리에서 벗어났다고 판단했는지 빙글빙글 웃으며 물었다. 한태형은 할 말이 없었다. 결과만 따지면 최악의 경우에 해당한다. 사연이야 어떻든 저격수가 심적 동요를 일으켜서 타깃을 놓쳤다는 것은 수치스러운 일이다.

"앗!"

안젤라가 비명을 질렀다. 모터보트가 갑자기 급선회를 한 것이다. 모터보트는 뒤집힐 듯 기울면서 한태형은 안젤라를 껴안은 채 나뒹굴었다.

"괜찮아?"

"염려하지 말아요. 그런데 캡틴은 괜찮나요?"

안젤라가 진지한 눈빛으로 한태형을 살폈다. 그리고 무슨 소리냐는 표정의 한태형을 보며 말을 이었다.

"우나연 씨를 봤잖아요."

그 말이었나. 안젤라는 이 상황에서 그게 궁금했단 말인가.

"그녀에게 나는 죽은 사람이오."

한태형은 자조 섞인 말로 심경을 밝히고는 안젤라를 힘껏 껴안았다. 그때 보트가 급선회를 했다.

"왜 갑자기 방향을? 무슨 일이 생겼습니까?"

만자나레스는 예정에 없던 급선회를 하더니 전속력으로 모터 보트를 몰았다.

"계획을 변경해야 할 것 같소. 수상경찰이 코레히돌 섬에서 우리를 환영할 채비를 하고 있으니."

만자나레스가 무전송출기를 가리켰다. 경찰 통신을 도청하고 있는 모양이다.

"제법 실력이 있는 상대를 만난 것 같군. 오랜만에 스릴 좀 느끼겠는데. 파식 강을 거슬러 올라가야 할 것 같군. 계획이 변경되었지만 그래도 클라크 기지까지 무사히 데려다줄 테니 걱정할 것 없소."

만자나레스가 과장된 제스처를 써 보였다.

"저기 배가 쫓아와요!"

안젤라가 소리쳤다. 고개를 돌리니 경비정이 맹렬한 속도로 따라오고 있었다.

"경비정까지 동원했단 말인가. 이게 아무래도 한바탕 모험을 벌여야 할 것 같군."

만자나레스가 뒤를 돌아보더니 투덜거렸다. 경비정은 모터보트보다 크고 속도도 빠르다. 수를 마련하지 못하면 잡히게 될 것이다.

모터보트가 파식 강 하구에 이르렀을 무렵에 50m까지 접근한 경비정이 요란한 사이렌을 울리며 정선을 명했다.

"파식 강은 조금만 거슬러 올라가면 맹그로브 숲이 미로처럼 얽혀 있어서 본류를 찾는게 쉽지 않지. 그리고 나만큼 얽히고설킨 강줄기를 잘 아는 사람도 없고."

만자나레스가 뒤를 힐끔 돌아보더니 강을 거슬러 올라가기 시작했다. 처음부터 만약의 경우를 대비해서 예비 탈출로를 정해놓은 것 같았다. 경비정은 맹렬한 속도로 세 사람이 탄 모터보트를 쫓아왔다. 이대로라면 얼마 못 가서 잡힐 것 같았다.

"캠벨이 당신을 극구 칭찬하던데 어디 실력을 구경해볼까?"

만자나레스가 모터 옆의 작은 트렁크를 가리켰다. 열어보니 AK47 소총이 들어 있었다. 한태형은 얼른 탄창을 삽입하고 장전을 했다. 탄창은 전부 4개가 들어 있었다.

"총격이 벌어질지 모르니까 당신은 엎드려 있어요."

한태형은 안젤라에게 주의를 주고서 추격해 오는 경비정을 조준했다. 한태형이 방아쇠를 당기자 AK47 소총은 요란한 소리를 내며 불을 뿜었고, 경비정에서도 자동소총으로 응사를 하면서 파식 강 하구가 창졸간에 전장으로 변했다. 만자나레스는 복잡하게 얽힌 맹그로브의 강 지류를 요리조리 빠져나가면 경비정을 따돌리려 했지만, 그쪽도 여기 지리에 능한 자가 배를 모는지 쉽게 따돌려지지 않았다.

도대체 뭐 하는 자들일까. 정황으로 봐서 살인청부업자가 아닌 것은 분명했다. 혹시 북한? 아무튼 현지 폭력단과 연계된 것 같았다. 장재원은 M16을 반자동으로 돌려놓고 허겁지겁 도주하고 있는 모터보트를 정조준했다. 자동으로 갈기면 위협 사격의 효과는 있을지언정 제대로 명중시키기 힘들다. 그런데 경고를 한다고 설자들이 아니다.

장재원은 엎드려 쏴 자세를 취하고서 호흡을 골랐다. 흔들리는 배에서 명중은 힘들겠지만 그래도 총탄이 직접 배를 때리면 엄청난 심리적 부담을 줄 것이다.

총탄이 모터보트 옆구리를 강타했다. 거리는 점점 가까워지고 있었다.

"대단한 자로군. 시간이 흐를수록 우리가 불리하겠는데."

실탄이 날아들자 만자나레스가 심각한 표정을 지었다. 그의 말대로 모든 상황이 경비정 쪽에 유리하게 전개되고 있었다. 저격총을 쓸 수 있으면 좋겠지만 총을 결합하는 동안에 경비정이 모터보트의 뒤를 들이받을 판이다. 안젤라는 잔뜩 굳은 표정으로 피스톨을 겨누었지만, 피스톨로는 경비정을 상대할 수 없다는 걸 그녀도 잘 알고 있었다.

두 번째 총탄이 모터 덮개를 강타했다. 빨리 대책을 마련하지 못하면 그다음에는 사람을 향해 총탄이 날아들 것이다. 거리는 점점 가까워지고 있었다. 경비정에는 적어도 10명의 인원이 타고 있는 것 같았다.

"저쪽은 수로가 급격하게 좁아지지. 간신히 모터보트를 돌릴 수 있을 지점에 이르러서 보트를 급선회시키겠소. 경비정은 돌리지 못할 테니까 더 쫓아오지 못할 거야."

만자나레스가 자신 있게 말했다.

"문제는 두 배가 교차하는 동안에 저쪽에서 공격하지 못하게끔 당신이 AK47로 경비정을 제압해야 하는데…… 할 수 있겠지?"

"물론이오."

한태형이 고개를 끄덕이고 얼른 탄창을 갈아 끼웠다. 만자나레스는 모터보트를 맹그로브 숲이 울창한 지류로 틀었다. 모터보트는 물보라를 일으키며 지류를 질주했고, 경비정은 뒤를 놓치지 않고 따라왔다. 만자나레스의 말대로 강줄기가 급격하게 좁아지고 있었다.

"꽉 잡아요!"

만자나레스가 큰 소리를 지르고는 핸들을 급격히 틀었다. 모터보트는 뒤집힐 듯 옆으로 기울었고 이대로 미끄러져서 홍수림 위에 올라앉는 게 아닐까 하는 순간에 간신히 균형을 되찾았다. 180도 방향을 튼 모터보트는 쫓아오고 있는 경비정을 향해 돌진을 했다. 전속력으로 질주하는 모터보트 위에서 균형을 잡는 것 자체가 쉬운 일이 아니다. 그렇지만 교차하는 동안에 기선을 제압하지 못하면 섶을 지고 불 속으로 뛰어드는 꼴이 될 것이다. 한태형은 어렵게 균형을 잡았고, 재빨리 사격 자세를 취했다.

막다른 길로 몰아넣은 걸까. 강줄기는 달리 빠져나갈 데가 없는 외길이다. 그렇다면 이제 추격전도 끝이다. 거리는 추격전이 벌어지는 동안에 조금 가까워지고 반대로 조금 벌어지기도 하면서 50미터를 유지하고 있었다. 장재원은 M16을 겨누었다. 이번에는 모터를 명중시킬 것이다.

그때 갑자기 모터보트가 급선회하면서 하얀 물보라를 일으켰다. 엎어질 듯 기울면서 방향을 바꾼 모터보트가 이쪽을 향해 돌진했다.

"놓치면 안 됩니다. 폭이 좁아서 우리는 급선회를 할 수 없습니다!"

에롤르데 총경이 소리쳤다. 날 잡아 잡수 하면서 달려드는데 놓칠 이유가 없다. 장재원은 모터보트를 모는 자를 겨누었다.

그때 뒤에 타고 있던 자가 몸을 벌떡 일으키더니 경비정을 향해 AK47을 난사했다. 유리창이 깨지고 파편이 튀면서 수상경찰들이 혼비백산했다. 장재원과 에롤르데 총경도 몸을 납작 엎드렸다. 모터보트는 그 틈을 놓치지 않고 경비정을 옆을 스치고 지나갔다.

"안돼!"

이대로 대통령 저격범을 놓칠 수 없다. 장재원은 죽기를 각오하고 몸을 일으켰다. 그리고 모터보트를 향해 M16을 겨누었다. 그렇지만 모터보트 쪽이 빨랐다. 어느새 AK47이 장재원을 겨누고 있었다.

"……!"

"……!"

장재원은 자기를 겨누고 있는 남자를 보고 눈을 의심했다. 그도 자기를 알아봤는지 놀란 표정이 역력했다. 그는 분명 한태형이었다.

태형이가 살아 있었단 말인가. 그리고 대한민국 대통령에게 총을 겨누었단 말인가. 내가 지금 본 게 사실인가. 어떻게 이런 일이…… 장재원은 망연자실해서 멀어져 가는 모터보트를 쳐다보았다.

마지막 명령

강남 개발이 본격적으로 추진되면서 건축자재를 실은 트럭과 각종 중장비들이 시도 때도 없이 드나들었고, 소음이 그칠 날이 없었다.

장재원과 우나연은 제3한강교(한남대교)를 건너서 새로 지은 아파트 단지 내의 소형 평수에 신혼살림을 차렸다. 처음에는 주변이 휑한 벌판이었지만 차례로 단지가 들어서고 편의시설들도 자리하면서 어느새 번듯한 주거단지로 변모한 것이다.

우나연은 살림을 해본 적이 없는 데다 함께 출근하다 보니 여러 가지로 불편한 점이 많았지만, 장재원은 기꺼이 감수하고 있었다. 가정을 이루면 삶이 안정되고 책임을 지게 된다고 하는데 그게 이런 기분일까. 장재원은 알 것도 같고 모를 것도 같은 기분으로 신혼의 나날을 보내고 있었다.

우나연은 분석실에서 해외조사부로 부서를 옮겼다. 아무래도 장재원과는 직접 연계되지 않는 부서 쪽이 편했기 때문이다. 그리고 상대적으로 해외조사부는 출퇴근이 일정한 편이다.

필리핀에서 돌아온 지 넉 달, 결혼한 지 두 달이 흘렀다. 여전히 신혼이지만 그래도 이제는 직장에서 마주쳐도 자연스럽게 대할 만큼 새로운 삶에 익숙해 있었다.

"어머니가 오후에 들르라고 하시는데 당신 괜찮겠어?"

마침 일요일이다. 장재원은 늦게 일어났고 우나연은 베란다에서 커피를 마시고 있었다.

"그렇지 않아도 들르려고 했어요."

우나연은 결혼을 한 동료에게 묻기도 하고 책도 보면서 부지런히 한국의 예법과 풍습을 익히고 있었다. 그런 우나연을 보며 장재원은 한 가지 걸리는 게 있었다. 한태형이 살아 있다는 사실을 우나연에게 알려야 하나.

그러나 고심 끝에 장재원은 함구하기로 했다. 우나연에게 한태형은 이미 죽은 사람이다. 그리고 대한민국 대통령에게 총을 겨눈 자는 더 이상 내 친구가 아니다. 장재원은 마음 한구석에 자리하고 있던 한태형에 대한 미안한 마음을 내던져 버렸다.

그런데 어떻게 된 걸까. 아마도 아프리카에서 죽은 용병은 다른 사람이고 한태형은 그자의 신분으로 위장하고 있을 것이다. 그래서 FBI에 협조를 요청했더니 관련된 정보를 가지고 있지 않다는 회신이 돌아왔다. 장재원은 이상하다는 생각이 들었다. FBI나 CIA가 모를 리 없다고 생각했던 터였다. 그럼 뭐란 말인가. 이상한 점은 또 있었다. 즉각 마닐라 공항에 한태형의 사진이 배포되었고, 엄중한 검색이 펼쳐졌지만 아무런 소용이 없었다. 도대체 무슨 수로 필리핀을 빠져나갔단 말인가.

"무슨 생각을 그렇게 하세요?"

"아니야, 그냥 이것저것……"

장재원은 속을 들킨 것 같아 당황이 되었다.

"내가 정치를 하겠다고 하면 나연 씨는 찬성할 거야?"

장재원은 얼른 화제를 돌렸다. 차장이 국회로 진출하면서 장재원을 데리고 가려고 했던 적이 있다. 의원 보좌관을 하면서 경력을 쌓아서 나중에 국회의원이 될 것인가. 장재원은 그때 잠시 흔들렸었다.

"무슨 일을 하던 나는 당신의 의사를 존중하겠지만 솔직히 정치는…… 왠지 당신에게 어울릴 것 같지 않군요."

우나연이 잠시 생각하더니 의견을 밝혔다.

"내 생각도 같아. 정치는 내게 맞지 않을 거야. 당장은 막연한 생각이지만 기회가 되면 공부를 더 하고 싶어. 요즘 들어 부쩍 국제정치학에 관심이 많아졌어. 그래서 나중에 강단에 서고 싶어. 당신도 범죄심리학을 더 공부하고 싶다고 했는데 여건이 되면 같이 미국에 갑시다."

장재원의 말에 우나연의 얼굴이 환해졌다. 바라는 바였다.

"하지만 아직은 이 땅에서 해야 할 일들이 남아 있는 것 같으니까 그때까지 조금만 참아줘."

장재원이 우나연을 가볍게 끌어안았다. 여전히 대학가에서는 반정부 시위가 이어지고 있지만, 정권은 그런대로 자리를 잡아가고 있었다. 대통령의 거듭된 해외 순방으로 대한민국의 이미지는 대외적으로 많이 개선되었고, 경제지표도 점점 좋아지고 있었다. 그런 마당에 1988년 올림픽의 서울 유치는 화룡점정을 이루었다. 대한민국은 위기에서 벗어나고 있었고, 새로운 시대를 향해 부지런히 달리고 있었다.

둘이서 서로 위하면서 살면 되지 뭐가 문제란 말인가. 장재원은 그날 한태형과 마주쳤던 일을 머릿속에서 지워버리기로 했다.

* * *

미국으로 돌아온 후로 번뇌는 더 깊어갔다. 나는 제대로 살고 있는 것인가. 앞으로는 무엇을 목표로 삼아야 하나. 회의와 공허함이 파도처럼 밀려왔고, 망향의 정이 그 뒤를 이었다. 스코프에 들어왔던 우나연과 총부리를 겨누었던 장재원. 한태형에게 필리핀은 이룬 것은 아무것도 없고, 많은 것을 잃은 땅이 되었다.

TV 뉴스를 통해서 보는 서울의 모습은 혼란과 발전이 뒤엉킨, 묘한 형국이었다. 대학교에서는 반정부 시위가 끊이질 않았지만 사회는 안정을 되찾아가고 있었고 올림픽을 유치하면서 전두환 정권은 이제 뿌리를 든든히 내리고 있었다. 하면 이대로 그날의 일들이 정리되는 것인가. 역사는 승자의 기록이라고 하지만 한태형은 여전히 이건 아니라는 생각을 떨쳐버릴 수 없었다.

그럼 뭘 어떻게 해야 하나. 혼란스러울 때마다 떠오르는 사람이 석 사령관이다. 석 사령관이라면 목표를 잃고 헤매고 있는 자신에게 올바른 방향을 지시해줄 것이다.

"아무래도 서울을 다녀오는 게 좋을 것 같군요. 물론 나도 같이 가겠지만."

안젤라가 다가왔다. 그녀는 진작부터 한태형의 마음을 꿰뚫어

보고 있었다. 한태형도 그 생각을 하고 있었다. 어머니와 동생을 찾고, 석 사령관을 만나볼 생각이다.

그런데 서울에는 우나연도 있다. 내가 살아 있다는 사실을 알게 되면 우나연은 얼마나 놀랄까.

"나도 궁금해요. 캡틴이 살아 있는 걸 알면 그녀가 어떤 반응을 보일지."

안젤라는 거기까지 들여다보고 있었다.

"그녀를 찾지 않을 생각이야. 그녀가 나로 인해서 혼란을 느끼는 일은 원치 않아."

그렇지만 여전히 나를 기다리고 있다면…… 한태형은 더 생각하지 않기로 했다. 그런 일은 없을 것이다. 나는 우나연에게는 오래전에 죽은 사람이다. 그리고 우나연은 현명한 여인이다.

어쨌거나 서울로 가기 전에 조언을 구할 사람이 있다. 한태형은 시계를 들여다보고는 수화기를 들었다.

"무슨 일인가?"

캠벨은 얼마 전에 카리브 해역에서 크게 한 건 하고 돌아왔는데 다행히 집에 있었다.

"서울을 다녀오려고 해요."

"짐작하고 있었네. 법적으로는 문제가 없지만 그래도 조심해야 할 거야. 당신 친구가 당신이 살아 있다는 사실을 알고 있다면서?"

한태형도 그게 마음에 걸리던 차였다. 서울은 한태형에게는 적지 한복판인 셈이다.

"조심하는 게 좋을 거야. 그리고 가족은 확인만 하고 돌아와. 미국으로 데리고 오는 일은 나중에 따로 사람을 보내서 처리할 테니까.”

캠벨은 세심한 데까지 신경을 써주었다.

“그런데 안젤라도 데리고 가나?”

“그럴 생각입니다.”

“아무튼 조심하게. 허드카 회장에게는 내가 도움을 요청해 놓을 테니까.”

캠벨이 거듭 조심을 당부하면서 전화를 끊었다.

* * *

비행기가 고도를 낮추기 시작하면서 공항건물과 주기되어 있는 비행기들이 눈에 들어왔다. 드디어 김포국제공항에 도착한 것이다. 거의 3년 만에 한국에 돌아온 것이다. 참으로 정신없이 달렸고, 절박함의 세월이었다.

‘어머니, 조금만 기다리십시오. 아들이 갑니다.’

한태형은 심호흡을 하며 밀려오는 감회를 떨쳐냈다.

두 사람은 비행기에서 내렸고, 입국심사를 무사히 통과했다. 공항은 벌써부터 크리스마스와 연말 분위기를 풍기고 있었다. 2년 전에 한국에서 쫓겨갈 때에 비해서 붐볐지만, 전반적으로 크게 변하지 않은 것 같았다. 그렇지만 13년 만에 한국에 돌아왔다는 안젤라는 모든 게 신기한지 자꾸 주변을 두리번거렸다. 입국장을 빠져나온 한태형은 택시를 불렀다.

“거여동 갑시다.”

매사에 조심해야 한다. 그렇다면 호텔보다는 아는 사람의 집에서 머무는 게 훨씬 안전할 것이다. 한태형은 특전사 시절에 팀 선임담당관이었던 장 상사의 집에서 신세를 지기로 했다. 그런데 장 상사가 여전히 그 집에서 살고 있을까. 장 상사는 혼자 사니까 신세를 지는 건 큰 문제가 없지만 이사를 갔다면 낭패다. 택시는 빠른 속도로 강변도로를 달렸고, 안젤라는 연신 차창 밖을 두리번거렸다. 어머니는 내가 돌아온 걸 알면 얼마나 놀라실까. 한태형은 머지않아 어머니와 동생을 만날 수 있다는 생각에 벌써부터 가슴이 뛰었다.

　택시는 거여동 낡고 허름한 연립주택 단지에 도착했고, 한태형은 시계를 확인하고는 택시에서 내렸다. 저녁 8시. 장 상사는 아직 군에 있을까. 그렇다면 부대에 비상이 걸리지 않았다면 부대에서 가까운 곳이니까 집에 돌아왔을 것이다. 5층짜리 연립주택은 엘리베이터가 따로 없었다. 꼭대기 층에 오른 한태형은 호수를 확인하고서 조심스럽게 초인종을 눌렀다.

　"누구쇼?"

　굵은 목소리와 함께 덜컥하면서 문이 열렸다.

　"장 상사, 나요."

　한태형은 재빨리 안으로 들어섰다. 웬 남자가 갑자기 밀고 들어오자 본능적으로 방어 자세를 취했던 장 상사는 상대가 한태형임을 알아보고는 소스라치게 놀랐다.

　"팀장님! 팀장님이 어떻게? 미국에 계신 줄 알고 있었습니다."

　"사정을 얘기하자면 긴데…… 이쪽은 일행이오. 한국에 있는 동안에 장 상사에게 신세를 좀 졌으면 좋겠는데."

"잘 오셨습니다. 보시다시피 사는 게 이렇습니다만 얼마든지 계십시오."

장 상사가 두 팔을 활짝 벌리며 환영했다.

"팀장님이 미국으로 가고 얼마 안 있어서 옷을 벗었습니다. 그때 여러 명이 군을 떠났지요. 줄을 잘 선 덕분에 잘 풀리고 있는 친구들도 여럿 있지만…… 지금은 트럭을 몰고 있습니다."

장 상사가 허탈한 표정을 지었다. 한태형은 괜히 미안한 생각이 들었다. 자신을 따랐던 부하들은 대부분 예편된 것 같았다.

"어떻게 지내셨습니까? 생각했던 것보다는 크게 힘들지 않았던 것처럼 보입니다만."

장 상사가 한태형과 안젤라를 차례로 살폈다.

"안젤라는 재미교포인데 나를 많이 도와주고 있소."

한태형이 안젤라를 소개하고는 저간의 일들을 간략히 얘기했다. 그렇지만 북한이 개입했다는 얘기는 뺐다. 북한이 직접 가담하지는 않았고, 그들이 뒤에 있다는 사실을 모르고 시작한 일이지만 그래도 옛 동료 앞에서 북한과 한편이 되었다는 말은 하고 싶지 않았다.

"그런 일이 있었군요. 그런데 정말로 대통령을 쏠 생각이었습니까?"

장 상사가 놀라움을 금치 못했다.

"솔직히 나도 모르겠소. 응징을 해야 한다는 생각에는 변함이 없지만, 과연 그게 옳은 방법이었는지는."

채인욱 뒤에 북한이 있었다는 사실은 여전히 충격적이었다. 한태형은 그때 마주쳤던 장재원의 경멸 가득한 눈빛을 잊을 수 없었다. 자신이 12.12를 일으킨 신군부를 쳐다보던 눈빛이 바로 그러했을 것이다.

"사령관님 소식은 알고 있소?"

"강제로 예편당한 후에 두문불출하고 계신다고 들었습니다. 울화병이 나셨겠지요."

"내가 사령관님을 찾아뵙겠소. 그리고."

한태형이 어머니와 동생의 이름과 생년월일이 적힌 쪽지를 내밀었다.

"어머니와 동생을 찾고 싶은데 장 상사가 알아봐 줄 수 있겠소?"

"물론입니다. 잘 아는 자 중에 이쪽 일을 하고 있는 사람이 있습니다."

장 상사가 염려 말라며 쪽지를 받아들었다.

"마침 소주를 사다 놓은 게 있습니다."

장 상사가 냉장고를 뒤지더니 소주와 김치를 꺼내 들고 왔다.

"안주가 마땅한 게 없어서."

"이거면 충분하겠는데 뭐."

둘은 소주잔을 주고받았고 안젤라는 잠자코 두 사람을 지켜보았다. 장 상사는 군대 있을 때 부하라고 했는데 진심으로 한태형에게 복종하는 것 같았다.

"장 팀장은 안기부로 옮겨서 잘 나가고 있다고 들었습니다."

한태형이 알고 있다는 듯 고개를 끄덕였다. 한태형은 필리핀에서 장재원과 마주쳤다는 얘기도 하지 않았다.

"내일이로군요."

장 상사가 무거운 표정으로 입을 열었다. 날이 바뀌면 12월 12일이다. 그날의 기억이 떠오르면서 한태형의 얼굴이 어두워졌다. 맞춰서 온 것은 아니지만 어쩌다 보니 그렇게 된 것이다. 두 사람은 말없이 소주잔을 기울였고, 금세 소주병이 바닥이 났다.

"피곤하실 텐데 그만 잠자리에 드시지요. 그런데 보다시피 방이 두 개뿐이라서."

장 상사가 한태형을 빤히 쳐다보았다.

"불편하더라도 장 상사는 나와 한방을 씁시다."

장 상사는 안젤라에게 눈길을 주더니 묘한 웃음을 지으며 고개를 가로저었다.

"그건 곤란합니다. 나는 누가 옆에 있으면 잠을 못 자거든요. 그리고 침대는 일인용입니다. 이불을 내드릴 테니 두 분이 건넌 방을 쓰십시오."

장 상사는 대답을 들을 것도 없다는 듯 방으로 들어가더니 이불을 챙겨 들고 나왔다. 어쩔 수 없게 된 한태형은 이불을 받아들고 안젤라와 함께 건넌방으로 들어갔다. 여러 가지 잡동사니가 널려 있는 건넌방은 이불을 깔면 둘이서 겨우 누울 수 있는 정도다. 한태형은 얼른 이불을 깔았다.

"침대에 비해서 딱딱하고 불편하겠지만 참아요."

"좋네요. 비로소 한국에 온 기분이에요."

안젤라는 이불에 눕더니 어린아이처럼 좋아했다. 한태형은 미소를 지으며 그녀 옆에 자리를 잡았다. 밤새 함께 매복을 한 적은 있어도 이렇게 한방에서 자기는 처음이다. 안젤라는 꼼짝도 않고 누워 있었다. 한태형은 팔을 뻗어 안젤라를 껴안았고 안젤라는 얼른 한태형의 품에 안겼다. 우나연이 있는 땅에 왔지만 더 이상 두려워하지 않는다는 느낌이 생생하게 전해졌다. 문득 어머니 생각이 났다. 볼 때마다 언제 며느리를 데리고 올 거냐며 조바심을 내시던 어머니.

'어머니, 아들이 돌아왔습니다. 곧 찾아뵙고, 미국으로 모시고 가겠습니다. 정말 죄송합니다. 그렇지만 어머니 소원대로 좋은 여자를 만났습니다.'

한태형은 안젤라를 꼭 껴안았다.

얼마나 잤을까. 여독이 몰려오면서 정신없이 곯아떨어졌다. 기척을 느꼈는지 안젤라도 눈을 떴다. 장 상사는 일찍 일을 나가야 한다고 했는데 벌써 집을 나간 모양이다. 창밖을 살피니 해가 환하게 떠 있는데 주방에 밥상이 차려져 있었다. 있는 반찬 다 끌어모아서 찬을 마련해 놓은 것이다.

"들려야 할 데가 있소."

한태형이 화장을 고치고 나오는 안젤라에게 서두를 것을 당부했다. 두 사람은 얼른 식사를 마치고 연립주택을 나섰다. 큰길로 나오자 한태형이 택시를 불렀다.

"동작동 국립묘지로 갑시다."

두 사람을 태운 택시는 거리를 질주했다. 한태형은 차창 밖을 물끄러미 내다보았다. 지난 세월의 공백이 별로 느껴지지 않았다. 택시는 오래 걸리지 않아 국립묘지(국립서울현충원)에 도착했다. 너무 일찍 오지 않았나 걱정했는데 다행히 문을 열었다.

"꽃을 사서 올게요."

안젤라가 입구에서 꽃을 팔고 있는 사람에게 다가갔다. 따로 설명하지 않았는데도 안젤라는 여기가 뭐 하는 곳이며, 왜 이리 왔는지 짐작하고 있었다.

'선배, 나 왔습니다. 어느새 3년의 세월이 흘렀군요.'

이 소령의 묘를 찾은 한태형은 경건한 마음으로 헌화를 하고 묵념을 했다. 감회가 밀려왔다. 이 소령은 혼자서 사령관을 지키다 목숨을 잃었고 나는 이렇게 살아서 해외를 떠돌다 이제야 돌아온 것이다.

'여태 아무것도 이룬 게 없지만, 아직 끝난 게 아닙니다. 지켜봐 주십시오.'

한태형은 그렇게 다짐하며 발길을 돌렸다. 쿠데타 세력들은 처음에는 이 소령이 국립묘지에 묻히는 것도 반대했다고 들었다.

한태형은 무거운 마음으로 대기하고 있던 택시에 올랐다. 안젤라도 아무 말이 없었다. 택시가 정문을 빠져나가려는데 맞은 편에서 차가 들어왔다. 이른 참배객이 또 있는 모양이었다.

* * *

장재원은 서둘러 출근 채비를 했다. 오늘은 안기부에 출근하기 전에 들릴 데가 있다.

"어디를 들르려고 그러는 건가요?"

우나연이 차에 오르며 물었다. 혹시 시댁 쪽에 행사가? 그런 것 같지는 않았다.

"매년 들르는 곳이 있어."

장재원은 그 말을 남기고 차를 출발시켰다. 동작동에 들렀다가 다시 남산으로 가려면 시간이 제법 걸릴 것이다. 그렇지만 빼놓을 수 없다. 장재원은 매해 12월 12일이면 국립묘지를 찾고 있었다. 이 소령은 장재원도 잘 따르던 선배였다. 그런데 어쩌다 서로 총부리를 겨누게 되었고, 총격 끝에 목숨을 잃게 되었단 말인가. 장재원은 착잡한 심정으로 국립묘지를 향해 차를 몰았다.

빨리 들렀다 출근하려 했는데 오늘따라 차가 밀리면서 예정보다 15분 정도 늦게 도착을 했다. 그런데 아침 일찍부터 참배를 온 사람이 있는지 택시가 국립묘지 정문을 빠져나가고 있었다.

"그때 총격이 벌어졌는데 잘 아는 선배가 반대편에 서면서 총에 맞았어. 어쩔 수 없는 상황이었지만 마음에 큰 빚을 지고 살아가고 있어."

장재원이 비로소 국립묘지에 들른 이유를 밝혔다.

"짐작하고 있었어요."

우나연이 한걸음 떨어져서 따라왔다. 더 묻지 않아도 상대가 누군지 충분히 짐작이 갔다. 어쩌면 그 사람도 여기에 묻혔을 수도 있었다.

"……!"

이 소령 묘소에 이른 장재원은 고개를 갸우뚱했다. 누가 다녀갔는지 꽃다발이 놓여 있는데 싱싱한 것으로 봐서 방금 다녀간 것 같았다. 누굴까? 이런 일은 처음이다. 혹시 미망인? 아닐 것이다. 미망인은 그 사건 이후로 두문불출하며 아무도 만나지 않고 있다고 했다. 그 또한 군 동기들? 아닐 것이다. 군 장교들은 애써 이 소령을 외면하고 있었다.

그럼…… 장재원의 안색이 일변했다. 퍼뜩 생각나는 사람이 있었다. 장재원은 황급히 주위를 둘러봤지만 두 사람 외에는 아무도 없었다. 그럼 아까 그 택시에…… 조금만 일찍 도착했다면 마주쳤을 수도 있을 것이다.

"왜 그래요?"

우나연이 놀란 표정으로 장재원을 쳐다봤다.

"아니야. 그만 갑시다."

장재원은 서둘러 국립묘지를 빠져나왔다. 흥분이 가시질 않았다. 한태형이 정말 한국에 돌아왔을까. 사실이라면 무슨 목적으로 귀국을 했을까. 신분을 위장하고 있는데 찾을 수 있을까. 어쨌든 미국 정보당국의 협조는 기대하기 힘들 것이다. 행여 우나연이 내가 무슨 생각을 하고 있는지 눈치챘을까. 문득 그런 생각이 들어 우나연을 조심스럽게 살펴봤지만 우나연은 아무런 감정을 드러내지 않고 앞만 응시하고 있었다.

사무실로 도착한 장재원은 김 공작관과 최 공작관을 호출했다. 두 사람 다 군 정보부대 출신으로 장재원이 전폭적으로 신뢰를 하는 유능한 요원들이다.

"그렇지 않아도 보고를 드리려던 참입니다. 필리핀에서 자료가 도착했습니다."

최 공작관이 서류를 내밀었다.

"각하 순방일로부터 일주일 전에 입국한 외국인들 중에서 필리핀 내에 소재가 파악된 자와, 한 달 내에 출국한 자를 제외하면 모두 17명의 행방이 확인되지 않고 있습니다."

한태형은 누구로 신분을 위장하고 있을까. 알 수 없지만 아무튼 마닐라 공항을 통해서 필리핀을 빠져나가지 않은 것은 분명하다. 그래서 장재원은 에롤르데 총경에게 명단을 부탁했던 것이다.

"필리핀 경찰에서 수고를 많이 했지만, 솔직히 크게 유용하지는 않을 것 같습니다."

최 공작관이 솔직한 의견을 전했다. 그의 말이 틀리지 않다. 이 사람들 중에서 용의자가 있다고 보기도 어렵고, 있다고 해도 찾을 길이 없다. 그것은 장재원도 처음부터 잘 알고 있었다. 그래도 그저 가만히 있을 수 없기에 리스트를 뽑아보기로 한 것이다. 그런데 이제는 사정이 달라졌다.

"출입국사무소로 가서 최근에 입국한 사람들 중에 여기 명단에 포함된 자가 있는지 확인해 봐! 어제부터 시작해서 일주일, 아니 한 달까지 철저히 살펴봐."

최 공작관에게 지시를 내리는 장재원의 눈이 먹이를 노리는 매의 그것으로 변해 있었다.

"입국자 전부를 포함합니까?"

"그래. 하나도 빠뜨리지 말고. 빨리 출발해!"

"알겠습니다."

입국자 전부를 살피려면 작업량이 만만치 않을 것이다. 최 공작관은 서둘러 장재원의 방을 나섰다.

"각하 아프리카 순방 일정이 나왔습니다."

기다리고 있던 김 공작관이 보고했다. 전두환 대통령은 내년 초에 아프리카 나라들을 순방할 계획인데 아프리카 순방은 남다른 의미를 지니고 있다. 남과 북은 아프리카에서 치열하게 외교전을 펼치고 있었지만 70년대까지는 대한민국이 열세를 면치 못하고 있었다. 그러다 80년대로 들어서면서 전세가 역전되고 있었다. 대한민국 대통령의 아프리카 순방은 뒤집어지고 있는 전세에 쐐기를 박게 될 것이다. 남은 경제력에서 북을 앞서고 있었고, 1988년에 서울에서 올림픽이 개최된다.

장재원은 외무부에서 보낸 순방일정표를 차례로 넘겼다. 일정은 케냐와 나이지리아를 거쳐 가봉으로 이어지는데 경호에 큰 어려움은 없을 것 같았다. 아프리카는 저격수가 몸을 숨길만한 고층 건물이 별로 없는 데다 더운 나라여서 피스톨을 숨기고 접근하기도 쉽지 않을 것이다. 죽 훑어본 장재원은 지체없이 결재를 했다. 안기부장이 결재를 하면 최종안으로 승인이 될 것이다.

김 공작관이 돌아가자 장재원은 시계를 힐끗 들여다보고는 수화기를 들었다. 우나연과 점심을 같이할 생각이다. 출근하는 내내 침통한 표정을 보였던 게 마음에 걸렸던 것이다. 본래 사내 커플은 신경을 쓸 일이 많다. 하물며 기밀을 취급하는 안기부의 경우는 더하다. 그래서 장재원은 남산 부근에 조용한 레스토랑을 정해놓고 거기서 만나고 있었다.

우나연이 먼저 와서 기다리고 있었다. 늘 앉는 내려다보는 경치가 좋은 창가 구석진 자리다.

"아침의 일이 마음에 걸려서. 괜히 이때가 되면 신경이 날카로워지는 것 같아."

"이해해요. 어쩔 수 없는 상황이라고 해도 어떻게 마음이 편하겠어요."

우나연이 마음에 두지 말라며 장재원을 위로했다. 그렇기는 해도 오늘따라 예민하게 반응한 것은 한태형이 살아 있다는 사실을 의식했기 때문일 수도 있다. 그가 살아 있는 것은 분명하지만 정말 한국에 왔을까. 자기가 살아 있다는 사실을 내가 알고 있는 마당에 섶을 지고 불 속으로 뛰어드는 바보짓은 하지 않을 것이다. 꽃은 다른 사람이 가져다 놓았을 수도 있다. 장재원은 그렇게 생각하며 화제를 바꾸었다.

"필리핀에서 뜻하지 않은 일이 생기는 바람에 신혼여행을 망쳤어. 대신에 아프리카에서 오붓한 시간을 보내기로 하지."

장재원이 아프리카를 거론하자 우나연이 놀라는 표정을 지었다. 아프리카 순방은 아직은 대외비다.

"아프리카라니요?"

"내년 초에 각하께서 아프리카를 순방하기로 했거든. 내가 경호를 담당하는데 당신도 같이 가는 걸로 하겠어."

아프리카라면 경호를 크게 신경 쓰지 않아도 될 것이다. 장재원은 아프리카 여행을 통해서 필리핀에서의 일을 만회할 생각이었다.

"좋겠군요. 아프리카는 좀처럼 가기 힘든 곳인데."

예상대로 우나연이 좋아했다. 필리핀에서의 일에 마음을 쓰고 있는 장재원의 배려가 고마웠던 것이다.

"아프리카에 이어서 동남아, 중동국가 순방이 예정되어 있는데 일단 아프리카 순방을 마치면 거취 문제를 생각해 보겠어."

우나연은 아이 갖는 일을 미루고 있었다. 그 일로 부모님이 걱정하고 계시는데 안기부에서 일하는 한 여건이 나아지지 않을 것이다. 격동의 세월에 떠밀려 안기부로 옮긴 것일 뿐 권력의 핵심에 접근할 생각은 애초부터 없었다. 그렇다면 미국으로 가서 새로운 삶을 찾는 것도 나쁘지 않을 것이다.

"고마워요. 늘 당신의 배려에 감사하고 있어요."

우나연이 환한 얼굴로 대답했다. 오전 내내 신경이 쓰였던 장재원도 비로소 마음이 편해졌다.

그렇지만 편안한 마음은 오래가지 못했다. 사무실로 돌아오자마자 최 공작관으로부터 전화가 온 것이다.

"명단과 일치하는 인물을 찾았습니다. 어제 미국, LA에서 입국한 승객 중에 제럴드 추이라는 남자입니다."

가까운 날부터, 그리고 미국에서 들어온 승객부터 뒤지기로 하고 LA발 대한항공 승객명부를 살피던 최 공작관은 뜻밖의 수확을 거두었다. 제럴드 추이라는 미국 시민이 체크하는 조건에 들어맞았던 것이다.

장재원은 가슴이 철렁 내려앉았다. 혹시 하며 알아본 것인데 예상이 들어맞았다. 하면 한태형이 제럴드 추이라는 미국인으로 신분을 위장하고 한국에 잠입했단 말인가.

"김 공작관과 함께 서울 시내 호텔을 전부 체크해. 제럴드 추이라는 미국인을 찾거든 즉각 보고하고 철저히 감시하도록!"

장재원이 굳은 표정으로 지시를 내렸다.

* * *

한태형은 자꾸 걱정하는 안젤라에게 미소를 지어 보이고는 집을 나섰다. 손에 쥔 쪽지에는 장 상사가 알아낸 어머니 집과 석 사령관의 아파트 주소가 나란히 적혀 있었다. 5시를 막 넘긴 것 같은데 짧은 12월의 해는 이미 기울었고, 주변은 어두웠다. 연립주택을 나서 한태형은 서둘러 월계동으로 향했다. 동생 태준이는 학교를 그만두고 일을 나가고 있다고 했다. 그렇다면 아직 집에 돌아오지 않았을 것이다. 그래서 한태형은 석 사령관을 먼저 찾아보기로 한 것이다.

안젤라를 데리고 가지 않기로 한 것은 이제는 아무것도 감출 것이 없는 사이지만 그래도 혼자 마무리 지어야 할 일이 따로 있었기 때문이다.

강제 예편된 후로 석 사령관은 월계동의 아파트에서 혼자 외롭게 살고 있다고 했다. 다행히 아파트는 어렵지 않게 찾았지만 예상했던 것보다 훨씬 오래되고 낡은 건물이어서 한태형은 가슴이 미어지는 것 같았다. 청빈한 군인이어서 모아놓은 재산이 없는 마당에 가족도 없고 연금도 끊겼으니 생활이 많이 어려울 것이다.

한태형은 심호흡을 한 후에 조심스럽게 초인종을 눌렀다.

"누구요?"

문이 열리면서 석 사령관이 얼굴을 내밀었다.

"사령관님, 한태형 대위입니다."

누가 나를 찾아왔을까 하는 표정으로 살피던 석 사령관은 한태형을 알아보고 화들짝 놀랐다.

"아니, 자네가 어떻게 여기에? 미국에 있다고 들었네만."

석 사령관은 주위를 살피고는 한태형에게 어서 들어오라고 했다.

"사는 게 이렇네."

석 사령관이 얼른 널려 있는 잡동사니들을 치웠다. 나이 든 남자 혼자 사는 집이 어떻다는 것을 짐작 못했던 것은 아니지만 그래도 이 정도일 줄이야. 자리를 잡으면서 한태형은 마음이 쓰라렸다. 좁은 거실에도 응접세트는 구비되어 있어서 한태형은 바닥에 앉지 않은 게 그나마 다행이었다.

"어떻게 된 것인가?"

석 사령관이 한태형을 찬찬히 살피며 물었다.

"진작에 찾아뵈었어야 했는데 이제야 돌아왔습니다. 죄송합니다, 사령관님. 제대로 보필하지 못하는 바람에……"

한태형은 눈물이 나오려는 것을 간신히 참았다.

"무슨 소리. 자네를 볼 면목이 없네. 지휘관을 잘못 만나서 큰 고초를 겪게 했으니."

석 사령관이 도리어 미안해했다.

"그래, 그간 어떻게 지냈나?"

"이것저것 하며 부지런히 살았습니다."

한태형은 미국으로 쫓겨간 일부터, 용병이 되어 아프리카에서 싸웠던 일, 그리고 필리핀에서의 일을 간략하게 얘기했다. 놀라움을 금치 못하던 석 사령관은 한태형이 홍콩에서 북한 대외조사부 간부를 만났다는 부분에 이르러서는 큰 충격을 받았는지 표정이 굳어졌다.

"저도 뒤에 북한이 있다는 사실에 많이 놀랐지만, 그 전에 이미 마음을 굳혔기에, 그리고 차라리 내 손으로 끝내는 게 좋을 것 같아서 그대로 결행을 했습니다."

한태형이 당시의 혼란스러웠던 마음을 전했다. 혼란스럽기는 앞으로도 마찬가지다. 이제부터 뭘 어떻게 해야 하나.

"그래서 앞으로는 어떻게 할 셈인가?"

잠시 침묵이 흐른 후에 석 사령관이 천천히 입을 열었다.

"솔직히 뭘 어떻게 해야 할지 모르겠습니다. 그래서 사령관님께 여쭤볼 요량으로 찾아뵈었습니다."

눈을 감고 있는 석 사령관이 얼굴에 곤혹스러운 표정이 스치고 지나갔다.

"쿠데타로 정권을 탈취하고, 민주주의를 억압한 전두환의 죄상은 반드시 물어야 하겠지만 저격은 올바른 방법이 못되네. 어쨌거나 대한민국 국가원수 아닌가. 하물며 북한이 관계되었다면……정당한 응징수단이 못되네."

한참 만에 눈을 뜬 석 사령관이 수단이 잘못되었음을 지적했다.

"죄송합니다. 생각이 짧았습니다."

한태형이 잘못을 사죄했다.

"탓하려는 게 아니네. 그 상황에서 불가피한 선택이었을 테니."

석 사령관이 한숨을 내쉬었다. 그리고 다시 정색을 하면서 한태형을 쳐다봤는데 어느새 눈빛이 현역 시절의 강렬함을 띄고 있었다. 울분과 회한의 세월이었지만 강렬한 눈빛은 변함이 없었다. 한태형은 아연 긴장이 되었다.

"한 대위!"

"대위 한태형!"

한태형은 자기도 모르게 벌떡 일어서면서 큰 소리로 복창했다.

"사령관으로서 마지막 명령을 내리겠다! 전두환을 대한민국 법정에 세워라! 그게 정당한 응징이다! 방법은 귀관의 재량에 일임하겠다!"

"대위 한태형! 반드시 임무를 완수하고 돌아와서 보고하겠습니다."

한태형이 절도 있게 복명했다. 마침내 분명한 목표를 찾은 것이다.

한태형은 더 있다가라는 석 사령관의 청을 간곡히 뿌리치고 집을 나섰다. 지금쯤이면 동생 태준이가 돌아와 있을 것이다. 다행히 어머니 집은 멀지 않은 곳이다. 한태형은 발걸음을 재촉했다. 삼양동을 거쳐서 거여동까지 가려면 서둘러야 한다.

집을 찾는 게 쉽지 않았다. 여기저기 물어가면서 비탈길을 오르고 골목을 지나자 폭우라도 내렸다가는 무너져내릴 것은 같은 낡고 허름한 집이 나타났다. 한태형은 가슴이 미어졌다. 저런 데서 어머니와 태준이가 살고 있단 말인가. 본시 넉넉한 살림은 아니었지만 그래도 이렇게 산동네 다 쓰러진 집에서 살지는 않았다. 제발 아무 탈이 없으셔야 할 텐데. 한태형은 억장이 무너지는 슬픔을 참으며 조심스럽게 문을 두드렸다.

"누구세요?"

다행해 태준이가 돌아와 있었다. 한태형은 대답 대신에 계속 문을 두드렸다.

"무슨 일입니까?"

태준이가 짜증을 내며 문을 열었다. 한태형은 재빨리 한태준을 낚아채고는 끌다시피하며 골목으로 향했다.

"당신 뭐야!"

"나다."

골목에 이르러서 한태형이 고개를 들자 경계하며 쳐다보던 한태준이 한태형을 알아보고 기겁을 했다.

"형!"

"쉿!"

한태형이 한태준의 입을 얼른 막았다.

"어떻게 된 거야? 왜 집에 들어오지 않고?"

"소란을 피울 입장이 못돼. 지금 미국 사람으로 신분을 위장하고 있어. 어머니는…… 어디 편찮으신 데는 없어?"

"실성한 사람처럼 맨날 형만 찾고 계셔. 형이 돌아온 걸 알면 크게 기뻐하실 거야."

왜 안 그랬겠는가. 날마다 나를 찾고 계셨을 어머니 생각을 하니 한태형은 가슴이 찢어질 것 같았다. 한태형은 달려가고 싶은 마음을 간신히 참았다. 지금 어머니를 만나면 어머니가 절대로 놓아주지 않을 것이다. 그리고 아직은 마음을 독하게 먹어야 할 때다.

"너는 왜 학교를 그만두었어?"

"공부가 적성에 맞지 않아."

한태준이 볼멘소리도 대답했다. 더 물어볼 필요도 없는 일이다.

"누가 왔느냐?"

어머니가 목소리가 들렸다. 한태형은 밀려오는 충동을 간신히 억제했다.

"아니에요. 금방 들어갈게요."

한태준이 걱정하는 어머니를 안심시켰다. 한태형은 눈물이 쏟아질 것 같은 심정을 달래며 한태준의 손을 힘껏 쥐었다.

"내 말 잘 들어. 내가 없는 동안은 네가 가장이야. 여건이 마련되는 대로 미국으로 부를 테니까 그때까지 어머니를 잘 모시고 있어. 오래 걸리지 않을 거야."

"알겠어. 어머니 걱정은 하지 마. 그리고 형도 위험한 일은 하지 않았으면 좋겠어."

한태준이 한태형을 살피며 의젓하게 대답했다. 한태형은 대답 대신에 한태준의 손을 힘껏 잡고 돌아섰다. 더 있으면 마음이 약해져서 떠나지 못할 것 같았다. 한태형은 뒤도 돌아보지 않고 골목길을 내달렸다. 참았던 눈물이 왈칵 쏟아졌다.

다행히 별일 없이 장 상사의 연립주택으로 돌아왔다. 안젤라가 반색을 하고 달려왔다.

"불심검문을 당했을까 걱정했습니다."

장 상사가 안도의 숨을 내쉬며 자기 방으로 들어갔다. 잠이 쉽게 오지 않을 것 같았다. 한태형은 옥상으로 향했다. 장 상사의 집은 5층이어서 옥상으로 바로 이어진다. 12월의 밤공기는 차가웠지만, 한태형은 조금도 춥다는 느낌이 들지 않았다. 참으로 긴 하루였다.

만날 사람을 다 만났고, 해야 할 일도 정했으니 이제 미국으로 돌아가는 일만 남았다. 그런데 정말 빠뜨린 게 없나. 부정하려고 해도 자꾸 뭔가 빠뜨린 것 같은 기분을 떨쳐내기 힘들었다.

"심경이 조금 정리되었나요?"

어느 틈에 안젤라가 옆에 나란히 서 있었다.

"그래. 어머니가 잘 계시는 걸 확인했고, 사령관님으로부터 임무를 부여받았어. 이제 미국으로 돌아가는 일만 남았어."

"다행이에요. 혹시라도 안 좋은 일이 있으면 어떻게 하나 걱정했는데."

안젤라가 몸을 밀착시켰다. 따듯한 체온과 함께 잔잔한 정이 전해졌다. 이제 미국으로 돌아가면 다시 한국에 오기 힘들 것이다. 그런데 석 사령관으로부터 부여받은 임무는 어떻게 수행해야 하나. 무슨 말인지는 알겠지만 마땅한 방도가 떠오르지 않았다. 하지만 서두를 일이 아니다. 한태형은 시간을 가지고 천천히 알아보기로 했다.

재회

장재원은 부아가 치밀었다. 제럴드 추이는 어디에 있는 걸까. 호텔을 샅샅이 뒤졌지만, 제럴드 추이는 없었다. 그렇다면 여관에? 그럴 것 같지는 않았다. 그리고 여관까지 샅샅이 뒤지는 것은 현실적으로 불가능하다. 아무래도 아는 사람 집에 묵고 있는 것 같은데 한태형이 서울에 아는 사람이 누가 있을까. 장재원은 가능성이 있는 사람들을 하나하나 떠올려 보는데 김 공작관이 들어왔다.

"확인한 결과 두 모자 외에 따로 그 집에서 사는 사람은 없는 것 같습니다."

김 공작관이 풀이 죽어서 보고했다. 집이 아니면 어디란 말인가. 한태형은 서울에 가까운 친척이 없다. 그리고 군대 동기들은 한태형을 숨겨줄 리 없다.

"경찰에 협조를 요청해서 한 대위 친척이 누가 더 있는지 알아봐. 즉시!"

"알겠습니다."

김 공작관이 서둘러 방을 나갔다. 한태형은 왜 한국에 왔을까. 용병으로 자리를 잡았다면 먹고 사는 데 어려움이 없을 것이다. 그럼 다시 대통령을 노리려는 걸까. 장재원은 고개를 가로저었다. 대한민국 대통령 경호가 얼마나 철통같은지는 한태형이 잘 알 것이다. 아무래도 어머니를 만나기 위해서 귀국을 한 것 같은데 용의주도한 한태형은 만약의 경우를 대비해서 집과 호텔은 피했을 것이다.

어물대다 닭 쫓던 개 꼴이 될 수도 있다. 절대로 그럴 수 없다. 대한민국 대통령에게 총부리를 겨누었던 자가 서울을 활보하고 있다. 기필코 잡아야 한다. 장재원은 비감한 표정으로 피스톨을 꺼내 들었다. 그리고 한태형이 앞에 있기라도 하듯 천천히 피스톨을 겨누었다.

그때 문이 열리면서 우나연이 들어섰다. 우나연은 장재원이 피스톨을 꺼내 들고 있자 화들짝 놀랐다.

"무슨 일인가요?"

"아무 일도 아니야. 가끔 손을 봐야 하기에."

장재원이 억지로 웃음을 지으며 피스톨을 집어넣었다.

"양부모께서 다음 달 한국에 오시겠다고 했어요."

"잘 됐군. 내가 먼저 미국에 가서 인사를 드려야 하는 건데."

그러면서 장재원은 은밀히 우나연의 표정을 살폈다. 행여 한태형이 그녀를 찾아왔을까 하는 생각을 떨쳐버릴 수 없었던 것이다. 그렇지만 그런 일은 없었던 것 같다. 우나연은 사람을 속이는 재주가 없는 여자다.

"따로 일이 없으면 같이 퇴근할까 해서 부른 건데…… 괜찮겠어?"

"물론이죠. 주차장에서 기다리겠어요."

결혼한 후로도 장재원은 퇴근을 따로 하고 있었다. 출근은 몰라도 퇴근 시간까지 맞추는 것은 남의 눈치가 보였던 것이다. 그런데 오늘 같이 퇴근하려는 것은 한태형이 서울에 있을지 모른다는 사실을 의식했기 때문일지도 모른다. 장재원은 우나연을 가볍게 포옹하며 불쑥불쑥 찾아오는 불길한 예감을 떨쳐버렸다.

* * *

날이 밝았다. 오늘은 미국으로 돌아가는 날이다.

"죄송합니다, 팀장님. 공항까지 모셔다드려야 하는데……"

지방 출장이 잡히면서 장 상사가 먼저 집을 나서게 된 것이다.

"무슨 소리요. 그동안 신세를 진 것만 해도 어딘데."

한태형이 진심으로 감사의 뜻을 전했다. 한국에서 볼일을 다 본 셈이다. 한태형은 아쉬워하는 장 상사와 굳은 악수를 나누었다.

"나중에 미국으로 초청할게요."

안젤라도 장 상사에게 목례를 보내며 고마움을 전했다.

"좋지요. 기대하겠습니다."

장 상사는 웃으며 집을 나섰다. 조금 있으면 콜택시가 도착할 것이다. 짐이라고 해봐야 달랑 가방 한 개씩이 전부다. 한태형은 그동안 신세를 졌던 집을 천천히 둘러보고는 밖으로 향했다.

한국에 온 목적을 다 이룬 셈인데 왜 이렇게 마음 한구석이 허전할까. 물론 한태형은 그 이유를 잘 알고 있었다. 한태형은 착잡한 심정으로 콜택시를 기다렸고 안젤라는 아무 말이 없었다.

마침내 콜택시가 연립주택 단지로 들어왔다. 이제 공항으로 가서 비행기를 타면 한국을 찾는 일은 두 번 다시 없을 것이다.

"당신 먼저 공항에 가 있어요. 나는 잠시 들릴 데가 있으니까."

택시에 오르려던 한태형이 안젤라에게 먼저 공항에 가 있으라고 했다. 여전히 남아 있는 미련이 있다면 다 태워버리고 떠나는 게 좋을 것이다. 안젤라는 주춤했지만 이내 알았다는 듯 고개를 끄덕이고는 택시에 올랐다.

'기다리고 있겠어요.'

택시에서 한태형을 쳐다보고 있는 안젤라의 눈이 그렇게 말하고 있었다.

콜택시가 떠나자 한태형은 터덜터덜 큰길까지 걸었다. 한국을 떠나기 전에 마지막으로 먼발치에서 우나연을 한번 보기로 한 것이다. 한태형은 먼발치에서 돌이키기에는 너무 멀리까지 온 세월과 작별을 고하기로 했다. 한태형은 택시를 불렀다. 우나연의 거처는 장 상사를 통해서 알아둔 바 있다.

아파트 단지에서 내린 한태형은 건물 뒤에 몸을 숨기고 출입하는 사람들을 살피기 시작했다. 여전히 안기부에서 일한다고 했으니 머지않아 집을 나설 것이다. 아파트 단지 입구는 출근하는 사람들로 붐비기 시작했다.

결국 미련이 남아서 여기로 온 것 아닌가. 어차피 우나연 앞에 나타날 게 아니라면 차라리 지금 발길을 돌리는 게 맞는 일 아닐까. 그러나 생각일 뿐 한태형은 그 자리에서 꼼짝하지 않으며 부지런히 사람들을 살폈다.

'이렇게 먼발치에서나마 작별을 고하러 왔소. 나 같은 건 깨끗이 잊고 좋은 사람을 만나시오.'

한태형은 그렇게 되뇌며 우나연이 모습을 드러내기를 기다렸다. 언제 이리로 옮겼을까. 강남에 새로 지은 아파트 단지는 현대적인 시설을 갖추고 있었다. 다행히 우나연의 집은 정문에서 가까운 곳이어서 출입구를 잘 살피면 놓치는 일은 없을 것이다.

마침내 우나연이 아파트 현관을 나서는 모습이 눈에 들어왔다. 여전히 청초한 모습이었다. 내가 살아서 여기서 지켜보고 있다는 사실을 알면 얼마나 놀랄까. 한태형은 달려가고 싶은 충동을 간신히 자제했다.

"……!"

주차장으로 향하고 있는 우나연을 지켜보고 있던 한태형은 깜짝 놀랐다. 장재원이 따라서 아파트에서 나온 것이다. 재원이가 왜 여기에…… 그런데 장재원은 우나연과 같은 차에 탔고, 장재원이 운전하는 차는 아파트 단지를 빠져나갔다. 그렇다면 둘이 같이 산단 말인가. 한태형은 망치로 뒤통수를 맞은 기분이었다. 그사이에 그런 일이 있었단 말인가.

충격이 몰려왔지만 한태형은 차라리 잘된 일이라고 생각하기로 했다. 자신은 어차피 우나연에게는 죽은 사람이고, 재원이는 성실한 남자다. 그렇다면 마음 한구석에 자리하고 있는 우나연에 대한 미련과 미안함을 깨끗이 태워버릴 수 있을 것이다. 한태형은 그렇게 생각하며 아파트 단지를 빠져나왔다. 안젤라가 기다리고 있을 것이다.

장재원은 손목시계를 들여다보았다. 시간이 빠듯한데 오늘따라 제3한강교가 막히는 것 같았다. 이대로 제럴드 추이를 놓치는 걸까. 김 공작관이 공항에서 출국자를 체크하고 있지만 마냥 기다리고 있으려니 갑갑해서 미칠 지경이었다.

"무슨 일이 있나요?"

옆자리의 우나연이 내내 안절부절못하고 있는 장재원을 살피며 물었다.

"각하의 아프리카 순방일이 하루하루 다가오고 있는데 아프리카와 관련된 정보가 부족한 데다 순방국 중에는 북한과 수교를 한 나라도 있어서 신경이 쓰여. 그렇지만 아직 시간이 있으니까 차근차근 준비하면 별문제 없을 거야."

장재원이 적당히 얼버무렸다.

"미국 유학을 신중하게 고려하고 있어. 국제정치학을 전공하고 싶은데 어쩌면 아프리카 순방이 안기부에서의 마지막 임무가 될지도 모르겠군."

장재원의 말에 우나연의 표정이 밝아졌다.

"아프리카는 좀처럼 가기 힘든 곳이니 신혼여행으로 알고 남들 못 가는 곳에서 오붓한 시간을 가집시다."

장재원이 손을 뻗어 우나연의 손을 잡았다.

"벌써부터 기대가 되는군요."

우나연이 웃으며 대답했다. 그때 카폰이 울렸다. 장재원이 수화기를 드니 김포공항에 나가 있는 김 공작관이다.

"뭐야?"

"출국자 명단에서 제럴드 추이를 발견했습니다. 오전 11시 LA로 가는 대한항공입니다."

김 공작관이 다급한 목소리로 보고했다.

"지금 근무자가 누구누구 있어?"

장재원의 눈이 먹이를 노리는 매의 그것으로 변했다. 마침내 제럴드 추이를 찾은 것이다.

"저하고 윤 공작관 둘입니다."

"공항 경찰에 협조를 구하고 빨리 본부에 연락해서 지원을 요청해! 내가 그리로 가겠다!"

차가 막 제3한강교를 벗어나고 있었다. 장재원은 시계를 힐끔 들여다보고는 핸들을 꺾었다. 오전 11시 비행기면 지금쯤 공항에 도착해 있을지도 모른다.

"무슨 일이 생겼나요?"

안젤라가 걱정스러운 표정으로 물었다.

"필리핀에서 각하를 저격하려 했던 자가 공항에 나타났다고 하는데 내가 현장에 가봐야겠어. 당신은 공항에서 돌아가도록 해."

차가 강변도로에 진입했다. 여기서 차를 세우면 우나연은 더 불편할 것이다. 그리고 시간도 없다. 장재원은 우나연을 태운 채 공항으로 질주했다.

비상등을 켠 채 곡예 하듯 추월을 거듭하며 공항에 도착한 장재원은 헐레벌떡 출국심사장으로 달려갔다.

"아직 공항에 나타나지 않은 것 같습니다."

기다리고 있던 김 공작관이 보고했다.

"출구는? 지원인력은?"

"방금 도착했습니다. 출구는 전부 봉쇄되었습니다. 제럴드 추이의 사진을 배포했으니 일단 공항에 들어서면 빠져나가지 못할 겁니다."

"아직 공항에 도착하지 않았다면 혹시 눈치를 채고 도주를 할수도 있으니까 입구에도 배치해."

장재원의 손에 어느새 피스톨이 들려 있었다.

"괜찮아. 걱정하지 말고 사무실로 돌아가 있어."

장재원은 겁먹은 표정으로 뒤따라온 우나연에게 현장을 떠날 것을 일렀다. 제럴드 추이가 정말로 한태형이라면 더욱 피해야 할 것이다.

"빨리, 곧 따라갈 테니."

장재원이 우나연에게 서두를 것을 재촉했다.

시간이 제법 흘렀는데도 한태형이 공항에 오지 않았다. 물론 안젤라는 한태형이 왜 따로 오겠다고 했는지 익히 알고 있었고 반드시 뒤따라 올 거란 사실도 잘 알고 있었다.

그런데 뭔가 느낌이 이상했다. 공항은 평소와 다를 바 없었지만, 경호원 생활을 오래 했던 안젤라는 왠지 분위기가 심상치 않다는 사실을 간파할 수 있었다. 바삐 오가는 공항 경찰들과 갑자기 늘어난 건장한 체격의 남자들. 안젤라는 본능적으로 위험을 감지했다. 그럼 한국 정보당국에서 우리가 입국했다는 사실을 간파했단 말인가. 그렇다면 한태형이 위험하다.

"……!"

안젤라는 가슴이 철렁 내려앉았다. 장재원과 우나연이 황급히 입구로 들어서고 있었던 것이다. 추격의 손길이 턱밑까지 이른 것이다. 빨리 한태형에게 이 사실을 알려야 한다. 안젤라는 떨리는 가슴을 진정시키며 출구로 향했다. 출구는 이미 봉쇄되었을 테지만 저들은 나는 모를 것이다.

공항에 점점 가까워지고 있었다. 막상 한국을 떠난다고 하니 한태형은 만감이 교차했다. 어머니와 태준이를 미국으로 데려오는 일은 큰 문제가 없을 것이다. 우나연이 재원이와 결혼한 사실에 잠시 충격을 받았지만, 그것으로 마음 한구석을 차지하고 있는 미안함을 지울 수 있을 것이다. 한태형은 현실을 냉정하게 받아들이기로 했다. 그런데 석 사령관의 명령은 어떻게 수행해야 하나. 막막하지만 한태형은 시간을 가지고 대책을 마련하기로 했다.

택시는 공항에 당도했고 택시에서 내린 한태형은 작별을 고하기라도 하듯 주변을 둘러보았다.

"……!"

횡단보도를 건너려던 한태형은 얼어붙은 듯 그 자리에 멈추어 섰다. 맞은편에서 우나연이 멍한 얼굴로 자기를 쳐다보고 있었다. 어떻게 저 사람이 여기에…… 두 사람은 똑같은 심정으로 말없이 서로를 쳐다보았다. 아까 장재원과 차를 타고 출근하는 것을 봤는데 여기에 있는 걸 보면 장재원도 공항에 있다는 말이다.

생각이 거기에 미치는 순간에 이쪽으로 몰려오고 있는 한 무리의 건장한 남자들이 한태형의 눈에 띄었다. 안기부 요원들일 것이다. 한태형은 얼른 주위를 돌아보았다. 그런데 반대편에서도 안기부 요원들이 달려오고 있었다. 벌써 퇴로가 차단된 것이다. 그럼 여기서 체포되는 걸까. 당황하는 한태형과 놀라서 쳐다보고 있는 우나연.

"빨리 타요!"

그 사이로 승용차가 급정거를 하더니 한태형에게 손짓을 보냈다. 안젤라였다. 한태형은 더 생각할 것 없이 안젤라의 옆좌석에 탔다.

"기다려요!"

차가 출발하려는데 우나연이 뒷문을 열고 차에 올라탔다. 제지할 틈도, 승강이를 벌일 여유도 없다. 안젤라는 얼른 승용차를 출발시켰고, 세 사람을 태운 승용차는 전속력으로 공항을 빠져나갔다.

"어떻게 된 건가요? 당신은 아프리카에서 죽었다고 들었는데?"

우나연이 질주하는 차 안에서 물었다.

"사연이 간단치 않소. 지금은 여기를 무사히 빠져나가는 것이 우선이오."

한태형은 그렇게 대답하고 안젤라에게 오른쪽으로 핸들을 틀 것을 일렀다. 저들이 추격해올 것이다. 저들을 떨쳐내는 게 쉽지 않겠지만 다행인 것은 특전사 시절 김포 일대에서 여러 차례 훈련했다는 사실이다.

장재원은 화가 머리끝까지 치밀었다. 한태형을 코앞에서 놓친 마당에 우나연과 마주치는 최악의 상황이 벌어진 것이다.

"속력을 더 내! 은색 포니 승용차다! 절대로 놓치면 안 된다! 그리고 빨리 검문소에 통보해!"

장재원이 전속력으로 추격할 것을 지시했다.

"은색 포니 승용차를 발견했다고 합니다! 방화동에서 개화지구로 빠져나가는 길이라고 합니다!"

앞 좌석의 김 공작관이 무선 내용을 전했다. 김포 일대는 강으로 연결된 크고 작은 길들이 얽히고설켜 있어서 추격이 힘든 데다 한태형은 지리를 잘 알고 있다. 걱정을 하던 차에 다행히 차량을 조기에 발견한 것이다.

"빨리 그리로 차를 돌리고 나머지 차들도 그쪽으로 집결하라고 해! 검문소에도 통보하고!"

피스톨을 장전하는 장재원의 얼굴이 더없이 비감했다.

"추격이 붙었어요!"

백미러를 살피던 안젤라가 뒤를 보고 확인을 했다. 이미 검문소마다 차단기가 내려졌고, 삼엄한 경계가 펼쳐졌을 것이다. 한태형이 뒤를 돌아보니 2대가 전속력으로 따라오고 있었다. 한강변으로 이르는 도로는 교차로도 없고 다니는 차도 별로 없어서 따돌리기가 힘들다. 그리고 도로가 끝나는 곳에는 검문소가 있다. 최악의 상황에 직면한 것이다.

"차가 크게 요동칠 테니 꼭 붙잡고 있어요."

한태형이 뒷좌석의 우나연에게 주의를 주었다. 사색이 된 안젤라와 달리 한태형은 여유를 잃지 않고 있었다. 우나연은 알았다는 듯 고개를 끄덕이고는 손잡이를 꼭 잡았다. 운전을 하는 저 여인은 누굴까. 알 수 없지만 한태형과는 생사를 함께 넘나들 정도로 가까운 사이 같았다.

"조금 더 가면 중앙분리대가 끊어진 곳이 나와. 차 한 대가 겨우 빠져나갈 정도인데 드리프트를 할 수 있겠어?"

"물론이지요. 스턴트 드라이브는 내 특기예요."

안젤라가 씽긋 웃어 보였다. 과연 얼마 가지 않아서 차 한 대가 간신히 빠져나갈 수 있을 정도로 중앙분리대가 끊어진 곳이 나타났다. 도로 보수 차량들이 양쪽으로 오갈 수 있게끔 끊어놓은 구간 같았다.

안젤라는 한태형을 힐끗 쳐다보고는 브레이크를 힘껏 밟았다. 동시에 핸들을 확 틀었다.

"끼익!"

타이어가 찢어질 듯 요란한 소리와 함께 차가 심하게 요동을 쳤고, 하얀 연기가 앞을 가리면서 고무 타는 냄새가 코를 찔렀다. 부채 모양을 그리며 180도 회전을 한 차는 곧 다시 출발했고, 중앙분리대의 끊어진 구간을 지나며 반대 방향을 향해 속도를 냈다.

"……!"

맹렬하게 추격하고 있는 장재원은 어느 틈에 맞은편 차선으로 방향을 튼 차 안의 한태형과 눈이 마주쳤다. 우나연은 뒷좌석에서 경악한 표정으로 한태형과 자기를 번갈아 쳐다보고 있었다.

"빨리 방향을 틀어!"

장재원이 소리쳤다. 차를 멈추고 방향을 바꾸면 시간이 한참 걸린다. 운전대를 잡은 요원은 잠시 망설이다 드리프트를 시도했다.

"끼익!"

차는 굉음을 내며 방향을 틀었지만 어설픈 드리프트였기에 회전 대신에 길가에 처박혔고, 뒤를 따르던 차량이 들이받으면서 차

두 대 모두 심하게 망가졌다.

"우라질!"

문을 열고 나오는 장재원의 입에서 욕이 쏟아져 나왔다. 장재원은 피스톨을 뽑아 들었지만 한태형이 탄 차는 시야에서 사라진 다음이었다. 여기서 놓치다니. 더구나 우나연도 같이 있다.

'하지만 절대로 한국을 빠져나가게 내버려 두지 않겠다!'

장재원은 이를 갈았다.

"어떻게 할까요? 공항으로 돌아갈까요?"

뒤따라온 차량에서 김 공작관이 내렸다.

"아니, 본부로 돌아간다. 본부에 연락해서 검문을 강화하라고 해!"

장재원은 잠시 생각하다 일단 철수하기로 했다. 한태형은 부근 지리에 밝다. 그리고 공항에 다시 나타나지 않을 것이다. 그렇다면 일단 본부로 돌아가서 냉정하게 계획을 마련하는 게 좋을 것이다. 그런데 우나연은 괜찮을까. 하필 거기서 한태형과 마주치다니. 장재원은 욕이 나오려는 것을 간신히 참으며 차에 올랐다.

"차는 제럴드 추이와 일행으로 보이는 여인이 탈취한 것으로 밝혀졌습니다."

김 공작관이 보고했다. 그렇다면 필리핀에서 한태형과 함께 달아나던 그 여인일 것이다.

"그 시간에 공항으로 들어온 택시기사들을 수배해!"

"한두 대가 아닐 텐데 조합을 통하더라도 시간이 상당히 걸릴 겁니다. 더구나 개인택시라면 그것도 여의치 않을 겁니다."

김 공작관이 난색을 표했다. 일리가 있는 말이어서 장재원은 더

다그치지 않았다.

"콜택시라면 기록이 남아 있지 않을까?"

무슨 이유인지 몰라도 한태형은 여인과 따로 공항에 도착했다. 그렇지만 같이 지냈을 테고, 공항으로 가려면 콜택시를 불렀을 가능성이 크다.

"그건 어렵지 않습니다. 곧 수배하겠습니다."

김 공작관이 무전기를 들더니 본부를 호출했다.

* * *

이리저리 좁은 길을 빠져나온 차가 한강변의 한적한 곳에 이르자 한태형은 멈출 것을 일렀다. 한태형이 차에서 내리자 우나연이 말없이 따라 내렸고, 안젤라는 그대로 차에 남았다. 강변은 갈대가 무성했는데 햇살이 정오의 강을 환하게 비치고 있었다. 두 사람은 나란히 섰다. 만감이 교차했다. 말없이 흐르는 강물이 두 사람의 심경을 대신 말하고 있는 것 같았다.

"어떻게 된 건가요? 당신은 아프리카에서 죽은 줄 알고 있었는데? 그리고 재원 씨는 대통령을 저격하려던 자가 나타났다고 했어요. 그럼 당신이 대통령을 저격하려 했나요?"

우나연이 먼저 입을 열었다. 충격이 컸을 텐데도 침착함을 잃지 않고 있었다.

"용병이 되어 아프리카에서 싸웠소. 그리고 그 후로 다른 사람의 신분으로 살고 있소. 그리고 대통령을 저격하려 했던 것은 사실이오."

한태형도 천천히, 간략하게 설명했다. 막상 마주 대하자 의외로 침착해졌다.

"쿠데타는 절대로 용납할 수 없는 일이오. 그리고 민주주의를 억압한 것도. 이렇게 마주친 현실이 원망스럽지만, 신념에 따른 행동이었소. 전두환을 응징해야 한다는 신념은 지금도 변함이 없소. 방도는 달리할 생각이지만."

한태형이 우나연을 똑바로 쳐다보고는 조심스럽게 물었다.

"재원이와 함께 차를 타는 것을 보았소. 하면……?"

"그 사람과 결혼했어요."

우나연이 짧게 대답했다. 짐작대로였다. 두 사람 사이에 침묵이 흘렀다. 도도히 흐르고 있는 저 강물보다 더 폭이 넓은 현실의 강이 두 사람 사이에 흐르고 있었다. 어쨌거나 서로는 두 사람에게 첫정이었다.

"당신이 행복했으면 좋겠소. 재원이는 성실한 사람이니까 당신에게 잘할 것이오."

한태형이 진심을 전했다. 우나연은 아무 말이 없었다.

"누군가요? 당신과 가까운 사이 같은데."

우나연이 고개를 돌리며 차 안에서 기다리고 있는 안젤라를 쳐다보았다.

"나를 믿고 따르는 사람이오."

한태형은 그렇게 대답했고 우나연은 가볍게 고개를 끄덕였다. 다시 침묵이 흘렀다. 마냥 여기서 이리고 있을 수는 없다.

"그만 떠나야 할 것 같소. 이리로 똑바로 걸어가면 큰 길이 나오는데 제법 걸어야 할 거요."

"알겠어요. 조심하세요."

우나연이 고개를 끄덕이며 손을 내밀었다. 한태형은 악수를 하고는 차로 향했다.

"장 상사의 집으로 갑시다."

안젤라가 고개를 끄덕이고는 차를 출발시켰다.

"고맙소."

한태형은 아무것도 물어보지 않는 안젤라가 고마웠다. 안젤라는 살며시 미소를 지어 보였다. 우나연으로부터 장재원과 결혼했다는 말을 직접 들은 것, 그리고 우나연에게 안젤라의 존재를 확인시킨 것 모두 잘된 일인 것이다. 이제 진정 한 점의 미련도 없이 한국을 떠나게 되었다. 한태형은 그렇게 생각하며 밀려오는 회한을 떨쳐버렸다.

탈출

"고마워요, 허드카. 은혜를 잊지 않겠어요."

한태형이 수화기를 내려놓자 걱정 가득한 얼굴로 지켜보고 있던 안젤라의 얼굴이 비로소 펴졌다. 허드카가 도와주면 오산 미군기지에서 비행기를 타고 한국을 빠져나갈 수 있다. 밖은 이미 어둠이 깔렸다. 참으로 긴 하루였다.

"조금 있으면 장 상사가 돌아올 텐데 출발할 때까지만이라도 눈을 좀 붙이고 있어."

한태형이 시계를 힐끔 들여다보았다. 장 상사가 야간 운행을 마치고 돌아오면 한태형과 안젤라는 장 상사의 트럭으로 오산으로 갈 계획이다.

"나보다 캡틴이 쉬어야 할 것 같군요. 만감이 교차하는 하루를 보냈을 텐데."

안젤라가 웃으며 대답했다. 한국에 가기로 한 후로 내내 긴장해 있던 얼굴이 처음으로 펴져 있었다.

"그럼 같이 기다리기로 하지."

억지로 눈을 붙이려 한들 잠이 올 것 같지 않았다. 그런데 장 상사가 예정보다 늦는 것 같았다. 화물차를 몰다 보면 늘 있는 일이라고 하지만 오산기지에 들어갈 때까지는 안심할 수 없는 처지여서 한태형은 초조해졌다. 장재원은 내가 제럴드 추이라는 사실을 알아냈다. 그렇다면 여기를 찾아내는 것도 시간문제일 것이다.

"다 잘 될 거예요."

안젤라가 옆으로 오더니 한태형의 어깨에 머리를 살며시 기댔다.

* * *

장재원은 폭발 직전이었다. 자정이 벌써 지났고 머지않아 날이 밝을 것이다. 그런데 여태 아무런 단서도 찾지 못한 것이다. 우나연은 무사히 돌아왔고, 탈취당한 차는 강변에서 발견이 되었다. 그렇지만 한태형과 그를 돕는 여인의 행방은 여전히 오리무중이다. 도대체 어디에 숨어 있단 말인가.

초조한 심정으로 방을 서성이고 있는데 문이 열렸다. 짐작대로 우나연이었다.

"왜 아직 퇴근하지 않았어? 힘들었을 텐데 집에 가서 쉬지."

장재원이 복잡한 심사로 우나연을 살폈다.

"왜 그 사람이 살아 있다는 걸 말해주지 않았나요?"

우나연이 장재원을 똑바로 쳐다보며 물었다. 어차피 언젠가는 부딪힐 일이다. 장재원을 피하지 않기로 했다.

"그가 살아 있다는 사실은 필리핀에서 알았어. 당시 그는 각하를 저격하려고 했어. 대한민국 국가원수를 저격하려 하는 자는 상대가 누구건 내 원수야! 그리고 어쨌거나 그는 당신에게는 이미 죽은 사람이고 한때 좋은 감정을 가지고 있었던 사람이야. 그렇다면 그냥 그렇게 당신에게는 죽은 사람으로 남아 있게 하는 게 최소한의 배려라고 생각했어."

장재원은 말을 마치고 우나연에게 다가갔다.

"아무튼 감춘 것은 사과하겠어. 그렇지만 나는 당신이 더 이상 혼란스러워하지 않았으면 좋겠어."

장재원이 우나연의 손을 꼭 잡았다.

"당신을 원망하는 건 아니에요. 다만 두 사람이 서로 총부리를 겨누는 일이 없었으면 하는 바람이에요. 두 사람은 둘도 없는 친구 사이였잖아요."

우나연이 솔직하게 속마음을 전했다. 그가 왜 공항에 따로 나타났는지 충분히 짐작이 갔다. 그리고 거기까지임을 두 사람 다 잘 알고 있다. 그의 곁에는 그를 따르는, 또 그 사람도 진심으로 아끼는 여인이 있다. 그와 짧은 재회를 했고, 서로의 행복을 기원했다. 우나연은 더 이상 원망스러운 현실에 휩쓸리지 않기로 했다.

"나도 한때 혼란을 느꼈어. 그렇지만 공은 공이고 사는 사, 또 일에는 경중과 선후가 있는 법. 지금 제일 시급한 일은 대한민국 대통령에게 위해를 가하려 했던 자를 체포하는 일이야."

장재원이 우나연의 등을 가볍게 토닥였다.

"얘기했던 대로 대통령의 아프리카 순방을 마치면 미국으로 갑시다. 당신은 범죄심리학을 공부하고 싶다고 했잖아."

장재원이 우나연을 위로하고 자리로 돌아가려는데 문이 열리면서 최 공작관이 들어섰다.

"제럴드 추이를 기억하는 콜택시 기사를 찾았습니다."

최 공작관이 흥분해서 보고했다.

"확인했나?"

장재원은 당장이라도 출동할 기세였다.

"그렇습니다. 여인과 같이 있었는데 제럴드 추이는 택시를 타지 않았다고 합니다."

그렇다면 틀림없을 것이다.

"하면 태운 장소는?"

"거여동 연립주택인데 위치를 확인했습니다."

"출동한다! 대기인원 전원 무장하고 속히 승차하라고 해!"

피스톨을 점검하던 장재원이 불안한 눈길로 쳐다보고 있는 우나연에게 고개를 돌렸다.

"집에 가 있어. 별일 없을 테니까."

장재원이 서둘러 방을 나섰다. 그런데 콜택시 기사는 연립주택단지 입구에서 차를 탔기에 정확한 동과 호수는 모른다고 했다. 그렇다면 연립주택단지를 포위하고 하나하나 수색에 들어가야할 텐데 한태형이 눈치채지 못하게 접근하는 게 쉽지 않을 것이다. 그렇지만 그는 비무장이고 여기는 한국이다. 장재원은 절대로 놓치지 않을 것을 다짐하면서 차에 올랐다.

* * *

곧 날이 밝을 텐데 장 상사는 여태 돌아오지 않았다. 아무래도 현지에서 무슨 사정이 생긴 모양이다. 정체가 발각된 마당이다. 지금쯤 장재원은 수단을 다 동원해서 나를 찾고 있을 것이다. 그렇다면 만약의 경우를 대비할 필요가 있다. 한태형은 옥상으로 올라가기로 하고 몸을 일으켰다. 안젤라가 말없이 따라나섰다.

밤공기가 차가웠다. 한태형은 심호흡을 하면서 차가운 밤공기를 폐부 깊숙이 빨아들였다. 정신이 맑아지면서 기분이 상쾌해졌다. 주변을 살피니 연립주택단지는 고만고만한 5층 건물 10채가 좁은 골목을 사이로 다닥다닥 붙어 있었다.

"무슨 일이 생긴 건 아니겠지요?"

안젤라가 연신 시계를 들여다보았다.

"예상보다 화물량이 많은 모양이지. 종종 그럴 때가 있다고 했으니까."

더 늦어지면 따로 오산으로 가는 것도 고려해야 할 판이다. 검문을 피하려면 따로따로 움직여야 할 텐데 한국 지리에 익숙지 못한 안젤라가 오산기지를 제대로 찾아올까. 그런 걱정을 하는 사이에 동녘이 조금씩 환해졌다.

"저기!"

안젤라가 급한 목소리로 불렀다. 한태형이 그쪽으로 고개를 돌리니 차량 여러 대가 연립주택단지로 접근하고 있는 게 눈에 들어왔다. 헤드라이트도 켜지 않고 접근하는 차량이라면…… 한태형은 어렵지 않게 차량의 정체를 간파했다.

차들이 연립주택단지 앞에 멈추더니 건장한 남자들이 그 안에서 쏟아져 나왔다. 남자들 중 일부는 단지 출구를 차단했고, 나머지 인원들은 현지 경찰과 단지 경비원을 앞장세우고서 출구로부터 인접한 1동부터 뒤지기 시작했다. 어떻게 여기를 알아냈는지 몰라도 예상했던 것보다 일찍 추적해왔다. 아마도 장재원이 저들을 지휘하고 있을 것이다.

"포위되었어요! 어떻게 하지요?"

안젤라는 하얗게 질려서 어쩔 줄을 몰라 했다. 수사관들은 줄잡아 20명은 되는 것 같았다. 삽시간에 출구가 봉쇄되었는데 두 사람은 비무장이다. 최악의 상황에 직면한 것이다. 이럴수록 침착해야 한다. 한태형은 눈을 감고 숨을 크게 들이키며 대책 강구에 나섰다. 다행인 것은 저들이 정확한 동호수를 모른다는 사실이고 불행한 사실은 장 상사의 집이 입구에서 두 번째인 2동이라는 사실이다.

그런데 위기는 예상보다 일찍 다가왔다. 수사관들이 인원을 둘로 나누더니 2개 동씩 뒤지기 시작한 것이다. 벌써 저벅저벅 계단을 오르는 소리가 들렸다. 빨리 결정을 해야 한다.

"저리로!"

한태형이 골목을 사이에 두고 마주 보고 있는 3동을 가리켰다. 우선 여기를 벗어나는 게 급선무다. 골목은 폭이 3m 남짓인 데다 턱이 낮아서 충분히 뛰어넘을 수 있을 것 같았다. 문제는 안젤라다. 한태형이 쳐다보자 안젤라가 고개를 끄덕였다. 정말 할 수 있을까. 하지만 이제 와서 달리 도리가 없는 상황이다. 폭을 확인한 한태형은 도약을 하기 위해서 뒷걸음을 쳤다.

"덜컹!"

그 순간 문이 열리면서 수사관이 옥상으로 올라왔다. 벌써 여기에…… 한태형은 당황했다. 지금쯤 3층을 뒤지고 있을 거라 예상했는데. 먼저 옥상으로 올라온 사람이 있었다.

"꼼짝 마!"

혹시나 해서 옥상으로 올라왔던 수사관도 막상 옥상에 사람이 있자 허둥대며 안젤라에게 피스톨을 겨누었다. 꼼짝할 수 없는 상황이 된 것이다. 그렇지만 당황한 통에 주변 경계를 소홀히 했고, 도움닫기를 위해서 문 뒤로 물러서 있던 한태형을 보지 못했다.

"억!"

수사관이 낌새를 채고 고개를 돌렸지만 한태형이 더 빨랐다. 명치를 강타당한 수사관은 비틀거리며 쓰러졌고, 한태형은 얼른 그의 피스톨을 빼앗았다. 곧 일행이 몰려올 것이다. 한태형은 골목 건너 3동을 향해 힘껏 몸을 날렸다.

"빨리!"

한태형이 안젤라에게 다급하게 손짓을 하자 망설이던 안젤라는 비장한 표정으로 도움닫기를 하더니 그대로 몸을 날렸다.

"저리로!"

한태형이 후문 쪽으로 통하는 동을 가리켰다. 거기까지 가려면 옥상을 두 번 더 건너뛰어야 한다. 그쪽이라고 안전하다는 보장은 없지만 그래도 할 수 있는 데까지는 해봐야 한다. 안젤라가 고개를 끄덕이며 한태형의 뒤를 따랐다. 두 번째 도약은 처음보다 쉬웠다. 이제 한 번만 더 건너면 후문에 이를 수 있다. 저들은 아직 후문은 봉쇄하지 않았을 것 같았다.

"저기다!"

한태형과 안젤라가 후문에 인접한 8동으로 향하는데 2동 옥상문이 열리면서 수사관들이 들이닥쳤다. 날은 이미 환해졌다. 한태형과 안젤라를 발견한 수사관들은 허둥대며 두 사람을 추격해왔다. 빨리 8동으로 가서 후문으로 빠져나가야 한다.

그런데 이번에는 골목이 조금 넓은 것 같았다. 어림잡아 폭이 4m는 될 것 같았다. 뛸 수 있을까. 선택의 여지가 없는 상황이다. 한태형은 있는 힘을 다해 몸을 날렸고, 무사히 8동 옥상으로 건너갔다.

"뛰어!"

한태형이 머뭇거리는 안젤라를 재촉했다. 수사관들이 벌써 3동 옥상에 이르고 있었다. 안젤라는 눈을 질끈 감더니 8동을 향해 몸을 날렸다.

"엇!"

안젤라는 다행히 8동으로 건너왔지만, 중심을 잡지 못하고 고꾸라졌다.

"괜찮아?"

한태형이 얼른 부축했다. 안젤라는 얼른 몸을 일으켰는데 착지를 하면서 발이 접질렸는지 고통스러운 표정을 지으며 비틀거렸다. 한태형은 난감했다. 이래서는 저들의 추격을 뿌리칠 수 없을 것이다. 수사관들은 벌써 8동과 마주 보고 있는 5동 옥상에 이르렀다.

"먼저 가요!"

안젤라가 비장한 얼굴로 한태형에게 혼자 피신할 것을 일렀다. 그럴 수는 없다. 살아도 같이 살고, 죽어도 같이 죽는다. 한태형은 대답 대신에 안젤라를 부축하고 옥상문으로 향했다. 쫓아오던 수사관들은 건너뛸 엄두가 나지 않았는지 추적을 포기하고 우르르 옥상문으로 향했다. 상황이 이렇다면 무리해서 쫓아가느니 입구에서 체포하면 될 거라 판단한 것이다.

저들이 입구에 당도하기 전에 먼저 내려가서 후문으로 빠져나가야 한다. 그리고 후문에는 수사관이 없어야 할 텐데. 안젤라를 부축하며 계단을 내려가는 한태형은 오로지 그 생각뿐이었다.

다급하게 계단을 오르는 소리가 들리지 않은 걸로 봐서 5동에서 8동으로 오려면 골목을 제법 돌아야 하는 모양이다. 한태형은 다행이라 여기며 서둘러 입구로 향했다.

"……!"

8동 출입구를 나서려던 한태형은 본능적으로 위험을 감지하고 피스톨을 꺼내 들었다. 과연 한 남자가 출입구 앞을 가로막고 있었는데 피스톨을 겨눈 채 날카로운 눈매로 자신을 노려보고 있는 사람은 장재원이었다.

잠시 침묵이 흘렀다. 서로를 향해 피스톨을 겨누고 있는 두 사람의 눈에 짙은 애증의 그림자가 서려 있었다.

"대한민국 육군 장교가 국가원수를 저격하려 하다니! 절대로 용서할 수 없다!"

장재원이 먼저 입을 열었다.

"사관학교에서 쿠데타를 배운 적이 없다! 그리고 국군은 민주주의를 수호하는 걸 사명으로 하고 있다! 전 장군은 상관에게 총부리를 겨누었고, 부당하게 정권을 탈취하고서 민주주의를 탄압했다!"

한태형도 물러서지 않았다. 이제 빠져나갈 길은 없다. 그렇다면 떳떳하게 재판에 임할 것이다. 석 사령관의 마지막 명령을 완수하지 못하는 것이 마음 아팠고 어머니와 동생이 걸렸지만 한태형은 조금도 두렵지 않았다. 안젤라는 어떤 상황에서도 곁을 떠나지 않겠다는 듯 한태형을 꼭 끌어안았다. 수사관들이 다가오는 발소리가 들렸다. 최후의 순간이 다가온 것이다.

"……!"

그때 트럭이 헤드라이트를 환하게 켠 채 장재원을 향해 돌진했다. 장재원은 놀라서 물러섰다.

"빨리!"

문이 열리면서 장 상사가 두 사람에게 빨리 타라고 손짓을 했다. 한태형과 안젤라는 더 생각할 것 없이 조수석에 올라탔고 트럭은 전속력으로 연립주택단지를 빠져나갔다.

"안돼! 총 쏘지 마!"

장재원이 트럭을 향해 피스톨을 겨누는 수사관들을 제지했다. 새벽에 서울 시내에서 총격이 벌어지면 일이 복잡해질 수 있다. 어차피 독 안에 든 쥐다. 괜한 소란을 떨 필요가 없다.

수사관들은 신속하게 차에 탑승했고, 서둘러 추격에 들어갔다. 그런데 단지를 벗어나자 갈래길이 나왔다. 오른쪽은 성남으로 향하는 길이고 왼쪽은 강변도로로 통하는 길이다.

"성남 쪽으로 간 것 같습니다."

운전석의 수사관이 장재원을 쳐다보며 추격 여부를 물었다. 장재원은 잠시 생각하더니 차를 돌릴 것을 지시했다. 쫓아가는 것보다 먼저 가서 기다리고 있다가 체포하기로 한 것이다.

"고속도로를 타고 평택으로 간다. 본부에 연락해서 경기분실 요원들을 급히 미군 오산기지로 보내라고 해!"

장재원은 한태형이 오산기지로 가서 미군 비행기를 타고 한국을 빠져나갈 것이라 예상했다. 필리핀에서도 클라크 미군 공군기지에서 비행기를 탔을 것이다. 하지만 여기는 한국이다. 절대로 놓치지 않는다. 장재원은 이를 악물며 속력을 높일 것을 지시했다.

* * *

국가안전기획부 상황실에 모인 사람들은 긴장해서 현장 상황을 지켜보고 있었다. 상황이 현장에서 즉각 즉각 보고되면서 생중계를 방불케 하고 있었다.

"무슨 일을 이따위로 해?"

피의자가 포위망을 빠져나갔다는 보고가 들어오자 상황을 지켜보고 있던 안기부장이 화를 벌컥 냈다.

"경기분실 요원들을 오산 미군기지로 급파해 달라고 합니다. 장 보좌관은 피의자가 오산기지에서 미군 비행기를 타고 한국을 빠져나갈 거라 합니다."

"즉각 조치해!"

통신담당관이 보고했고, 안기부장은 즉시 승인했다. 저들 틈에서 상황을 지켜보고 있던 우나연은 슬며시 상황실을 빠져나왔다. 한태형은 요행히 현장을 빠져나갔지만, 신원이 밝혀졌으니 더 이상 숨을 데가 없을 것이다. 그리고 오산기지가 봉쇄되면 한국을 빠져나가지 못할 것이다.

결국 이렇게 되는 건가. 무거운 마음으로 안기부를 빠져나온 우나연은 공중전화 부스 앞에 이르러 차를 멈추었다. 그 사람이 이 시각에 자리에 있을까. 알 수 없지만 나머지는 천운에 맡기는 수밖에 없다. 우나연은 수첩에서 전화번호를 확인하고는 천천히 다이얼을 돌렸다.

＊＊＊

조금만 더 가면 고속도로에 진입한다. 따라오는 차는 없는 것 같았다. 따돌린 것일까. 그렇지만 오산기지에 들어가기 전까지는 안심할 수 없다.

"설사 우리 뒤를 따라온다고 해도 일단 고속도로에 들어서면 끝입니다. 트럭이 전속력으로 밟으면 다른 차들은 겁을 먹고 좌우로 흩어지면서 도로가 삽시간에 뒤엉켜버리니까요."

장 상사가 히죽 웃음을 지어 보였다.

"수사관이 장 상사 집에 들이닥칠 텐데."

한태형은 그게 걱정이 되었다.

"총으로 위협하는 바람에 어쩔 수 없었다고 하면 중벌은 면할 겁니다."

장 상사가 너스레를 떨었다. 한태형은 그저 고맙고 미안할 따름이다. 트럭은 마침내 고속도로에 진입했고, 장 상사는 기다렸다는 듯이 액셀을 밟았다. 육중한 트럭이 헤드라이트를 번쩍이며 속력을 높이자 장 상사의 말대로 승용차들이 화들짝 놀라며 비켜섰고, 새벽의 고속도로는 차들로 뒤엉켜버렸다.

트럭은 전속력으로 고속도로를 질주했고, 생각했던 것보다 일찍 송탄에 도착했다. 고속도로를 빠져나온 트럭은 곧장 미군기지로 향했다. 마침내 오산기지 정문이 눈에 들어왔다. 장 상사는 트럭을 세웠고, 한태형은 그와 굳은 악수를 나누었다.

"여기서 헤어져야겠군요. 부디 몸조심하십시오."

"정말 고맙소, 장 상사. 반드시 보답하겠소."

"고마워요. 꼭 미국으로 모실게요."

안젤라도 장 상사에게 고마움을 표했다.

트럭에서 내린 두 사람은 오산기지를 향해 내달렸다. 도로 양편으로는 미군 상대 클럽들이 늘어서 있었다. 밤에는 불야성을 이루는 환락가지만 새벽에는 을씨년스런 기분이 들었다. 조금만 더 가면 정문이다. 안젤라는 가쁜 숨을 몰아쉬며 부지런히 따라왔다.

"……!"

한태형이 팔을 뻗어 안젤라의 손을 잡으려는 순간, 클럽 모퉁이에서 건장한 남자들이 모습을 드러내더니 두 사람의 앞을 가로막고 섰다. 한태형은 직감적으로 저들이 경기분실 소속 안기부 요원들일 거라는 생각이 들었다. 하면 우리가 이리로 올 것을 알고 있었단 말인가. 황급히 뒤를 돌아보니 이미 안기부 요원들이 퇴로도 차단하고 있었다. 꼼짝없이 포위된 것이다. 여기까지 와서…… 미군기지가 바로 앞인데. 한태형은 하늘이 무너져 내리는 기분이었다.

그때 승용차가 달려오더니 급정거를 했고, 장재원이 문을 박차고 나왔다.

"타라!"

어느 틈에 장재원의 손에 피스톨이 들려 있었다. 불가항력의 상황이다. 한태형은 안젤라를 쳐다봤고, 안젤라는 각오를 했다는 듯 고개를 끄덕였다.

"……!"

한태형이 체념을 하고 차에 오르려는데 갑자기 정문에서 미군 헌병들이 우르르 몰려왔다. 정문에서 말썽이 일자 위병이 보고한 모양이다. 미군 헌병은 승용차를 에워쌌고, 안기부 요원들과 대치를 했다.

"우리는 미국 시민이오! 한국에서 법을 어긴 게 없는데 한국 경찰이 불법으로 우리를 연행하려 하고 있소!"

한태형이 여권을 꺼내 들고 큰 소리로 외쳤다. 그러자 미군 헌병대위가 나서더니 한태형의 여권을 확인하고는 장재원에게 다가갔다.

"저들이 한국에서 범죄를 저질렀다는 명백한 증거가 있습니까?"

"저 두 사람은 필리핀에서 대한민국 대통령을 저격하려 했다는 혐의를 받고 있소."

장재원이 험악한 표정을 지으며 답변했다.

"미국 시민이 필리핀에서 범행을 저질렀다면 우리가 연행해서 미국의 법으로 처리하겠습니다."

헌병대위도 지지 않고 인상을 썼다.

"대한민국 대통령을 저격하려 했던 자가 대한민국 땅을 밟고 있다! 그러니 미군은 꺼져! 그리고 저자는 신분을 위장하고 있어! 미국 시민이 아니란 말이야!"

장재원이 벌컥 성을 냈다. 갑자기 미군이 나타나서 다 된 밥에 재를 뿌리려 하고 있었다.

"거듭 경고합니다! 미국 시민이 대한민국 땅에서 죄를 짓지 않았다면 당신들은 미국 시민을 연행할 권한이 없습니다! 그리고 저 사람이 신분을 위장했는지 여부는 우리가 알아서 수사할 것입니다!"

미군 대위도 호락호락 물러서지 않았다.

"물러서! 여기는 한국이야!"

최 공작관이 호통을 치며 미군 대위에게 피스톨을 겨누었다. 그러자 안기부 요원들과 미군 헌병들이 일제히 피스톨을 꺼내 들고 상대방을 겨누면서 오산기지 정문에 일촉즉발의 긴장감이 감돌았다. 실제로 총격이 벌어지면 일은 걷잡을 수 없게 커질 것이다. 그리고 국내에서 불법을 저지른 적이 없는 미국 시민을 연행하면 외교적으로 큰 문제로 비화될 수 있다. 장재원은 분루를 삼키며 물러서기로 했다.

"돌아간다!"

안기부 요원들이 피스톨을 내리자 미군 헌병들도 따라서 피스톨을 거두었다. 장재원은 한태형에게 다가갔다.

"이것으로 끝이라고 생각하지 말아라. 내 손으로 꼭 너를 잡을 테니까."

"그래, 나도 할 일이 남아 있다. 반드시 다시 돌아올 것이다."

한태형은 그 말을 남기고 오산기지를 향해 성큼성큼 걸음을 옮겼다.

"당신은 뭐 하는 사람입니까? 하와이 태평양사령부에서 출국을

탈출 267

적극 협조하라는 통지를 보냈던데."

헌병대위가 쫓아오며 물었다.

"그리고 우나연 씨도 연락을 했습니다. 빨리 정문으로 가서 도 와주라고. 나연과는 미국에서 같은 대학을 다녔습니다."

우나연이? 그렇지 않아도 왜 하필 그때 헌병들이 몰려왔는지, 그리고 예상을 깨고 적극적으로 개입을 했는지 이상하다는 생각 이 들던 차였다. 마지막 배려일까. 어쩌면 일을 순리대로 풀라는 메시지일지도 모른다는 생각이 들었다.

아프리카

해가 바뀐지 어느새 2달이 지났고, 경칩도 지났지만 대동강변을 스치고 지나가는 바람은 여전히 매서웠다.

정찰총국 국장실 앞에 이르자 주진철 소좌는 복장을 확인했다. 그를 따르고 있는 김영찬 대위와 이인애 상위도 잔뜩 굳어 있었다. 주진철 소좌는 가벼운 헛기침을 하고는 조심스럽게 문을 열었다.

"하명하신 계획을 수립했습니다."

주진철 소좌가 정찰국장에게 보고했다. 대외조사부 부장은 이미 도착해 있었다.

"시작하라!"

정찰국장이 고개를 끄덕이자 김영찬 대위가 얼른 들고 온 차트를 펼쳤고 주진철 소좌는 차분한 목소리로 브리핑을 시작했다. 대외조사부 부장은 날카로운 눈매로 브리핑을 지켜보았다.

"정보에 의하면 남조선 대통령은 아프리카의 케냐와 나이지리아, 그리고 가봉을 차례로 순방하는 걸로 되어 있습니다."

대한민국은 여전히 반정부 시위가 끊이지 않고 있었지만, 전두환 정권은 자리를 잡아갔고, 경제가 순항을 하면서 외교전에서도 남이 북을 앞서가고 있었다. 대남공작부서에서 초조해하는 것은 당연했다. 더 이상 수세로 몰리기 전에 남조선을 뒤흔들어 놓을 필요가 있었다. 그러기 위해서는 국민들에게 인기가 없는 대통령을 제거하는 게 최상의 수단이다. 대남공작부서는 집요하게 전두환 대통령 암살에 매달리고 있었다.

킬러를 고용하는 건 방법이 될 수 없다는 걸 필리핀에서 절감했다. 그래서 정찰국은 직접 저격에 나서기로 하고 그 임무를 주진철 소좌에게 맡긴 것이다.

"정보를 엄밀하게 분석해본 결과, 마지막 순방국인 가봉에서 작전에 돌입하는 게 성공할 확률이 높다는 결론을 내렸습니다."

순방일정대로 아프리카 지도를 차례로 짚던 주진철 소좌의 손이 가봉의 수도 리브르빌에서 멈추었다. 정찰국장과 대남사업부 부장은 말없이 고개를 끄덕였다. 주진철 소좌는 인민무력부 정찰국 최고의 요원이며 특급저격수인 김영찬 대위와 폭파담당 이인애 상위는 그가 직접 고른 요원들이다. 그리고 세 사람 모두 폭풍여단에 소속되어 아프리카에 파병되었던 경력을 가지고 있다.

"방법은?"

정찰국장이 물었다.

"저격과 폭파 중 저격에 우선을 두고 있습니다만 최종 수단은 현지 상황에 따라서 선택하겠습니다."

주진철 소좌가 김영찬 대위와 이인애 상위에게 차례로 눈길을 주며 답변했다.

"세 사람이 움직이려면, 더구나 무기를 지니고 움직이려면 아무리 아프리카라고 해도 쉽지 않을 텐데 무슨 수로 현장에 접근할 것이며, 무기는 어떻게 반입할 계획인가?"

이번에는 대남사업부 부장이 물었다. 따지고 보면 암살 자체보다 그게 더 어려운 일일 수도 있다.

"우라늄을 거래하는 일본인 사업가로 신분을 위장하고 콩고인민공화국(콩고공화국)의 브라자빌로 가서 현지 무기상을 통해서 무기와 장비를 수령한 후에 지프를 타고 정글을 가로질러 가봉으로 들어갈 계획입니다. 국경을 통과하는 것은 크게 어렵지 않을 것입니다. 문제는 리브르빌로 잠입하는 것인데 세 가지 루트를 예상하고 있습니다. 셋 중에 현지 상황을 감안해서 최종결정을 하겠습니다."

주진철 소좌가 지도에 표시된 세 종류의 잠입 루트를 차례로 짚었다.

"좋아. 콩고인민공화국 대사관에 적극 협조하라고 연락해 놓겠다. 그리고 일정에 맞춰서 공작선 동건애국호를 가봉의 오웬도 항구로 보낼 테니 일을 마친 후에 신속히 오웬도로 이동해서 동건애국호에 승선하도록!"

대남사업부 부장이 만족을 표했다.

"외교부에서 직접 저격을 반대하는 바람에 청부업자를 고용했다가 괜히 돈만 날렸다. 동무들은 정찰국 최정예 전사들이다. 절대로 실패하는 일이 없도록!"

정찰국장이 주진철 소좌와 김영찬 대위, 이인애 상위에게 차례로 손을 내밀었다.

"반드시 과업을 완수해서 위대하신 수령님과 경애하는 지도자 동지의 은혜에 보답하겠습니다."

주진철 소좌가 큰 소리로 다짐했다.

* * *

한태형과 안젤라가 레스토랑으로 들어서자 낯이 있는 점원이 웃으며 두 사람을 반겼다. 낯선 세계와도 같았던 베벌리힐스의 고급 레스토랑들도 이제는 별다른 부담이 없었다.

예약석은 촛불이 은은한 빛을 발하면서 분위기를 더해주고 있었다. 캠벨은 아직 도착하지 않았다. 두 사람은 일부러 10분 전에 도착한 것이다.

"늘 당신에게 고마워하고 있어."

자리에 앉자 한태형이 준비한 선물을 건넸다. 오늘은 안젤라의 생일이다.

"아름다워요!"

상자를 열어본 안젤라가 감탄을 했다. 뉴욕 티파니 보석상에서 특별 제작한 진주목걸이가 들어 있었다. 한태형은 몸을 일으켰다. 그리고 안젤라의 뒤로 돌아가서 목걸이를 채워주었다. 어느새 행동에 자연스러움이 배어 있었다.

"고마워요."

안젤라가 정 깊은 눈길로 한태형을 쳐다봤다. 안젤라를 쳐다보는 한태형의 눈길도 마찬가지였다. 미국으로 쫓겨온 후로 이렇게 마음 편히 지내기는 처음이다. 안젤라가 곁에 있고, 어머니와 동생을 미국으로 데리고 오는 일도 순조롭게 진행되고 있다. 경제적으로 어려움이 없고 신분도 확실해졌다. 그렇다면 남은 일은 단 하나다.

"괜히 둘만의 오붓한 시간을 방해하는 거 아닌가?"

캠벨이 웃으며 다가왔다. 마침 LA에 들렀길래 한태형은 그를 초대한 것이다. 둘만의 시간도 좋지만 쓸쓸한 느낌도 들던 차였다. 안젤라는 아침에 샌프란시스코에 있는 부모와 통화를 했다고 했다.

"선물인가? 나는 일부러 빈손으로 왔네. 그래야 태형의 선물이 더 빛을 발할 거 아닌가."

캠벨이 안젤라의 목걸이에 눈길을 주며 조크를 던졌다.

"니카라과로 갈 거라고 들었어요."

"별일 아니야. 요인 경호만 하면 되는 일이니까."

캠벨이 대답을 하고는 조심스럽게 한태형을 살폈다.

"한국 대통령의 아프리카 방문 말인데, 혹시나 해서 CIA에 알아봤더니 북한에서 직접 나설지 모른다는 정보를 입수했다고 하더군."

북한이 직접 전두환 대통령을 노린다. 한태형은 고개를 끄덕였다. 충분히 있을 수 있는 일이다. 그간 북한은 국제사회의 눈치를 보느라 직접 나서지 않았는데 실패가 이어지자 생각을 바꿨을 것이다.

"알아봤더니 그 일과 관련해서 따로 움직이고 있는 킬러는 없네."

캠벨은 CIA의 정보를 다른 방향으로 확인해 주었다. 한태형은 말이 없었고, 안젤라와 캠벨은 입을 굳게 다문 채 한태형을 지켜보았다. 한태형이 속을 털어놓고 지내는 두 사람은 한태형의 복잡한 심사를 충분히 이해하고 있었다. 지금 한태형에게 남은 한 가지 문제는 석 사령관의 명령을 완수하는 것. 전두환을 대한민국 법정에 세우라고 했는데 어떻게 해야 하나. 오로지 군인의 길을 걸어온 한태형에게 법정은 막막한 대상이다.

그런데 해야 할 일이 생겼다. 전두환을 대한민국 법정에 세우려면 우선 대한민국 대통령이 북한에 테러를 당하는 일이 없어야 한다.

"암살이 성공할 가능성이 있다고 봅니까?"

한태형이 조심스럽게 물었다.

"글쎄, 북한이 직접 나서면 킬러를 고용한 것보다 가능성이 한결 크다고 봐야겠지."

캠벨이 신중한 표정으로 대답했다.

"한국은 미국의 중요한 동맹국입니다. CIA에서 가만히 보고만 있지는 않을 텐데요."

"당연히 그렇겠지. 하지만 정보를 제공할 뿐, 직접 나서지는 못할 테니 한계가 있을 것이네. 더구나 아프리카에서의 일 아닌가."

캠벨이 침통한 표정으로 고개를 가로저었다.

"하면 캠벨은 저들이 어디에서, 어떤 방법으로 테러를 가할 거라 예상합니까?"

한태형은 퍼뜩 주진철이 떠올랐다. 북한에서 직접 나선다면 필히 그가 일을 맡을 것이다.

"케냐와 나이지리아, 가봉 중 어디인지는 지금 단언하기 어렵네. 하지만 수단은 비교적 명백한 편이지. 일단 근접 저격은 배제해야 할 테니 장거리 저격 아니면 폭파겠는데 둘 중 장거리 저격이 우선이겠지. 왜 이 일에 끼어들 생각인가?"

"아직은…… 하지만 누가 나설지는 예상이 됩니다. 그렇다면 웬만한 경호실력으로는 그를 저지하기 힘들 겁니다."

"나도 짐작이 가는 인물인 것 같군."

캠벨이 고개를 끄덕이더니 피식 웃었다.

"얄궂군. 그럼 이번에는 한국 대통령을 지키는 쪽인가?"

캠벨의 말대로 일이 묘하게 되었다. 저격하려 했던 사람을 이번에는 저격으로부터 지키기 위해서 출동을 해야 하다니. 그렇지만 갈등은 오래가지 않았다. 석 사령관은 전두환을 대한민국 법정에 세우라고 했다. 그렇다면 대한민국의 주권자인 국민들이 최후의 심판을 내릴 그날까지 전두환에게 아무 일이 일어나지 않도록 해야 할 것이다.

"나는 솔직히 당신이 더 이상 그 일에 휘말리지 않았으면 하는 입장이지만 내가 말려도 결국 갈 것 아닌가?"

캠벨이 한태형의 눈치를 살피더니 말을 이었다.

"우선 현지 사정을 상세히 파악한 후에 저들이 어떻게 현장에 접근할 것이며, 무기는 어디서 얻고, 탈출 경로는 어떻게 짰는지 등을 종합적으로 고려해야 하네. 그래야 테러 예상 지점을 정확히 예측할 수 있을 테니. 쫓기면서 쫓는 입장이 될 텐데…… 복잡하겠군."

캠벨이 혀를 차더니 말을 이었다.

"CIA를 통해서 정보를 더 모으고, 전문가들로부터 자문을 받아서 가능성이 높은 장소와 대응 방법을 알려주겠네."

"고맙습니다. 늘 신세를 지는군요."

한태형이 진심으로 고마운 마음을 전했다.

캠벨이 호탕하게 웃더니 말없이 두 사람의 대화를 지켜보고 있는 안젤라에게 시선을 돌렸다.

"이거 미안하게 됐군. 괜히 내가 나타나서 분위기를 망친 것 아닌가."

"아니에요. 나는 캡틴 곁에만 있으면 다른 것은 아무래도 좋아요."

안젤라는 이번에도 같이 갈 것을 분명히 했다.

캠벨과 헤어져서 집으로 돌아오는 내내 한태형은 심란했다. 어제의 동지가 적이 되고, 그 반대로 어제의 적이 동지가 된다고도 하지만 이런 경우에 놓일 줄이야. 하면 이번에는 주진철 소좌와 적이 되어 만나는 것인가. 그럼 장재원은? 아마도 장재원은 이번에도 수행할 것이다. 한태형의 복잡한 심사를 이해하는지 집에 도착할 때까지 안젤라는 아무 말이 없었다.

집에 돌아온 한태형은 습관적으로 TV를 켜고 교민을 상대로 하는 한국방송의 채널에 맞췄다. TV는 각종 뉴스를 차례로 전했고 이런저런 화면이 바뀌면서 서울의 모습을 생생하게 보여주었다.

"……!"

그만 TV를 끄려던 한태형은 얼어붙은 듯 그 자리에 멈추어 섰다. TV에서는 군에서 축출된 장군이 신세를 비관해서 스스로 목숨을 끊었다는 소식을 전했다. 화면에 석 사령관의 얼굴이 비친 것이다.

사령관님이 끝내…… 한태형은 하늘이 무너져 내리는 기분이었다. 뉴스에서는 신세를 비관했다고 하지만 한태형은 석 사령관이 그때 쿠데타를 제압하지 못한 데 따른 회한과 자책감을 견디지 못하고 스스로 목숨을 끊었다는 사실을 잘 알고 있었다.

그때 마지막 명령이라고 했는데 하면 이런 뜻이었나. 한태형은 석 사령관으로부터 마지막 임무를 부여받던 때가 떠올랐다.

'반드시 마지막 명령을 수행하고 사령관님 영전에 복명하겠습니다.'

한태형은 그렇게 다짐했다.

* * *

비행기가 고도를 낮추기 시작했다. 머지않아 케냐 나이로비의 조모케냐타 공항에 착륙할 것이다.

전두환 대통령의 아프리카 순방이 시작되었다. 먼저 도착해서 대통령 경호 일정을 챙기고 있는 장재원에게 아프리카는 필리핀, 미국과는 또 다른 곳이어서 신경이 많이 쓰였다. 그렇지만 케냐에 도착해서 경호 상황을 점검해보니 그런대로 체계가 잡혀 있기에 조금은 마음이 놓였다. 오랫동안 영국 식민지로 있었던 케냐는 흔히 생각하는 아프리카와 달리 제도와 문물이 상당히 발전해 있었다.

CIA에서 북한이 뭔가를 꾸미고 있는 것 같다는 첩보를 제공했다. CIA의 첩보가 아니더라도 아프리카는 북한과 수교를 맺고 있는 나라가 많고, 북한군이 파병을 했던 곳도 있다. 안기부에 비상이 걸린 것은 당연했다.

경호실과 안기부에서는 케냐와 나이지리아 그리고 가봉 중에서 가봉을 제일 위험한 곳으로 꼽았다. 장재원의 판단도 같았는데 문제는 그 이상의 정보를 얻을 곳이 없다는 사실이다. CIA는 세계 최고의 정보기관이지만 북한은 워낙 폐쇄적인 나라인데다 대규모 병력이 동원되는 작전도 아니기에 더 이상의 상세한 정보를 입수하는 게 불가능했다. 국가원수의 해외 순방 경호는 해당 국가에서 책임을 지지만 안기부에서는 경호인력을 최대한 파견해서 취약한 면을 보강하기로 했다. 그래서 현지경호를 사실상 책임지고 있는 장재원은 인력 대부분을 가봉으로 보내고, 자신은 케냐에 남아서 대통령을 수행하기로 했다.

FBI는 제럴드 추이가 남아프리카로 출국했음을 확인해 주었다. 미국 내 반정부인사들은 특별한 움직임이 없다고 했다. 한태형이 왜 남아프리카로 갔을까. 남아프리카는 케냐와 나이지리아, 그리고 가봉에서 먼 곳이지만 그래도 그가 아프리카에 있다는 사실이 마음에 걸렸다. CIA에 그의 움직임을 파악해 달라고 요청했지만 크게 기대할 게 못 된다는 사실을 장재원은 잘 알고 있었다. 한태형은 유력인사의 비호를 받고 있는 것 같았다. 그렇다면 FBI나 CIA는 미국을 출국했다는 사실 이상의 정보를 제공하지 않을 것이다.

북한이 직접 나서기로 했다면 한태형은 왜 아프리카로 왔을까. 케이프타운으로 간 것은 위장일까. 아니면 다른 일로?

'아무렴 무슨 상관이란 말인가.'

장재원은 더 생각하지 않기로 했다. 대한민국 국가원수에게 위해를 가려는 자는 전부 내 적일 뿐이다.

착륙에 들어간 대통령 전용기에 우나연이 동승하고 있다. 약속대로 신혼여행을 대신하는 아프리카 여행이 될 것인가. 아니면…… 장재원은 거기까지만 생각하기로 했다.

마침내 비행기가 착륙을 했고, 문이 열리면서 전두환 대통령이 활짝 웃음을 지으며 모습을 드러냈다. 환영행사가 시작된 것이다. 케냐 일정상 대통령이 외부에 노출되는 행사는 공항에서의 환영행사가 유일하다. 장재원은 긴장해서 주변을 살폈지만 특별한 이상은 감지되지 않았다. 그리고 공항은 관제탑을 제외하고는 저격을 할 만한 곳도 없다.

* * *

"우라늄을 수입하러 왔소."

주진철이 백 달러짜리 지폐 두 장을 끼워 넣은 일본 여권을 내밀자 콩고인민공화국 출입국 관리는 하얀 이를 드러내며 거침없이 스탬프를 찍어주었다. 공항을 빠져나온 세 사람은 택시를 타고 브라자빌 시내의 북한대사관으로 향했다. 남조선 대통령이 지금 케냐에 있다. 나이지리아를 거쳐서 가봉으로 향할 텐데 리브르빌에서 거사를 단행하려면 모든 일정이 한치의 차질도 없이 진행돼야 한다. 주진철 소좌는 시계를 들여다보며 시간을 확인했다.

대사관에 도착하니 낯이 익은 대외정보조사부 책임연락관이 대사와 함께 세 사람을 기다리고 있었다.

"어서 오시오. 먼 길을 오느라 수고 많았소."

대사가 주진철 소좌와 김영찬 대위, 이인애 상위에게 차례로 악수를 청했다.

"남조선 대통령이 오늘 나이지리아를 떠나오. 사흘 후에는 가봉에 당도할 텐데 과업을 완수하려면 서둘러야 할 것이오."

지원을 책임지고 있는 대외정보조사부 책임연락관이 주진철 소좌에게 시일이 촉박함을 전했다. 대사관을 나서는 순간, 작전이 개시되면 이후로는 모든 게 현장지휘관인 주진철 소좌의 재량에 속한다.

"여기 콩고 브라자빌에서 가봉의 리브르빌로 가는 루트는 네 종류가 있소. 첫째는 비행기로 이동하는 것이고, 둘째는 음빈다까지 기차를 타고 가서 산악택시로 갈아타고 국경을 넘어 가봉의 프랑스빌로 가서 트랜스가봉 철도를 타고 리브르빌로 가는 것이고, 셋째는 루보모까지 기차로 이동해서 트럭으로 옮겨타고 느덴데로 가서 그곳에서 리브르빌로 가는 기차를 타는 것이오. 그리고 마지막 루트는 직접 지프를 몰고 국경을 넘어 가봉의 프랑스빌로 가서 트랜스가봉 열차를 타는 것이지요."

책임연락관은 여기까지 단숨에 말하고서 잠시 숨을 골랐다. 그리고 세 사람을 찬찬히 훑어본 후에 루트별 장단점을 부연했다.

"무기를 휴대해야 하기에 비행기로 이동하는 것은 애초부터 불가능하니 첫 번째 루트를 제외하면 두 번째 루트가 제일 쉽고 편하지만 음빈다 행 열차는 이틀 후에 출발하기에 일정을 맞추기 어렵소. 결국 세 번째 루트와 네 번째 루트 중에서 택해야 하는데 네 번째 루트가 하루를 절약할 수 있소. 그리고 사람들의 눈을 확실하게 피할 수도 있고. 그런데 문제는 지프를 타고 수백 km의 정글을 헤치고 나가야 한다는 사실인데……"

책임연락관이 주진철 소좌의 눈치를 살폈다. 주진철 소좌는 잠시 생각하더니 결심을 했다.

"네 번째 루트를 택하겠소."

"잘 생각했소. 힘들기는 하겠지만 제일 확실한 루트니까요."

책임연락관이 만족을 표하는데 문이 열리면서 요란하게 치장을 한 현지인이 안으로 들어섰다.

"음바바! 오랜만이오!"

주진철 소좌가 남자를 반갑게 맞았다. 음바바는 주진철 소좌가 앙골라에 있을 때부터 알고 지내던 현지 무기상이다.

"또 보게 되었군. 여, 당신도 왔나?"

음바바가 이인애 상위를 보고 반색을 했고 이인애 상위는 가볍게 목례를 보냈다.

"드라구노프 저격총 2정과 C4 폭약, 피스톨 3정과 성능이 좋은 정글 크루즈용 지프와 정글을 잘 아는 운전사가 필요하네. 가능한 한 빨리!"

주진철 소좌가 단도직입적으로 용건을 전했다. 음바바는 대사를 힐끔 쳐다보더니 그가 고개를 끄덕이자 히죽 웃으며 알았다는 뜻을 전했다.

* * *

케이프타운 국제공항을 이륙한 비행기가 순항고도에 이르자 한태형은 안전벨트를 풀었다.

"케이프타운에서의 멋진 밤을 평생 잊을 수 없을 거예요."

긴장한 한태형과는 대조적으로 옆자리의 안젤라는 소풍이라도 가는 듯 흥분한 표정을 감추지 못하고 있었다.

'제3국을 경유하면 CIA는 개입하지 않을 거네.'

캠벨의 조언을 받아들여서 남아프리카를 들렀던 것인데 안젤라는 케이프타운에서의 시간을 크게 흡족해하고 있었다. 하긴 현지에서 시간을 보내느라 들렀던 곳이지만 테이블마운틴과 희망봉 투어는 기대 이상의 멋진 여행이었다. 한태형은 눈을 감고 캠벨과의 국제통화 내용을 되새겨 보았다.

'전문가들은 가봉의 리브르빌을 꼽더군.'

'이유는?'

아무리 전문가들이라고 해도 한태형이 수긍할 수 있는 합리적인 판단 근거가 있어야 한다. 기회는 단 한 번뿐이다. 제대로 짚지 못하면 만사가 수포로 돌아간다.

'북한은 자기네 소행임이 드러나는 것을 극력 꺼릴 테니 당연히 킬러들의 탈출에 신경을 쓸 것이네. 그런데 동건애국호라는 북한 배가 오웬도로 향하고 있다는 정보를 확인했네. 오웬도는 리브르빌에서 그리 멀지 않은 항구도시지. 저격 후에 그리로 도주하면 쉽게 가봉을 빠져나갈 수 있을 테니까.'

북한공작선이 가봉으로 향하고 있다면 리브르빌이 유력할 것이다. 한태형은 그 문제는 더이상 따지지 않기로 했다.

'하면 테러 방법은?'

'원거리 저격이 우선이고, 여의치 않을 경우 폭약을 쓸 것으로 보고 있네.'

그것은 상식적인 선에서도 판단이 가능한 일이다. 애초부터 근접 저격은 아프리카에서 무용지물이다. 더구나 북한은 절대로 증거를 남기지 않으려 할 것이다.

소중한 정보를 얻었지만, 여전히 많은 게 불확실한 상황이다. 저격수를 저격하는 카운터 스나이핑은 직접 저격하는 것보다 훨씬 어렵다. 주진철 소좌가 상대라면 성공을 장담할 수 없는 마당인데 한태형 자신이 쫓기는 입장에서 카운터 스나이핑을 해야 한다.

'선제타격을 하고 빨리 현장을 벗어나야 할 테니 저격 장소를 정확하게 파악해야 하네.'

캠벨이 카운터 스나이핑의 요령을 전했다. 물론 한태형도 잘 알고 있었다.

'킨샤사에 도착하거든 음바바를 찾아가게. 내가 잘 얘기해 놓을 테니. 아무쪼록 행운을 빌겠네.'

캠벨은 언제나처럼 한태형을 위해 할 수 있는 모든 것을 아끼지 않았다.

비행기가 고도를 낮추기 시작했다. 이런저런 생각을 하는 사이에 자이레(콩고민주공화국)의 킨샤사 국제공항에 도착한 것이다. 주진철 소좌는 지금 어디에 있을까. 쫓아갈 수 있을까. 한태형은 제발 여태까지의 예측이 맞기를 빌면서 내릴 채비를 했다.

킨샤사 국제공항을 빠져나온 한태형과 안젤라는 택시를 타고 캠벨이 알려준 자이레 강변의 음바바 저택으로 향했다. 시간이 없다. 한치라도 예측에서 벗어나면 주진철 소좌를 잡을 수 없을 것이다. 한태형이 제시한 금액에 만족한 운전사는 부지런히 속력을 높였고 택시는 덜컹거리며 음바바의 저택으로 향했다.

"잘 될 거예요."

안젤라가 한태형의 손을 꼭 잡았다.

"저 집이오. 나는 여기서 돌아가겠소."

택시 기사가 음바바의 저택을 가리켰다. 택시가 서자 무장을 한 남자가 다가왔다. 한태형과 안젤라는 차에서 내리자 택시기사는 얼른 차를 뺐다.

"음바바를 만나러 왔소. 약속이 되어 있소."

한태형이 험악한 표정으로 노려보고 있는 무장경비원에게 찾아온 이유를 밝혔다. 무장경비원은 두 사람을 찬찬히 살피더니 수화기를 들었다.

"들어가시오."

신원을 확인한 무장경비원이 문을 열어주었다. 한태형은 주위를 둘러보고는 이층으로 향했다. 프랑스풍으로 꾸민 하얀 대리석의 이층 건물은 자이레(콩고) 강을 사이에 두고 브라자빌과 마주 보고 있다.

"이번에는 당신인가? 무슨 일이 벌어지고 있는 모양이군."

음바바가 싱글거리며 다가왔다. 한태형은 앙골라에 있을 때 캠벨과 함께 음바바를 만났던 적이 있었다.

"요 며칠 사이에 아마도 당신은 나도 아는 사람과 만났을 텐데 그가 뭘 요구했는지 알고 싶소."

한태형은 안젤라를 힐끔힐끔 쳐다보는 음바바에게 찾아온 이유를 밝혔다.

"뭐야? 하면 이번에는 한 편이 아니란 말인가? 고객의 비밀을 보장하는 게 이쪽 일의 기본이라는 사실을 모르지는 않을 텐데."

한태형은 눈을 가늘게 뜨고 자기를 살피는 음바바를 보며 주진철 소좌를 만났다는 사실을 확인했다.

"캠벨이 앞으로도 당신과 계속해서 거래하고 싶다는 뜻을 전하라고 했소."

한태형이 음바바를 압박했다.

"목에 칼을 대는 것보다 더한 위협이군. 하면 나더러 뭘 어떻게 하란 말인가."

음바바가 혀를 찼다. 캠벨은 어떤 경우에도 포기할 수 없는 VIP 고객이다.

"도대체 두 사람은 어떤 사이요? 나는 같은 민족이고 같은 편인 줄로 알고 있는데?"

음바바가 알 수 없다는 표정을 짓더니 말을 이었다.

"북한대사관에서 세 사람을 만났소. 드라구노프 2정과 C4 폭약, 피스톨 3정, 그리고 정글 크루즈용 지프와 운전사를 원하길래 구해주었소."

정글 크루즈용 지프라면……

"정글로 국경을 넘어서 프랑스빌로 가서 트랜스가봉 열차를 타고 리브르빌로 갈 생각이겠지."

음바바가 이제와서 감출 게 뭐 있겠냐는 투로 부연했다.

"우리도 같은 종류의 지프를 구해주시오. 저격총과 글락 피스톨 2정, 그리고 현지 지리를 잘 아는 운전사도 구해주시오."

"캠벨에게 큰 빚을 안기는 것도 나쁘지 않겠지. 좋소, 곧 준비하겠소. 그런데 저격총은 어떤 걸로?"

"바렛에서 만든 M82를 구해주시오."

카운터 스나이핑은 요인을 저격하는 것보다 훨씬 어렵다. 그렇지만 석 사령관의 마지막 명령을 완수하려면 반드시 성공해야 한다. 한태형의 얼굴에 불굴의 결기가 서렸다.

* * *

정글 한복판이지만 국경까지는 그런대로 길이 나 있어서 운전에 큰 어려움이 없었다. 그렇지만 덜컹거리는 비포장도로를 장시간 달리려니 어려움이 이만저만이 아니었다. 북한 공작원 세 사람은 벌써 15시간째 심하게 요동치는 도요타 크루즈 지프에서 시달리고 있었다. 위치를 가늠할만한 건물이 없는 데다 다른 차량들의 통행도 뜸한 곳이다. 혹시 엉뚱한 데로 차를 몰고 가는 것은 아닐까. 주진철 소좌는 걱정이 되었지만 음바바가 붙여준 운전자는 지리에 자신이 있다는 듯 태평한 표정이었다.

뒤를 돌아보니 김영찬 대위와 이인애 상위가 자세를 낮춘 채 손잡이를 꼭 잡고 있었다. 강행군으로 지칠 대로 지쳐 있었다. 중간에 차를 멈추고 잠깐 쉰 게 휴식의 전부니 녹초가 된 건 당연할 것이다. 무기와 폭탄을 실은 박스도 실었으니 뒷좌석은 비좁을 수밖에 없었다.

"프랑스빌까지 얼마나 남았습니까?"

김영찬 대위가 물었다.

"조금 있으면 국경을 통과해서 가봉의 고다에 도착할 거야. 거기서부터는 길이 포장되어 있다고 하니까 조금만 더 참아."

주진철 소좌가 시계를 들여다보며 대답했다.

"지금쯤 동건애국호가 오웬도에 들어왔겠지요?"

이인애 상위가 입을 열었다.

"그렇겠지."

힘은 들지만 모든 게 계획대로 진행되고 있었다. 머지않아 가봉 제2의 도시 프랑스빌에 도착할 것이다. 그곳에서 650km 떨어진 리브르빌까지 트랜스가봉 열차를 타면 11시간이 걸린다. D-DAY 하루 전날 도착하는 것이니 현장을 답사할 시간이 있다.

"남조선 대통령은 내일 가봉에 도착하겠군요. 가봉이 발을 디디는 마지막 땅이 될 거란 사실은 꿈에도 모르고 있겠지요."

김영찬 대위가 입을 열며 무료함을 달랬다. 주진철 소좌가 웃음을 짓는데 지프가 멈추었다.

"뭔가?"

"비가 내려서 흙이 씻겨 내려갔습니다. 지프가 낭떠러지 아래로 구를 수 있습니다."

운전자의 말대로 낭떠러지로 이어진 도로의 가장자리가 움푹 패어 있었다. 네 사람은 지프에서 내려서 길을 살폈다. 도로의 가장자리 20m 정도가 빗물에 유실되었는데 지프 한 대가 간신히 지나갈 수 있는 정도의 폭이 남아 있었다. 낭떠러지는 50m도 더 되는 것 같았다.

"다른 길은?"

"돌아가려면 하루가 더 걸립니다."

낭패였다. 잘 나가다 여기서 발목을 잡히다니. 일정상 하루 여유가 있지만 더 이상 지프에서 체력을 소모하면 임무를 수행하기 힘들다. 지금까지도 간신히 참고 왔다. 김영찬 대위와 이인애 상위가 걱정 가득한 얼굴로 주진철 소좌의 결정을 기다렸다.

"천천히 조심해서 몰면 지나갈 수 있다. 대사관에 연락해서 돈을 더 주라고 하겠다."

주진철 소좌가 현지 운전자에게 제안을 했다.

"싫소. 너무 위험하오. 나는 돌아가겠소."

운전자가 고개를 가로저었다.

"좋아, 그럼 비켜. 내가 직접 운전하겠다!"

이럴 때는 세게 나가야 한다. 주진철 소좌가 인상을 험악하게 쓰며 도요타 랜드크루저로 향했다.

"두 배!"

운전자가 소리쳤다. 사실 직접 운전하는 것은 무리다. 피로가 가중될 것이며 자칫 길을 잘못 들어서면 만사가 수포로 돌아간다. 주진철 소좌가 고개를 끄덕이자 운전자가 다시 운전석에 앉았다. 조금이라도 무게를 줄여야 한다. 세 사람은 도보로 건넜고 지프는 천천히 전진했다. 체력소모를 감안해서 무기는 그대로 지프에 남겨두었다. 바퀴가 낭떠러지에 간신히 걸리는 아슬아슬한 곡예 운전이었다.

"어!"

지프가 중간쯤 왔을 때 흙이 패이면서 지프가 옆으로 기울었다. 운전자는 사색이 되었다.

"무기를 꺼내야 해요!"

이인애 상위가 놀라서 지프로 달려갔지만 이미 때가 늦었다. 흙이 무너져 내리면서 지프와 운전자는 낭떠러지 아래로 굴러떨어졌다.

* * *

　장재원이 시계를 들여다보았다. 지금쯤 대통령을 태운 비행기가 나이지리아의 라고스 공항을 출발했을 것이다. 예상했던 대로 케냐와 나이지리아에서는 아무 일이 없었다. 그렇다면 이제 결전지인 가봉만 남았다.

　"레노바시옹으로 가시지요."

　동승한 가봉 경찰의 온딤바 총경이 장재원을 레노바시옹으로 안내했다. 미리 가봉에 도착한 장재원은 현지 경찰의 온딤바 총경과 함께 경호실태를 점검하는 중이다. 영국에서 경찰대학 과정을 마친 온딤바 총경은 엘리트 경찰답게 일 처리에 빈틈이 없었다.

　리브르빌 시내에 위치한 레노바시옹은 아프리카 외교의 일환으로 한국이 2년 전에 지어준 가봉에서 제일 높은 15층 규모의 주상복합건물이다. 전두환 대통령은 한국에서는 유신백화점으로 알려진 레노바시옹을 방문해서 가봉 교민들을 위로할 예정이다.

　가봉 순방 일정 중에서 대통령이 외부에 노출되는 행사는 공항 환영식을 제외하면 레노바시옹 방문이 유일하다. 그렇다면 북한 공작원들은 공항보다는 레노바시옹에서 일을 벌이려 할 것이다. 장재원은 그렇게 판단했다.

　"근거리 경호에 모두 20명이 동원됩니다."

　온딤바 총경이 리브르빌 시내를 확대한 지도를 내밀었다. 대통령이 차에서 내려 건물로 들어가려면 20m를 걸어야 하는데 그 중간에 현지 교민들로부터 환영의 꽃다발을 받게 되어 있다. 가봉 경찰 20명이 외곽을 경비하고, 수행원들이 밀착경호를 하면 문제는 없을 것이다. 현지 교민들 대부분은 대사관에서 아는 사람들이다. 문제는 원거리 저격이다. 장재원이 고개를 끄덕이자 온딤바 총경이 원거리 저격에 대비한 계획을 밝혔다.

"레노바시옹으로부터 반경 1km 내에 5층 이상 건물이 5채입니다. 그들 중 2채는 레노바시옹에서 사각(死角)이니 문제 될 게 없을 테고 나머지 3채는 출입을 통제하겠습니다. 그리고 행사 한 시간 전에 다시 철저히 점검하겠습니다."

온딤바 총경이 지도를 차례로 짚으며 설명했다.

"3층 건물은 얼마나 됩니까?"

"한 20채 정도 되는데…… 행사 동안에 옥상에 인원을 배치하겠습니다."

3층은 옥상만 통제하면 원거리 저격을 막을 수 있을 것이다. 장재원이 고개를 끄덕였다. 그렇지만 시선은 지도를 떠나지 않았다.

"여기는 신경 쓰지 않아도 좋을 겁니다. 외교 채널을 통해서 분명하게 경고를 했으니까요. 그리고 한국 대통령이 머무는 동안에는 경찰에서 엄격히 감시하겠습니다."

온딤바 총경이 북한대사관을 가리켰다. 가봉은 남북한 모두와 수교를 한 나라다. 그렇지만 장재원은 북한대사관이 아닌 반경 1.5km 안에 있는 고층건물들을 살피고 있었다. 한태형이라면 1.5km에서도 목표물을 명중시킬 수 있을 것이다.

온딤바 총경에게 경호 범위를 1.5km까지 늘려달라고 할까. 그러나 장재원은 그러지 않기로 했다. 그렇지 않아도 안기부에서 너무 나선다는 불만이 외무부 쪽에서 나오고 있었다. 아프리카 국가들도 저들을 무시하는 것 같아서 못마땅해하는 눈치였다.

"좋군요. 적극적인 협조에 감사를 드립니다."

장재원이 웃으며 온딤바 총경에게 만족을 표했다. 마음에 걸리는 부분은 김 공작관과 최 공작관을 데리고 직접 살피면 될 것이다.

* * *

주진철 소좌가 잠시 생각을 하더니 마음을 굳혔다.

"밀고 나가겠습니다."

"좋소. 그렇다면 무기는 동건애국호에서 지급받도록 하시오. 시간이 없으니 서둘러야 할 것이오."

대외정부조사부 책임연락관이 즉시통화를 끝냈다. 주진철 소좌가 그대로 결행을 하겠다고 하자 통화를 지켜보고 있던 김영찬 대위와 이인애 상위의 얼굴이 굳어졌다. 지프가 굴러떨어지는 사고를 당하고 반나절을 헤맨 끝에 세 사람은 화물트럭을 얻어타고 간신히 프랑스빌에 도착했다. 그렇지만 무기를 잃어버린 데다 계획보다 하루 늦고 말았다. 임무를 포기하고 돌아갈 것인가, 아니면 그대로 밀어붙일 것인가. 주진철 소좌는 브라자빌 대사관으로 전화를 걸었고, 책임연락관은 조장의 재량에 맡기겠다고 한 것이다.

"일정이 하루 지체된 데다 오웬도까지 갔다 오려면 시간이 너무 부족하다. 당장 역으로 간다!"

"알겠습니다. 서두르면 H-HOUR 이전에 리브르빌로 돌아올 수 있을 겁니다."

김영찬 대위가 지도를 살피며 답했다. 세 사람은 황급히 역으로 향했다. 프랑스빌에서 리브르빌까지는 열차로 11시간이 걸린다. 다시 오웬도에 가서 무기를 지급받고 리브르빌로 돌아오려면 이제부터는 정말 한 치의 오차도 없어야 한다.

* * *

핸들을 잡은 손이 덜덜 떨렸다. 비포장도로를 장시간, 그것도 전속력으로 운전을 하는 중이다. 피로가 몰려왔지만 그렇다고 긴장을 늦추면 안 된다. 깜박 실수했다가는 지프가 낭떠러지 아래로 구르거나 나무를 들이받을 것이다.

"이제 거의 다 왔소!"

옆자리의 운전자가 프랑스빌로 가는 길을 가리켰다. 현지에서 고용한 운전자와 한태형, 그리고 안젤라는 꼬박 하루를 번갈아 가면서 핸들을 잡았다. 그 와중에서도 고장 나지 않고 계속 달리는 랜드크루저가 고마울 따름이다.

프랑스빌이 가까워지자 길이 좋아졌다. 비포장이지만 그래도 곧고, 넓게 뻗어 있었다. 시간이 없다. 한태형은 액셀을 힘껏 밟았다. 지프가 요동을 치면서 흙먼지가 일었다. 뒷좌석의 안젤라는 자세를 낮추며 손잡이를 꼭 잡았다.

그렇게 한참을 더 달리자 마침내 프랑스빌 시내가 시야에 들어왔다. 일차 관문을 통과한 셈이다. 그렇지만 여전히 상황이 불리했다. 요행히 금방 열차를 타면 그런대로 대통령이 리브르빌에 머무는 동안 도착할 수 있을 것이다. 그렇지만 기차가 이미 떠났다면…… 그때는 속수무책이다.

프랑스빌 역이 눈에 들어왔다. 한태형이 지프를 세우자 안젤라가 얼른 무기 가방을 챙겨 들고 뛰어내렸다.

"성공을 빌겠소!"

현지 운전자가 자리를 바꿔 앉으며 한태형과 안젤라에게 작별의 인사를 건넸다. 나름 성실한 운전자를 만난 건 행운이다. 한태형은 밤을 꼬박 새우며 운전을 했던 현지 운전자에게 고마움을 전하고는 역으로 내달렸다.

"우라늄 광석을 수입하는 사람이오."

한태형이 미리 준비한 서류에 달러 고액권을 끼워서 건네자 역무원은 고개를 끄덕이고는 무기가 든 가방을 그대로 통과시켜 주었다.

플랫폼으로 달려가니 기차가 막 떠나려 하고 있었다. 놓치면 만사가 끝이다.

"뛰어!"

한태형이 무기 가방을 받아들고는 기차를 향해 전력으로 내달렸다. 안젤라가 뒤를 따랐다. 절대로 놓치면 안 된다. 한태형은 무기 가방을 집어던지고는 몸을 날리며 기차에 뛰어올랐다. 안젤라가 힘겹게 따라오고 있는데 기차는 점점 속도를 붙였다. 자칫 놓칠 판이다.

"빨리!"

한태형이 소리를 지르며 손을 뻗었다. 다행히 안젤라가 한태형의 손을 잡았고, 한태형은 있는 힘을 다해 안젤라를 잡아끌었다. 두 사람은 그대로 기차 바닥에 나뒹굴었다.

악취가 심했다. 주위를 둘러보니 물소하고 염소들이 놀라서 허둥대고 있었다. 트랜스가봉 열차는 전부 13량인데 프랑스인들이나 백인 사업가, 관광객들이 타는 일등석과 돈이 있는 현지인들이 타는 이등석, 그리고 가난한 현지인들이 타는 삼등석이 2량씩 있고 맨 끝은 동물칸이다.

한태형과 안젤라가 동물칸에서 나타나자 현지인들이 놀라서 쳐다봤다. 두 사람은 사람들을 헤치며 앞으로 나갔다.

"당신들 뭐요!"

일등석에 이르자 역무원이 인상을 쓰며 두 사람을 가로막았다. 그렇지만 한태형이 달러를 건네자 역무원이 얼른 비켜섰다. 다행히 좌석은 여유가 있었다. 한태형과 안젤라는 일등석의 빈자리를 찾아 앉았다. 긴장이 풀리면서 피로가 몰려왔다.

"10시간 이상 달려야 하니 잠시 눈을 붙이도록 해."

한태형이 안도의 숨을 내쉬며 말했다. 안젤라가 고개를 끄덕이고는 눈을 감았다. 일등석은 그런대로 좌석이 안락했다. 리브르빌에 당도하면 그다음에는 뭘 어떻게 해야 하나. 막막했지만 쉬면서 체력을 회복하는 게 급선무다. 정 안 되면 행사장에서 소란을 피워서 행사를 취소시키는 것도 방법의 하나일 것이다. 그렇게 생각하며 한태형은 눈을 감았다.

히든 타깃

    가봉의 레옹음바 국제공항은 대한민국 대통령을 환영하는 인파로 북적였다. 태극기와 가봉 국기가 나란히 펄럭였고 가봉 군악대와 의장대가 도열해서 국빈의 도착을 기다렸다.

    마침내 대한민국 대통령이 탑승한 비행기가 공항에 착륙을 했다. 전두환 대통령이 손을 흔들며 트랩을 내리자 교민들은 태극기를 열렬히 흔들며 먼 곳을 방문한 대한민국 대통령을 환영했다.

    전두환 대통령이 마중을 나온 가봉의 봉고 대통령과 단상에 나란히 서자 가봉 군악대가 애국가를 연주했다. 공식 환영행사가 시작된 것이다.

    "……!"

    그 순간 대통령 수행원과 현지 대사관 직원들, 환영을 나온 교민들의 얼굴이 흙빛으로 변했다. 군악대가 애국가 대신에 북한국가를 연주한 것이다. 남북한 모두와 수교를 하고 있는 가봉에서 군악대가 그만 실수를 한 것이다. 불길한 징조는 아닐까. 장재원은 가슴이 덜컹 내려앉았다.

＊＊＊

시간이 얼마나 흘렀을까. 눈을 뜬 한태형은 창밖을 살폈다. 어느새 주변이 훤해져 있었다. 그 사이에 시간이 이렇게 많이 흘렀단 말인가.

"리브르빌이 멀지 않았다고 해요."

안젤라가 말했다. 피로가 많이 가셨는지 목소리가 한결 가벼웠다. 한태형은 얼른 시계를 들여다보았다. 대통령은 어제 오후에 리브르빌에 도착했을 것이다.

"이제 뭘 어떻게 하지요?"

"일단 리브르빌에 도착해서 대통령이 외부에 노출되는 행사가 있는지부터 알아봐야지."

공항행사에는 가봉의 봉고 대통령도 참석할 테니 함부로 테러를 감행하지 못할 것이다. 그렇다면 주진철은 외부행사 때 저격하고 오웬도로 가서 배를 타고 빠져나가려 할 것이다. 거기까지는 어렵지 않게 추리가 되었지만 저격 장소를 알아내지 못하면 아무런 소용이 없을 것이다. 리브르빌 지리도 모르는 데다 시간이 너무 없다.

"화장실 다녀올게."

요의를 느낀 한태형이 몸을 일으켰다. 화장실은 기차의 첫 번째 칸과 두 번째 칸 사이에 있다. 두 번째 칸에 탄 한태형은 통로를 지나 앞으로 향했다. 마침 화장실에 사람이 있었다. 한태형은 밖에서 기다렸다.

"......!"

밖으로 나오는 사람과 마주치는 순간 한태형은 깜짝 놀랐다. 주진철 소좌가 화장실에서 나온 것이다. 이 사람이 왜 이 기차에? 어제 리브르빌에 도착한 걸로 알고 있었는데.

"한 동무가 어떻게 여기에?"

놀라기는 주진철 소좌도 마찬가지였다. 당황하는 한태형과 경계의 빛을 띠는 주진철. 반응은 주진철 소좌가 빨랐다.

"남조선 대통령을 쏘는 일은 우리가 하겠소. 혹시라도 차질을 빚으면 안 되니까 그동안 조용히 있어 주시오. 이해해 주리라 믿겠소."

어느새 주진철 소좌의 손에 피스톨이 들려 있었다. 주진철 소좌는 숨을 돌릴 틈도 없이 한태형의 몸에서 피스톨을 꺼내 들었고, 화장실로 밀어 넣었다. 한태형은 창졸간에 대항할 틈도 없이 당하고 말았다.

왜 이렇게 오지 않는 걸까. 화장실에 간 지 한참이 지났는데도 한태형이 돌아오지 않자 안젤라는 경계심이 일었다. 자리를 비운 사이에 누가 가방에 손을 대면 안 된다. 안젤라는 무기 가방을 챙겨 들고 화장실로 향했다.

그런데 한태형은 보이지 않고 웬 건장한 동양 남자가 화장실 앞에서 서 있었다. 그 서슬에 놀랐는지 화장실로 가던 사람들이 슬금슬금 돌아서고 있었다. 안젤라는 직감적으로 북한 공작원임을 간파했다. 저들이 왜 이 기차를 타고 있는지 몰라도 한태형이 저

안에 감금되어 있을 것이다.

"스미마셍."

안젤라가 일본인 행세를 하며 다가오자 화장실을 지키고 있던 김영찬 대위는 당황스러웠다. 다른 사람들은 알아서 비껴가는데 이 일본 여자는 겁도 없나.

"어……"

안젤라가 허둥대는 김영찬 대위의 머리에 재빨리 피스톨을 겨누었다.

"비켜!"

안젤라는 당장이라도 방아쇠를 당길 기세였다. 김영찬 대위가 당황해서 물러서는데 문이 열리면서 한태형이 뛰쳐나왔다.

"엇!"

한태형에게 발길질을 당한 김영찬 대위는 뒤로 벌렁 자빠졌고 한태형은 얼른 피스톨을 빼앗았다.

"역시 캡틴에게는 내가 필요해요."

"피해!"

한태형이 공치사를 하는 안젤라를 황급히 피신시켰다. 이인애 상위가 이쪽으로 오고 있었다. 김영찬 대위와 교대하러 오는 모양이었다. 일격을 당한 김영찬 대위는 고통을 참으며 몸을 일으키고 있었다. 주진철 소좌까지 가세하면 상황이 불리하다. 한태형은 차창 밖을 살폈다. 리브르빌에 다 왔는지 시가지가 눈에 들어왔고 기차도 서행하고 있었다.

"뛸 수 있어?"

한태형이 안젤라를 쳐다봤고 안젤라가 고개를 끄덕였다. 한태형은 무기 가방을 집어 던졌다.

"안 돼!"

두 사람이 기차에 몸을 던지려는데 김영찬 대위가 한태형을 뒤에서 껴안았다. 그 바람에 둘은 뒤엉킨 채 기차에서 떨어졌다.

"엇!"

김영찬 대위가 비명을 질렀다. 땅에 떨어지면서 다친 것 같았다. 주진철 소좌가 쫓아오기 전에 빨리 피해야 한다. 한태형은 절뚝거리며 따라오는 김영찬 대위를 뿌리치고는 숲으로 내달렸다. 안젤라가 가방을 챙겨 들고 뒤를 따랐다.

* * *

"나름 빈틈이 없는 것 같습니다."

최 공작관이 의견을 전했다. 김 공작관도 같은 생각인지 고개를 끄덕였다. 장재원과 두 공작관은 지금 레노바시옹을 살피고 밖으로 나오는 길이다. 내일 오전에 여기서 행사가 열릴 예정이니 마지막 점검인 셈이다.

"폭발물에 의한 테러는 원천적으로 봉쇄된 것 같습니다."

김 공작관이 입을 열었다. 레노바시옹은 주상복합건물이다. 아래층은 백화점이고 위층은 한국 교민과 일부 가봉의 부유한 시민들이 살고 있는데 교민은 세 사람이 직접, 가봉 시민들의 주거지는 가봉 경찰 당국이 샅샅이 뒤졌다. 그리고 이 시간 이후로 출입이 통제된다. 내부에 폭발물을 설치하는 것은 불가능하다.

근거리 접근 저격은 고려 대상이 아니니 남은 것은 원거리 저격이다. 장재원은 얼굴을 찌푸린 채 레노바시옹 주변을 둘러보았다. 온딤바 총경은 성실한 사람이고, 나름 유능한 경찰이기에 그의 경호 계획은 특별히 지적할 만한 곳이 없었다. 그렇지만 북한 정찰국의 실력을 잘 아는 장재원은 마음을 놓을 수 없었다.

한태형은 여전히 마음에 걸렸다. 케이프타운에서 행적이 끊기면서 불길한 생각을 더해주었다. 그가 북한 공작원들과 합류했을까. 정황상 충분히 그럴 수도 있지만 냉정히 생각해보면 가능성이 희박했다. 북한이 직접 나섰다면 굳이 한태형과 손을 잡을 이유가 없을 것이다. 이런 공작은 장기간에 걸친 팀워크와 치밀한 사전계획이 필수다. 필리핀에서처럼 일을 맡겼다면 모를까 팀의 일원이 되는 합동공작이라면 득보다는 실이 많을 것이다.

그럼 한태형은 왜 아프리카에? 북한 공작원과는 별도로 대통령을 노릴 속셈이란 말인가. 그렇다면 일이 한결 복잡해진다. 장재원은 손에 들고 있는 리브르빌의 지도로 눈을 돌렸다. 지도에는 레노바시옹은 중심으로 100m 간격으로 그려져 있는 동심원은 1km에서 멈춰 있었다.

장재원은 거리를 1.5km까지 확대하기로 했다. 그러자 5층 이상 고층건물이 코코비치 호텔과 리베르테 빌딩, 그리고 리브르빌 종합병원으로 늘어났다.

"행사 당일 여기, 여기, 그리고 여기를 뒤지기로 한다."

"우리 단독으로 말입니까?"

최 공작관이 물었다.

"그래, 우리가 직접 나설 수밖에 없는 상황이야."

"너무 멀지 않습니까? 1.5km는 될 텐데."

김 공작관이 고개를 갸우뚱했다.

"한치라도 빈틈을 허용하면 안 되다."

장재원은 그렇게만 대답했다. 한태형이라면 1.5km에서도 목표물을 명중시킬 수 있을 것이다.

* * *

주진철 소좌는 한숨을 내쉬었다. 지프가 뒤집히는 바람에 일정을 하루 까먹은 판에 김영찬 대위마저 기차에서 떨어지면서 발목을 세게 접질린 것이다.

"어떻게 할 셈이오? 모든 걸 조장 동무의 재량에 일임하라는 지령이 내려왔는데?"

동건애국호 지도선장이 눈을 가늘게 뜨고서 주진철 소좌의 결심을 촉구했다. 기차에서 내린 공작조 세 사람은 오웬도로 이동해서 그곳에 정박해 있는 동건애국호에 승선해서 차후 대책을 논의하고 있었다.

"예정대로 진행하겠습니다."

주진철 소좌가 강행으로 마음을 굳혔다.

"김 대위는 여기에 남아. 나하고 이 상위 둘이서 과업을 수행할 테니."

"조장 동지! 나도 가겠습니다!"

김영찬 대위가 펄쩍 뛰었지만, 주진철 소좌는 매몰차게 거절했다. 그 몸으로 따라나서면 방해만 될 뿐이다. 이인애 상위는 전문 저격수가 아니지만 큰 상관 없다. 어차피 저격은 한 사람이 한다.

두 명이 동원된 것은 만약의 경우를 대비한 것이다.

"할 수 있겠나?"

주진철 소좌가 이인애 상위를 쳐다봤고, 이인애 상위는 할 수 있다는 듯 고개를 끄덕였다. 무기는 동건애국호에서 지급받기로 했으니 문제가 없다.

"그럼."

대사관에서 온 참사관이 대형지도를 탁상 위에 펼쳤다. 레노바 시옹을 중심으로 리브르빌의 거리와 건물들이 빠짐없이 그려져 있었다.

"반경 1km까지 싹 뒤졌다고 합니다."

참사관이 은밀히 알아낸 정보를 정했다. 어차피 1km 밖에서 저격할 예정이다. 그렇다면 어디가 좋을까. 주진철의 눈이 리브르빌 종합병원과 코코비치 호텔, 그리고 리베르테 빌딩을 차례로 훑었다.

"여기는 병원이고 여기는 호텔 같은데 리베르테 빌딩은 뭘 하는 곳입니까?"

"가봉에서 철광석을 수입하는 프랑스 무역상사가 입주해 있지요."

그렇다면 세 곳 모두 외부인이 출입하는데 큰 어려움이 없을 것이다. 어디가 좋을까. 주진철 소좌는 거리와 각도를 면밀히 살폈다.

"남조선 대통령이 외부에 노출되는 시간은 얼마나 될 것 같습니까?"

"차에서 내려서 입구까지는 20m 정도 걸어가야 하는데 도중에 현지 교민들의 간단한 환영행사가 있을 것이고, 어린아이들이 꽃다발을 전할 것으로 예상됩니다. 그리고 이것은 일대를 촬영한 사진입니다."

참사관이 레노바시옹 입구를 여러 각도에서 촬영한 사진을 내밀었다. 현장 실사를 할 시간이 없는 마당에 큰 도움이 될 것이다. 주진철 소좌는 세 건물로부터의 거리와 각도를 염두에 두면서 사진들을 면밀히 살폈다.

"큰 도움이 되겠습니다. 반드시 과업을 완수하겠습니다."

주진철 소좌는 회합을 마치고 선실을 나섰다. 갑판으로 나서자 항구는 요트의 불빛으로 출렁이고 있었다. 오웬도의 항구에는 돈 많은 현지 프랑스인들의 요트가 줄지어 계류되어 있었다.

"저격은 전문이 아니지만, 최선을 다하겠습니다."

어느새 이인애 상위가 곁에 있었다.

"이 상위는 어떻게 생각해?"

"한태형 동무 말입니까?"

"그래, 왜 그 시간에 거기에 있었을까?"

주진철 소좌는 한태형이 마음에 걸렸다. 무장을 해제당하고 감금되었으니 기분이 나빴겠지만 그렇다고 그렇게 무리해서 도망갈 일도 아니지 않았던가. 아무튼 동료가 있을 거란 생각을 못 한 건 불찰이다. 틀림없이 홍콩에서 한 차례 마주쳤던 적이 있었던 그 여인일 것이다.

"알 수 없지만 과업 완수에 도움이 될 것 같지는 않습니다."

이인애 상위가 조심스럽게 의견을 전했다. 한태형의 당황해 하던 모습과 위험을 불사하며 뛰어든 여인이 뇌리에서 떠나지 않았다.

주진철 소좌는 고개를 끄덕이며 동감을 표했다. 그렇다면 변수가 하나 더 생긴 셈이다. 한태형의 실력을 잘 아는 주진철 소좌는 상을 찡그렸다.

* * *

택시 기사가 불안한 표정으로 뒤를 돌아보았다. 곧 통제가 시작될 테니 빨리 여기를 빠져나가자는 의미다.

"리베르테 빌딩으로 갑시다."

아쉽지만 종합병원 지형정찰은 이것으로 만족해야 할 것이다. 시계를 보니 벌써 오전 10시다. 그렇다면 대통령 행사는 이제 1시간 밖에 남지 않았다. 빨리 리베르테 빌딩도 살피고 코코비치 호텔로 돌아가서 최종결정을 해야 한다.

간신히 리브르빌에 도착한 한태형과 안젤라는 리브르빌에서 제일 고급인 코코비치 호텔에 방을 잡았다. 그리고 날이 밝으면서 마침내 D-DAY가 될 것이다.

시간이 없다. 여태 아무 일이 없었다면 주진철 소좌는 레노바시옹 행사를 노리려 할 것이다. 빨리 지형정찰을 마치고 저격이 예상되는 장소를 확정한 후에 카운터 스나이핑에 들어가야 한다. 주진철 소좌가 내 존재를 알고 있다. 그렇다면 일이 더 어려워질 것이다.

곧 레노바시옹으로부터 반경 1km에 걸쳐서 검문이 강화될 거라고 하는데 한태형은 저격이 1km 밖에서 이루어질 거라고 예상하고 있었다. 그렇다면 매복은 코코비치 호텔을 비롯해서 리베르테 빌딩과 리브르빌 종합병원 세 곳 중 하나일 것이다.

그 셋 중 한태형이 하룻밤을 묵은 코코비치 호텔은 제외해도 좋을 것이다. 코코비치 호텔에서 레노바시옹까지는 1.5km 정도 되는데 그사이에 공원이 자리하고 있었다. 그런데 직접 살펴보니 공원은 제법 지대가 높은데다 나무가 무성해서 시야가 제대로 확보되지 않았다. 1.5km 떨어진 원거리 저격은 풍향, 풍속은 물론 지구 자전 편차까지 감안해야 하는 고난도 기술이다. 더구나 원샷 원킬의 상황인 데다 호텔은 어떤 형태로도 투숙객의 기록이 남을 것이다. 그러니 코코비치 호텔은 대상에서 제외해도 좋을 것이다.

그렇다면 둘 중 어디일까. 종합병원을 살폈으니 이제 리베르테 빌딩을 보고서 결정을 내려야 한다. 레노바시옹은 세 건물의 한가운데 자리하고 있는데 리베르테 빌딩은 코코비치 호텔의 오른편으로, 그리고 종합병원은 왼쪽으로 보인다.

택시가 종합병원에 도착했다. 5층 건물인데 레노바시옹은 물론 코코비치 호텔과 리베르테 빌딩에 비해서 낮은 편이다. 혹시 주진철이 방문객을 가장하고 저 안에 있지 않을까. 아니면 장재원이 근처에 있을지 모른다는 생각에 한태형은 황급히 맞은편을 살폈다. 쫓기고 쫓는 기분이 이런 것일까. 와중에 다행인 것은 공작원 중 한 명이 부상을 당했다는 사실이다. 이인애 상위는 폭파가 전문이다. 그렇다면 주진철 소좌의 소재만 확실하게 파악하면 카운터 스나이핑을 성공할 수 있다.

"호텔로 돌아갑시다."

한태형은 마음을 굳혔다.

"어느 쪽인가요?"

안젤라가 얼른 물었다.

"리베르테 빌딩이야."

레노바시옹으로부터 거리는 비슷하지만, 저격은 리베르테 빌딩 쪽이 유리하다. 관례대로라면 대통령은 환영을 나온 현지 교민들과 악수를 나눌 텐데 현지 교민들이 서 있을 위치를 감안하면 타깃이 노출되는 시간은 리베르테 빌딩이 종합병원보다 2~3초 정도 더 길 것이다.

"잘됐네요. 번거롭게 방을 옮기지 않아도 좋으니."

긴장을 풀어주려는 의도인지 안젤라가 과장된 미소를 지어 보였다.

＊＊＊

리베르테 빌딩 경비원이 주진철 소좌와 이인애 상위를 제지했다.

"뭡니까?"

"4층 화장실에서 물이 샌다는 연락을 받고 왔소."

주진철 소좌가 경비원 만큼이나 서툰 영어로 대답했다. 프랑스 광물회사 소유인 리베르테 빌딩은 빌딩 관리를 담당하는 용역회사를 따로 두고 있다. 그리고 용역회사는 동양인도 여럿 고용하고 있다. 경비원은 배관공 차림에 도구함을 든 사람을 별 의심하지 않고 들여보냈다.

얼른 4층으로 올라간 두 사람을 서둘러 화장실을 찾았고, 아무도 없는 것을 확인한 주진철 소좌는 입구에 '공사중 출입금지' 팻말을 내걸었다. 이인애 상위는 도구함에서 드라구노프 저격총을 꺼내고서 서둘러 결합했다.

"밖에서 보던 것보다 시야가 좋네요. 해볼만 한데요."

스코프를 통해서 레노바시옹 빌딩을 살핀 이인애 상위가 자신 있다는 표정을 지어보였다.

"저격은 내가 한다. 그러니 꼭 명중시키지 못해도 괜찮아. 상황이 벌어지거든 신속히 대피해. 배에서 만나자."

이인애 상위는 예비 저격수인 동시에 위장 저격수에 해당한다. 총탄이 어디서 날아왔는지 분간하기 힘들게 해서 대피할 시간을 벌 요량이다.

주진철 소좌는 이인애 상위의 손을 굳게 잡은 후에 얼른 빌딩을 나섰다. 경비원은 아무런 의심을 하지 않았고, 주진철 소좌는 재빨리 대기하고 있던 차에 올랐다. 빨리 종합병원으로 가야 한다.

그런데 한태형은 지금 어디에서 뭘하고 있을까. 주진철 소좌는 한태형이 자꾸 마음에 걸렸다. 저격하기에는 종합병원이 리베르테 빌딩보다 여건이 불리하지만 그럼에도 주진철 소좌가 그쪽을 선택한 것은 한태형의 존재가 마음에 걸렸기 때문이다. 종합병원이라면 저격이 가능한 시간은 3초, 길어야 5초에 불과할 것이다.

'단발에 끝낸다!'

빨리 일을 끝내고 가봉을 뜨는 게 상책이다. 주진철 소좌는 드라구노프가 든 가방을 꼭 껴안았다.

* * *

머지않아 대통령이 도착할 것이다. 장재원은 입 안이 타들어 갔다. 온딤바 총경은 최선을 다하고 있지만 북한 공작원이, 어쩌면 한태형도 멀지 않은 곳에서 여기를 노려보고 있을 거란 생각을 하니 숨이 막힐 것만 같았다. 수행원과 교민들은 진작에 레노바시옹에 집결해서 대통령을 기다리고 있었고, 온딤바 총경은 부지런히 돌아다니며 워키토키로 지시를 내리고 있었다. 대통령이 도착하면 간단한 환영행사가 5분 정도 진행될 텐데 제일 신경이 쓰이는 시간이다.

현장을 살피다 보니 시간이 모자라서 아무래도 종합병원과 리베르테 빌딩 두 곳 중 한 곳만을 골라서 점검해야 할 것 같았다. 그렇다면 리베르테 빌딩이 우선이다. 장재원은 이런 사태에 대비해서 우선순위를 정해놓고 있었다.

"최 공작관은 현장을 지키고 있어. 김 공작관하고 리베르테 빌딩을 점검하고 올 테니."

아무리 상황이 급박해도 안기부 직원 세 사람이 모두 현장을 비울 수는 없다. 장재원은 김 공작관만 데리고 가기로 했다.

"무슨 일이 있나요?"

화동(花童)들을 상대로 리허설을 하고 있던 우나연이 장재원에게 다가왔다.

"살펴봐야 할 곳이 있어서 잠시 다녀오려는 것이니 걱정할 거 없어."

장재원이 우나연을 안심시켰다. 혹시 한태형이 여기를 지켜보고 있는 것은 아닐까. 퍼뜩 그런 생각이 스치고 지나갔다. 장재원은 복잡한 심사를 떨쳐버리며 리베르테 빌딩으로 내달렸다. 다행히 온딤바 총경이 별다른 이의를 제기하지 않고 경찰 간부를 동행시켜 주었다.

"그러고 보니 화장실에서 물이 샌다며 동양인 배관공 두 사람이 들어갔습니다. 그리고 한 사람은 곧 나왔습니다."

가봉 경찰 간부가 리베르테 빌딩 경비원에게 혹시 외부인이 출입하지 않았냐고 묻자 경비원이 고개를 갸우뚱하더니 생각났다는 듯이 대답했다.

동양인 배관공이라. 그렇다면 그냥 넘어갈 수 없다. 장재원은 두 사람에게 따라오라는 신호를 보내고 4층으로 향했다.

주진철 소좌는 빠른 걸음으로 리브르빌 종합병원으로 들어섰다. 급한 연락을 받고 달려왔을 거라 여겼는지 서둘러 계단을 오르는 배관공을 아무도 주목하지 않았다. 통제구역 밖이었다. 비상계단을 통해서 4층에 오른 주진철 소좌는 참사관이 일러준 대로 복도 끝 다용도실로 향했다. 직접 현장을 답사하지 못한 게 아쉬웠지만 그래도 대사관의 도움을 받을 수 있어서 다행이었다.

주위를 둘러보고 아무도 없음을 확인한 주진철 소좌는 다용도실로 들어가서 창밖을 살폈다. 거리가 멀기는 했지만 레노바시옹 입구가 똑똑히 눈에 들어왔다. 주진철 소좌는 가방을 열고 익숙한 솜씨로 드라구노프를 결합했다. 거리가 1.5km는 족히 될 것인데 거리도 거리지만 타깃이 스코프에 들어오는 시간이 너무 짧은 게 문제다.

'반드시 과업을 달성해서 위대하신 수령님과 경애하는 지도자 동지를 기쁘게 해드릴 것이다!'

주진철 소좌는 이를 악물며 사격 자세에 들어갔다.

옥상은 물론 4층과 5층의 창문을 면밀히 살폈지만, 저격수가 관측되지 않았다. 곧 행사가 시작된다. 그렇다면 지금쯤 저격수는 자리를 잡고, 사격 준비를 마친 후에 타깃이 스코프에 들어오기를 기다리고 있어야 할 것이다. 그렇지만 아무리 살펴봐도 드라구노프의 긴 총신이 밖으로 나온 창이 보이지 않았다.

"총구가 보여요! 4층이에요!"

안젤라가 흥분해서 쌍안경을 한태형에게 건넸다. 한태형은 얼른 쌍안경을 받아들고 리베르테 빌딩을 살폈다. 과연 4층의 살짝 열린 문틈으로 드라구노프의 총신이 살짝 삐져나와 있었다. 하면 실내에서 저격을 하겠단 말인가. 몸을 숨기기에는 유리하겠지만 저 먼 거리에서 서서쏴 자세로 타깃을 단발에 명중시키겠다니. 아무리 주진철 소좌라고 해도 무리가 아닐까 하는 생각이 들었다.

"……?"

카운터 스나이핑을 준비하던 한태형이 고개를 갸우뚱했다. 스코프에 비친 저격수의 모습이 왠지 주진철 소좌가 아닌 것 같았다. 비록 실루엣에 불과했지만, 그보다 키가 작고 몸매가 가냘팠다.

그렇다면 이인애 상위? 저격 전문이 아닌 이인애 상위가 저 먼 거리에서, 그것도 서서쏴 자세로 저격을? 한태형은 가슴이 철렁 내려앉았다. 주진철 소좌는 다른 곳에 있다.

"종합병원이야!"

한태형이 얼른 시계를 들여다보았다. 행사 5분 전이다.

"어떻게 하지요?"

안젤라의 얼굴이 사색이 되었다. 이렇게 끝나는 걸까. 한태형은 아무런 생각이 들지 않았다. 속수무책이었다.

"현장으로 간다!"

이렇게 된 마당에 빨리 현장으로 달려가서 장재원에게 상황을 알리는 수밖에 없다. 그 이후의 일은 따질 겨를이 없다. 한태형은 문을 박차고 달려나갔다. 그런데 시간 안에 레노바시옹까지 갈 수 있을까. 대통령이 예정보다 늦게 도착한다면 모를까 불가능할 것 같았다.

무거운 저격총을 들고 서서쏴 자세를 유지하려니 힘이 들지만 이인애 상위는 이를 악물고 버텼다. 짧은 저격 기회를 놓치지 않으려면 한순간도 긴장을 풀면 안 된다. 물론 조장 주진철 소좌가 실패할 리 없지만 그래도 이차 저격을 책임져야 한다.

레노바시옹 입구가 갑자기 소란스러워졌다. 남조선 대통령이 곧 도착할 모양이다. 이인애 상위는 심호흡을 하고 스코프로 눈을 가져갔다.

"……!"

그때 발자국 소리가 요란하게 들려왔다. 누가 급히 이리로 오는 것 같았다. 이인애 상위는 본능적으로 위험을 느끼고서 피스톨을 뽑아 들었다.

장재원이 4층 화장실로 들어선 것과 이인애 상위가 피스톨을 겨눈 것은 거의 동시였다.

"탕!"

장재원은 본능적으로 몸을 피했고, 이인애 상위가 발사한 총은 장재원의 어깨를 스치고 지나갔다.

"탕!"

"악!"

이인애 상위는 김 공작관이 발사한 총을 맞고 쓰러졌는데 급소를 맞은 듯 그 이상 저항하지 않았다.

"괜찮습니까?"

"괜찮아. 스쳤을 뿐이야."

장재원이 어깨를 감싸며 대답했다. 그런데 이 여자는 누군가. 한태형과 같이 다니는 여자는 아니다. 하면 북한 공작원? 그런데 아까 두 사람이 들어왔다가 한 사람은 먼저 돌아갔다고 했다. 그렇다면……

"각하가 위험하다!"

장재원은 어깨를 움켜쥔 채 허겁지겁 레노바시옹으로 내달렸다. 이 상황에서 저격을 막는 길은 행사를 중단시키는 길밖에 없다. 그런데 대통령이 도착하기 전에 먼저 레노바시옹에 갈 수 있을까. 아마도 불가능할 것이다. 장재원은 하늘이 무너져 내리는 기분이었다.

마침내 남조선 대통령 부부가 탄 차가 레노바시옹에 도착했다. 주진철 소좌는 호흡을 고르면서 스코프에 눈을 댔다. 기회는 단한 번. 절대로 놓치면 안 된다.

대통령이 차에서 내리자 환영나온 교민들은 열렬히 태극기를 흔들었고, 전두환 대통령은 만면에 미소를 지으며 그들을 향해 손을 흔들었다.

온딤바 총경이 신호를 보내자 경호원들이 정부 요인과 교민 대표, 그리고 가봉 인사들과 차례로 악수를 나누고 있는 전두환 대통령 주위를 에워쌌다. 그러면서 대통령의 신체가 외부에 노출되는 게 차단되었다. 가봉 경호당국은 예상보다 훨씬 선진적인 경호 시스템을 구축하고 있었다. 그렇지만 기회는 있다. 두 명의 화동들이 남조선 대통령 부부에게 꽃다발을 바칠 때다.

마침내 꽃다발을 들고 다가오는 화동을 기다리는 남조선 대통령의 웃는 얼굴이 스코프에 분명히 들어왔다. 주진철 소좌는 호흡을 멈추고 천천히 방아쇠에 손가락을 가져갔다.

"……!"

갑자기 남조선 대통령이 스코프에서 사라졌다. 다가오던 여자 화동이 그만 한복 치마 끝을 밟고 넘어지자 남조선 대통령이 자세를 낮추면서 여자 화동을 안아 일으킨 것이다. 이런 일이 생길 줄이야. 천재일우의 저격 기회를 놓쳐버린 주진철 소좌는 망연자실했다.

하지만 이대로 끝일 수는 없다. 이를 악문 주진철 소좌는 드라구노프 저격총을 챙겨 들고 옥상으로 향했다. 정보에 의하면 남조선 대통령을 레노바시옹에 입주해 있는 남조선 점포들을 돌면서 격려를 할 거라고 했다. 그렇다면 창가에 위치한 점포를 방문했을 때 저격 기회가 있을지 모른다.

죽을힘을 다해 달려왔건만 결국 늦었다. 대통령이 이미 도착했다. 그런데 아무 일이 없었던 것 같았다.

"대통령이 건물로 들어간 것 같아요."

안젤라도 의아한 표정을 지었다. 하면 주진철 소좌가 저격에 실패했단 말인가. 그러면 리베르테 빌딩의 이인애 상위는 어떻게 된 걸까? 알 수 없지만, 우선은 장재원을 찾는 게 급선무다. 한태형은 장재원을 찾을 요량으로 레노바시옹으로 다가갔지만, 가봉 경찰의 통제로 더 이상 접근할 수 없었다. 장재원은 대통령을 따라서 안으로 들어간 것 같았다.

"어떻게 된 일일까요?"

안젤라가 한태형을 쳐다보며 물었다. 갑자기 철수 명령이 떨어진 걸까. 여기까지 온 마당에 그럴 가능성은 희박하다. 그리고 주진철 소좌는 맥없이 그냥 물러날 사람이 아니다. 그렇다면 위기는 아직 끝이 난 게 아니다. 종합병원으로 달려갈까. 한태형이 종합병원 쪽으로 고개를 돌리려는데 레노바시옹에서 우나연이 걸어나오고 있었다. 그런데 누구를 찾는지 사방을 두리번거렸다. 하면 장재원과 같이 있는 게 아니란 말인가. 한태형은 더 생각하지 않고 저지선을 뚫고 앞으로 나갔다.

"당신! 당신이 어떻게 여기에……?"

한태형을 발견한 우나연이 깜짝 놀랐다. 황급히 한태형에게 다가가던 경찰관은 한태형을 수행원이라고 판단했는지 걸음을 돌렸다.

"대통령이 위험하오. 재원이는 어디에 있소?"

"살필 데가 있다고 먼저 들어가라고 했어요. 여태 안 오길래 찾으러 나온 길이에요."

뭔가 범상치 않은 일이 벌어지고 있음을 간파한 우나연의 얼굴이 백지장이 되었다. 그렇다면 장재원은 리베르테 빌딩을 수색하러 갔고, 이인애 상위를 발견하고 제압한 모양이다. 그리고 주진철 소좌는 종합병원에서 저격을 시도하고 있는데 무슨 이유에서 인지는 모르겠지만 1차 기회를 놓친 것 같았다.

장재원이 현장에 없다면 이제 방법은 하나. 빨리 종합병원으로 가서 주진철 소좌를 제압해야 한다.

"대통령이 위험하오! 시간이 없소. 나는 그곳으로 달려갈 테니 재원이가 돌아오거든 종합병원에서 저격수가 대통령을 노리고 있다고 전해주시오."

한태형은 그 말을 남기고 종합병원으로 전력 질주했다. 안젤라가 가쁜 숨을 몰아쉬며 뒤를 따랐다.

옥상에 오른 주진철 소좌는 레노바시옹이 잘 관찰되는 곳으로 향했다. 계획에서 벗어난 일이지만 과업을 성사시키는게 우선일 것이다. 주진철 소좌는 탈출이 여의치 않으면 스스로 목숨을 끊을 각오를 했다.

스코프에 레노바시옹이 들어왔다. 시야와 자세가 본래 위치보다 못하지만 그래도 이번에는 절대로 놓치지 않을 것이다. 주진철 소좌는 사격 자세를 취했다.

마침내 일행이 3층에 모습을 드러냈다. 아직은 누가 누군지 분간이 되지 않지만, 남조선 대통령이 열려 있는 창가로 다가오면 저격이 가능할 것이다. 주진철 소좌는 호흡을 고르며 단 한 번의 기회를 노렸다.

"······!"

누가 옥상으로 올라오고 있었다. 주진철은 얼른 피스톨을 빼들고 문 뒤로 숨었다. 곧 덜컹하면서 문이 열렸고, 한태형과 그의 일행인 여인이 모습을 드러냈는데 그들의 손에 피스톨이 들려 있었다.

"……!"

드라구노프를 발견한 한태형이 얼른 몸을 돌렸지만 주진철 소좌가 빨렸다. 피스톨이 정확하게 한태형의 심장을 겨누고 있었다.

"이해할 수 없소? 한 동무가 왜 우리 일을 저지하려는 것이오? 한 동무는 남조선 대통령을 저격하려 했던 사람 아니오?"

주진철 소좌가 차가운 얼굴로 입을 열었다.

"상관으로부터 전두환을 대한민국 법정에 세우라는 명령을 받았습니다. 대한민국 법에 따라 심판할 것이니 여기서 철수해 주십시오."

한태형은 총구가 심장을 겨누고 있음에도 조금도 흔들리지 않았다.

"그럴 수는 없소. 우리는 우리식대로 처리할 것이니 비키시오! 그렇지 않으면 쏘겠소!"

주진철 소좌는 절대로 물러설 기세가 아니었다. 한태형은 문득 그때 불길 속에서 자기를 노려보던 순간이 떠올랐다. 종합병원 옥상에 긴박감이 팽배했다. 자세는 주진철 소좌가 유리하지만 이쪽은 두 사람이다.

"무슨 수로 대통령을 남조선 법정에 세우겠다는 거요? 부질없는 생각이니 지금이라도 생각을 바꾸시오!"

주진철 소좌가 다급한 목소리로 한태형에게 호소했다. 주진철 소좌의 말대로 마땅한 대책은 없지만, 한태형은 목숨이 붙어 있는 한 석 사령관의 마지막 명령을 완수할 생각이다.

시간은 내 편이다. 한태형은 서두르지 않기로 했다. 허둥대다 그에게 패배의 쓰라림을 맛본 적이 있다. 곧 대통령 일행이 창가로 향할 것이다. 주진철 소좌로서는 마냥 대치하고 있을 수 없는 상황이다.

기회다…… 한태형이 주진철 소좌의 눈동자가 흔들리고 있는 것을 놓치지 않았다. 눈동자의 움직임을 놓치지 않기는 주진철 소좌도 마찬가지였다. 그런데 두 사람보다 안젤라가 먼저 움직였다.

"탕!"

안젤라가 피스톨을 겨냥하는 순간 주진철 소좌가 그녀를 향해 방아쇠를 당겼다. 안젤라를 쏜 주진철 소좌가 재빨리 총구를 한태형에게 돌렸다. 그렇지만 이번에는 한태형이 빨랐다. 한태형의 피스톨이 불을 뿜었고, 주진철 소좌는 그대로 쓰러졌다.

"안젤라!"

한태형은 허겁지겁 안젤라에게 달려갔다.

"괜찮아요. 급소를 비껴갔어요."

안젤라가 고통을 참아가며 대답했다. 그렇다면 불행 중 다행이다. 한태형이 안젤라를 일으켜 세웠다. 빨리 지혈을 하고 응급처치를 해야 한다.

"……!"

안젤라를 일으켜 세우던 한태형은 가슴이 철렁 내려앉았다. 어느 틈에 몸을 일으켰는지 주진철 소좌가 귀신의 형상을 하고서 드라구노프 저격총을 집어 들고 있었다. 그리고 레노바시옹을 겨냥했다. 방아쇠에 걸린 손가락에 천천히 힘이 들어가는 것으로 봐서 타깃이 스코프에 들어온 모양이다. 막을 틈도, 수단도 없는 절체절명의 상황이 전개된 것이다.

"탕!"

총성이 울렸다. 그리고 주진철 소좌가 통나무가 넘어지듯 쿵 하며 쓰러졌다. 장재원이 피스톨을 발사한 것이다.

장재원이 천천히 한태형에게 다가왔다. 뒤따라 옥상에 올라온 우나연이 하얗게 질린 얼굴로 두 사람을 지켜보았다. 피스톨을 겨누고 있는 장재원과 고통스러워하는 안젤라를 부축하고 있는 한태형.

"소란스러워지기 전에 빨리 여기를 떠나라!"

장재원이 쓰러져 있는 주진철 소좌에게 잠시 눈길을 주고는 피스톨을 내려놓았다.

"그렇다고 각하에게 총을 겨누었던 것까지 용서하는 것은 아니야!"

"나도 끝난 게 아니야! 사령관님의 명령을 완수할 때까지, 최후 심판의 그날까지 내 싸움을 이어갈 거야."

한태형은 그 말을 남기고 계단으로 향했다. 빨리 안젤라를 치료해야 한다. 안젤라는 이를 악물고 고통을 참아내고 있었다.

"오산에서의 일은 고마웠소."

한태형이 계단까지 따라온 우나연에게 그때의 일에 사의를 표했고, 우나연은 고개를 끄덕이고는 말없이 계단을 내려가는 두 사람을 지켜보았다.

에필로그

북한의 테러는 계속되었고, 끝내 미얀마 아웅산에서 참사가 발생했다.

민주화 항쟁은 계속되었고, 정권이 바뀌면서 전두환은 청문회에 소환되고, 12.12는 법의 심판을 받았다.